김운영 게임 판타지 소설
GAME FANTASY STORY

워로드 구오 4

김운영 게임 판타지 소설

초판 1쇄 찍은 날 § 2010년 4월 21일
초판 1쇄 펴낸 날 § 2010년 4월 29일

지은이 § 김운영
펴낸이 § 서경석

편집장 § 문혜영
편집 § 주소영 · 이수민

펴낸곳 § 도서출판 청어람
등록번호 § 제1081-1-89호
등록일자 § 1999. 5. 31
어람번호 § 제1-1139호

주소 § 경기도 부천시 원미구 심곡2동 163-2 서경B/D 3F (우) 420-822
전화 § 032-656-4452 팩스 § 032-656-4453
http://www.chungeoram.com
E-mail § eoram99@chollian.net

ⓒ 김운영, 2009

ISBN 978-89-251-2156-7 04810
ISBN 978-89-251-2008-9 (세트)

김운영 게임 판타지 소설

GAME FANTASY STORY

워로드 구오

War Lord

4

전쟁의 불꽃

도서출판 청어람

Contents

CHAPTER 01
스파이 일지

WAR
LORD
워로드구오

　엄밀히 말하자면 더 지존의 주인은 유저가 아니다. 그렇다고 해서 엔피씨도 아니다.

　대륙의 95%는 몬스터들의 대지인 마경, 인간의 영역은 5%도 채 안 된다.

　사실 인간이란 종족은 성스러운 바다에서 흘러나오는 신성력의 힘에 기대어 겨우 살아남은 존재에 불과하다.

　마기가 강한 내륙 지방으로는 감히 들어갈 생각조차 하지 못하는 연약한 생명체. 그러면서도 해안가의 지역을 조금이라도 더 차지하기 위해 서로 싸우는 이기주의적인 종족이 바로 인간이었다.

　그러나 무슨 생각인지 세계수가 인간에게 반격의 기회를 주었다.

　세상의 근원과도 같은 세계수, 전 대륙에 뿌리를 내리고 있는 그 신성한 존재가 노골적으로 인간의 편을 들게 된 것이다.

　세계수의 씨앗을 이용해 만든 수호상 덕분에 인간은 내륙 지방으로 진출할 기회를 얻었다. 홀리 오션에 인접해 있지 않아도 그들이 마음 놓고 쉴 수 있는 마을과 도시를 건설할 수 있게 되었다.

　절망 속에서 찾아온 단 한 번의 기회!

　이에 인간족의 모든 왕국들은 서로 무기한 불가침 조약을 맺고 그들의 무력을 내륙 지방의 개척에 집중시켰다.

　하지만 왜 세계수가 인간에게 자신의 씨앗을 제공하게 되었는지 아는 사람은 없다.

　더 지존의 유저 여러분은 이러한 세계의 급격한 변화의 주인공이 되어 개척의 선두가 되어야 한다. 그럼으로써 여러분들은 자신이 원하는 것을 이룰 수 있는 기회를 얻을지도 모른다.

―더 지존 세계관 소개에서.

　"으음, 맞아. 왜 세계수가 인간의 편을 든 거지? 엘프들은

자신들이 더 이상 세계수에 얽매여 살고 있지 않다고 했잖
아.”

　구오는 소름 마을로 돌아가며 생각에 잠겼다.

　달의 길을 이용해 수도 나란으로 간 후, 나란에서 마법진으
로 돌몬까지 순식간에 온 것은 좋았다. 하지만 돌몬에서 마키
오의 본거지인 소름까지는 걸어서 가야 하기 때문에 구오는
말을 타고 이동했다.

　마차도 좋지만 요즘 승마 연습을 제대로 못해서 이렇게라
도 말을 타는 데 익숙해지려는 것이다.

　구오의 전투마는 상당히 순종적이면서도 힘이 좋아 전신
갑옷을 입은 주인을 태우고도 하루 종일 걸을 수 있었다. 또
한 달릴 때에는 몰라도 걸을 때에는 다른 말에 비해 흔들림이
적어서 편했다.

　구오는 말을 타고 이동할 때에는 정보 게시판창을 켜고 더
지존의 이런저런 정보를 읽는 것을 즐겼다.

　그런데 오늘 다시 읽은 더 지존의 세계관에서 왜 세계수가
인간의 편을 들게 되었는지 아무도 모른다는 대목이 유난히
눈에 들어왔다.

　처음에는 오크에 대한 정보를 얻으려고 정보 게시판을 뒤
졌는데 워낙 오크에 대한 정보가 없어서 이것저것 되는대로
읽다 보니 처음 부분에 있는 세계관 소개까지 읽게 된 것이
다.

생각에 빠져 있는 사이 어느새 소롬 마을에 들어왔다.

구오는 입구에 있는 자경대원들과 인사를 하고는 곧바로 사무실로 향했다. 호기심은 호기심이고 지금은 당면한 문제를 해결해야 한다.

오크, 오크가 올 것이다. 한두 마리가 아니고 수백 마리가 온다.

엘프들의 도움을 거절한 이후, 구오의 머릿속에는 어떻게 오크를 처리하는가에 대한 생각으로 가득 차 있었다. 이제 길드로 돌아가면 사람들과 그 일에 대해 진지하게 논의를 해봐야 한다.

그런데 사무실 앞으로 가보니 어디선가 본 적이 있는 사람이 서 있었다.

누구더라?

구오가 고민을 할 때, 저쪽에서도 구오를 보았다.

"형님!"

부다다다다.

상대는 바닥에서 먼지가 날 정도로 열심히 뛰어와 그대로 구오를 끌어안으려고 했다. 완전히 어렸을 때 헤어졌던 형제를 만난 듯한 감동과 기쁨의 표정이었다.

그 순간 구오는 살짝 옆으로 비켜섰다. 정확한 타이밍으로 빠졌기에 상대는 미처 반응하지 못하고 그대로 구오를 지나쳤다.

"어어억."

상대는 기세를 못 이겨 넘어지려다가 가까스로 멈추어 설 수 있었다.

옆모습을 보니 젊다고 할까 어리다고 할까, 어중간한 나이의 청소년이었다. 샤방한 금발에 하얗고 매끄러운 피부, 그리고 청록색 음영 무늬가 우아해 보이는 로브를 입고 있었다.

확실히 어디선가 보긴 봤다. 그런데 기억이 안 난다.

"누구십니까?"

구오가 묻자 상대는 억울하다는 듯 몸을 휙 돌려 구오를 바라보며 말했다.

"저 해피보입니다. 그때 도쿤 사무실에서 보셨잖아요."

"아, 그때 그 소년."

"어떻게 저 같은 미소년을 한 번 보고 잊으실 수 있으세요, 형님?"

"아니, 저… 네가 미소년이란 걸 부정하는 건 아닌데, 난 미소년보다는 미소녀 취향이거든. 정확하게 말하면, 미소년은 부대 단위로 지나가도 거들떠 안 보고 말이야."

"에휴, 그래도 그렇지요. 아참, 그게 중요한 게 아니지. 형님, 저 길드에 좀 가입시켜 주세요."

길드 가입 신청. 해피보이의 입에서는 바로 본론이 나왔다. 그러나 구오의 반응은 시큰둥했다.

"내가 왜? 길드 가입이라면 쇼부 형이 주로 담당하니까 그

형한테 말해줄래?"

"저는 형님 동생이니까 형님이 가입을 시켜주셔야지요."

"언제부터 네가 내 동생이 됐는지 기억이 없거든. 난 그런 식으로 일방적으로 밀고 들어오는 걸 별로 안 좋아하는 성격이야."

구오가 손가락을 좌우로 젖자 해피보이는 아, 하고 잠깐 놀란 표정을 짓더니 갑자기 옷매무새를 바로잡고는 목소리를 깔았다.

"처음 뵐 때부터 흠모하고 있었습니다. 형님으로 모시게 해주십시오."

뭐, 이런 놈이 다 있나?

구오는 문득 그런 생각을 했다. 그러고 보니 이 해피보이란 놈이 왜 자신을 찾아왔는지 영문을 알 수 없었다.

"그런데 너, 원래 도쿤에 들어가려는 거 아니었어? 가상공간 연예인이 꿈이라며? 갑자기 왜 날 찾아온 거냐?"

"그게요, 말씀드리려면 사연이 아주 길거든요. 일단 사무실에 들어가서 커피라도 마시면서 이야기하면 안 될까요?"

"사무실 커피 같은 소리 하고 있네. 일단 저쪽으로 가자."

이런 놈을 함부로 사무실에 들여서는 안 된다는 생각이 뇌리를 스쳤다.

구오는 일단 해피보이를 소롬 마을에 단 하나 있는 술집 겸 밥집 겸 찻집으로 데려갔다.

두 사람이 마주 앉은 자리에 두 잔의 커피가 놓였다. 구오는 일단 커피를 한 모금 마셔 맛과 향기를 음미했다. 그사이 해피보이는 단정한 자세로 앉아 구오에게 초롱초롱한 눈빛 공격을 했다.

이윽고 구오는 찻잔을 내려놓으며 해피보이에게 물었다.

"그래서 뭔데? 여긴 완전 시골 촌구석이라서 네가 원하는 방향하고는 전혀 안 어울리잖아. 혹시 너도 연예인 포기하고 쟁하러 왔냐?"

"그건 아닌데요. 전 미모로 보나 재능으로 보나 꼭 연예인이 될 운명이란 말입니다."

"그래서?"

"그때 형님이 가신 후에도 도쿤의 사무실 앞에서 죽치고 있었거든요."

"그냥 준회원으로 가입하지 그랬냐?"

"다 작전이라고요. 준회원이 되어봤자 절대로 기회는 안 오거든요. 튀어 보여야 기회가 온다니까요."

꼭 이런 놈이 있다. 자기만 특별하다고 굳게 믿는 놈. 어떻게든 튀어야 한다는 놈.

이 경우에 해피보이는 셋 중 하나다. 정말로 재능있는 천재, 아니면 바보, 아니면 미친놈.

바보와 천재와 미친놈은 종이 한 장 차이라고 했다.

구오의 눈에는 아직 해피보이가 천재로 보이지 않았다. 그래서 해피보이가 과대망상의 나르시즘 환자로 생각되었다.

이놈을 어떻게 할까?

구오는 잠시 고민했지만 일단 차갑지도, 따뜻하지도 않게 적당히 상대해 주기로 했다. 강한 자극을 주었다가 발작이라도 하면 별로 기분이 좋지 않을 것 같았다.

"그러다가 영원히 가입 못하면 어떻게 할 건데?"

"전 재능이 있거든요. 그러니까 도쿤에서 제 근성을 시험하려고 일부러 가입 안 시키고 얼마나 버티나 보자고 지켜보는 중이라고 굳게 믿는단 말입니다. 그쪽도 프로 아닙니까? 사람 보는 눈이 있으면 절 뽑겠죠."

"꼭 그렇다고 볼 수는 없지."

사람 보는 눈이 있어서 안 뽑을 수도 있다. 아니, 오히려 구오의 생각에는 그쪽으로 더 심증이 갔다.

"어쨌든 제 생각에는 준회원으로 들어가는 것보다는 사무실 앞에서 일 년이고 이 년이고 버티는 게 더 확률이 높단 말입니다."

"흠, 일 년, 이 년이라… 그건 그럴지도 모르겠네."

확실히 누군가가 사무실 앞에서 일 년 이상 끈기있게 대기한다면 누군가는 관심을 가질 수도 있다.

구오는 해피보이가 생각보다는 머리가 빈 놈이 아니라는 것을 알았다. 그도 나름대로는 근성으로 승부를 보고 있었던 것이다.

미친놈은 아닌가? 구오는 고개를 살짝 갸웃했다가 미간을 찌푸리며 말했다.

"그런데 왜 여길 왔냐고? 자꾸 같은 질문 하게 하면 난 간다."

"지금 얘기할게요. 그러니까 제 근성을 알아준 도쿤에서 절 불렀단 말입니다. 기회를 준다고요."

"오호, 그것 잘됐네."

"잘되긴 했는데요, 그냥 계약을 해주는 게 아니라 일을 하나 해야 된다는 거거든요."

"응? 일이라고?"

구오는 다시 눈살을 찌푸리며 반문했다.

도쿤에서 그렇게 말을 했다면 해피보이를 인정했다기보다는 이용하려는 뜻이 강했다.

문제는 그 뒤인데, 이용할 만큼 한 후에 해피보이가 원하는 길을 가게 계약을 해준다면 몰라도 어쩌면 그냥 입을 슥 닦아버릴 수도 있는 일이었다.

아마도 그럴 확률이 안 그럴 확률보다 훨씬 많이 높겠지.

해피보이는 구오의 얼굴에 떠오른 표정을 보고는 한숨을 내쉬었다. 구오가 무슨 생각을 했는지 아는 듯했다.

"형님도 짐작하시겠지만, 이건 기회가 아니라 위기잖아요. 전 호구가 아니거든요."

호구란 어리바리해서 남에게 잘 속는 사회의 희생자를 뜻

한다. 해피보이는 자신이 보기보다는 똑똑하고 이 바닥의 생
리를 잘 알고 있다고 주장했다.

"도쿤에서 말입니다, 형네 길드… 그러니까 마키오에 가입
해서 1년만 활동을 하면 그다음엔 도쿤에 정회원으로 가입시
켜 주겠다고 했거든요? 이거, 스파이로 들어가라는 거 맞지
요? 형네 길드하고 도쿤하고 별로 안 좋은 상태고요."

"어, 그렇지."

구오는 '이놈 봐라?' 하는 눈으로 해피보이를 다시금 보았
다.

해피보이가 거의 확신하는 눈으로 물어보니 굳이 숨기고
싶지도 않았다.

아직 표면적으로 드러나지는 않았지만 구오는 이미 도쿤
과 가까운 시기에 부딪칠 가능성이 높다고 생각하고 있었다.
그런데 도쿤에서는 이미 밑작업을 제대로 하기 시작한 모양
이다. 이놈에게 그런 제의를 했을 정도면 다른 놈도 썼을 가
능성이 컸다. 스파이는 많이 심으면 심을수록 좋으니까.

"전 스파이는 싫거든요. 원래 스파이란 게 음지에서 온갖
비합법적인 일만 죽어라고 하다가 나중에는 아무도 모르게
폐기 처분되는 게 이 바닥의 생리 아닙니까. 사실 보답을 해
주고 싶어도 안 되거든요. 보답을 하면 자기네가 시킨 일이라
는 걸 세상에 널리 광고하는 셈이니까 말입니다. 거기에 도쿤
한테 의리나 신용 같은 걸 기대하는 건 정말 바보짓이란 말입

니다.”

“이야, 너 이제 보니 정말 똑똑하구나. 내 너에 대한 첫인상을 완전히 바꿨다. 그래서? 계속 말해봐.”

구오는 진심으로 감탄했다.

이놈이 알고 보니 꽤 무서운 놈이네, 하는 생각이 강하게 들었다.

“근데 솔직히 더럽든 깨끗하든 도쿤 아니면 제 꿈을 이루기 어렵거든요. 그러니까 형이 좀 도와주시면 안 될까요?”

“뭘 어떻게 도우라고?”

“그니까 저 길드 가입시켜 주시고요. 제가 도쿤에 보고할 만한 걸 가끔씩 던져 주시면… 되거든요.”

마지막 되거든요에서 해피보이의 목소리가 살짝 작아졌다. 최소한의 양심이 그의 목구멍을 틀어막으려 했나 보다.

“아하, 그러니까 스파이 일을 하게 협조해 달라고?”

구오는 웃으면서 되물었다. 주먹에 힘이 들어가며 저절로 쥐어졌다.

해피보이는 민감한 체질인 듯 구오의 몸에서 이상한 기운이 느껴지자 어색하게 억지로 웃으며 의자에서 엉덩이를 천천히 떼었다.

“아뇨, 협조라기보다는 그냥 남는 정보만 주셔도 돼요. 좋은 정보를 주시면 더 감사하지만요.”

구오의 손이 번개처럼 뻗어나가 해피보이의 목을 휘어 감왔다. 해피보이는 피하려는 생각을 했지만 미처 몸이 반응하지 못했다.

연속해서 구오는 다른 손의 주먹으로 해피보이의 정수리를 두들겼다.

두두두두, 하는 머리통을 울리는 경쾌한 소리가 32비트로 주변에 울려 퍼졌지만 다행히도 카페의 음악이 그 소리를 삼켜주었다.

"어어억, 저 죽어요. 저 정령사라서 피가 적다고요."

"안 죽는다. 아니, 죽어도 좋다. 좀 더 맞아라."

"아악, 형, 형님!"

구오는 주변 사람들이 눈치를 채고 자신을 주목할 때까지 최대한 열심히 해피보이의 4차원적인 머리통을 두들겼다. 그러다가 더 이상 카페에 있으면 안 될 것 같은 느낌이 들자 해피보이의 목을 휘어 감은 채 그곳을 나왔다.

"일단 사무실로 가자. 그곳에서 널 천천히 고문해 주겠다."

"아니, 형님, 고문이라니요? 저기, 이 목 좀 놓고 가시면 안 될까요? 생명력이 계속 줄어요. 커컥!"

"발이 허공에 뜬 채로 매달려 가고 싶냐? 빨리 와라."

목이 반쯤 졸린 채로 마키오의 사무실로 들어가는 해피보이는 속으로 1단계는 성공이라고 중얼거렸다. 괴로워도 기분은 좋은 듯했다.

                    *   *   *

  "그러니까… 이 녀석이 우리 길드에 공인 고정 첩자로 들어오고 싶다는 말이지?"

  쇼부는 구오의 설명을 듣고는 피식 웃었다.

  "웃긴 놈이죠."

  구오가 딱 잘라 평가를 하자 맞은편 소파에 앉아 있던 해피보이가 억울하다는 표정으로 항의했다.

  "형님, 무슨 그런 섭섭한 말씀을 하십니까! 저는 정말 3박 4일을 고민하다가 제 야망과 의리, 신용을 최대한 지킬 수 있는 절묘한 수를 생각했단 말입니다."

  "어, 그러니까 웃겨. 근데 이거 감탄이다. 절대로 널 비웃는 건 아니야."

  "하하핫, 그렇죠? 재미있으면서도 탄성이 절로 나오는 멋진 결정이죠?"

  해피보이가 해맑게 웃자 쇼부는 한쪽 눈썹을 위로 치켜올리며 구오에게 물었다.

  "쟤 좀 때려줬냐?"

  말을 하면서 살며시 주먹을 쥐는 것이, 구오가 고개를 저으면 바로 폭력을 행사할 것 같았다.

  구오는 얼른 대답했다.

“지금 딸피예요. 형이 발로 한 번 밟으면 바로 죽어요. 야,
너 회복 물약 먹으면 죽어.”

딸피란 생명력이 5% 미만으로 남은 상태를 뜻한다.

“에이, 그런 말씀 안 하셔도 안 마셔요. 마시면 또 때릴 거
같아요.”

“호, 정말 생긴 것과는 다르게 상황 판단이 빠르네.”

“후후훗, 청순한 미모 속에 감추어진 예리한 지성. 그게 제
컨셉입니다.”

“청순한 미모? 구오야, 그냥 이 자식 죽여 버리자.”

쇼부가 정말 발을 들어 해피보이를 밟으려 하자 구오는 얼
른 쇼부의 발목을 잡아 조용히 옆으로 내려놓았다.

“형, 그냥 애 받아들이는 것도 나쁘진 않을 거 같아요.”

“왜? 프락치가 안에 있으면 여러모로 신경 쓰인다. 아무리
감시를 철저히 해도 어느 순간 뒤통수를 치거든.”

프락치란 첩자를 뜻하는 속어다.

구오는 웃으면서 고개를 저었다.

“그건 아는데요. 도쿤에서 첩자를 보냈다면 애 혼자 보낸
건 아닐 거예요. 그러니 애를 받든 안 받든 결과는 비슷하다
는 거죠.”

“흠, 하긴 그렇겠네. 그럼 네 의도는 뭔데?”

“그냥 우리가 원하는 정보를 줄 수 있는 첩자가 한 명 정도
는 있어도 될 거 같아서요.”

"오호, 그럼 이중 첩자로 쓰자고?"

"저 이중 첩자 잘해요! 비공식 상호 외교사절이 바로 이중 첩자잖아요!"

"그렇다네요."

"쩝, 길마는 너니까 니가 들이자고 하면 난 반대는 안 하는데, 이놈을 당최 믿을 수가 없잖아."

"최소한 대놓고 첩자 노릇하겠다는 거니까요. 만약에 얘가 나중에 배신을 해도 정말로 화가 나지는 않을 거 같아요."

"난 화가 날 거 같은데… 알았다. 그럼 난 그렇게 알고 있을게. 다른 사람에게는 말할 거냐?"

"말해야죠. 말해도 되지?"

"그럼요. 형님, 염려 마세요. 저는 훌륭한 비공식 상호 외교사절이 될 수 있어요."

해피보이는 열심히 눈을 빛내며 고개를 끄덕였다.

쇼부는 어쩔 수 없다는 듯이 한숨을 내쉬며 고개를 절레절레 저었다.

구오는 미소를 지은 채 두 사람을 보았다.

'이놈이 미치지 않았고, 바보도 아니면 남은 건 하나지. 재밌겠는데?

배반을 당할 수도 있다. 큰일이 일어나지 않으리란 보장도 없다.

그래도 구오는 해피보이에게 왠지 모르게 끌렸다.

좋은 놈 같지는 않지만 그렇다고 해서 야비해 보이지도 않았다. 적어도 구오가 보지 못한 타입인 것은 틀림없었다. 그래서 구오는 계산없이 그냥 해피보이를 받아들이기로 했다.

그렇게 해피보이는 무사히 마키오에 합류할 수 있었다. 그는 도쿤에서 마키오에 들여보낸 첩자 중 한 명이었지만 첩자 중에서는 유일하게 자신의 신분을 밝히고 당당하게 이중 첩자 노릇을 하기 시작했다.

＊　　　＊　　　＊

[저는 어떻게 해요?]

[별거 없어. 일단 회의 때 네 사정을 말하고 빠져.]

[그래도 돼요?]

[응. 같이 오는 게 나을까 생각해 봤는데, 그러려면 네가 우리 쪽 사람이란 걸 숨겨야 되잖아. 난 너한테 첩자질시키기 싫어.]

[오라버니, 저 사실은 살아 있을 때 그런 일도 할 수 있도록 훈련을 받은 거 같아요. 그러니 그냥 시키셔도 돼요.]

[됐어. 그리고 난 오크하고 싸우려는 게 아니야. 어쩌면 싸워야 할지도 모르지만 적어도 뒤통수를 쳐서 이길 마음은 없

어. 싸우긴 해도 나중에는 화해를 해야 하니까 가능하면 감정이 남지 않게 속이는 건 안 하는 게 좋을 것 같아.]

[예.]

[참, 기왕이면 말이야, 말하는 타이밍을……]

*　　　*　　　*

나싱은 오크 부족에 있었다. 그녀는 족장 나투쿠가 직접 주관하는 종족 회의에 참석했다.

이번 용병 파견건은 오크 부족에 있어서 아주 큰일이라고 할 수 있었다. 적어도 500명의 오크가 동원되어야 하는 일이다. 그것도 목숨을 걸고 싸워야 한다.

나투쿠 이외에 회의에 참석한 자는 열두 명의 오크 히어로와 네 명의 주술사 대표였다.

주술사들은 당연히 여성 오크로, 둘은 흑마법을, 둘은 백마법을 익혔다. 이들 여성 오크들은 오크 히어로 두 명분의 발언권을 가진다. 수가 적은 대신 그만큼 큰 힘을 가지니, 나름 합리적으로 보인다.

그러나 사실은 족장인 나투쿠만이 결정권을 가지기 때문에 오크족의 정치체제는 완전 독재라 할 수 있었다.

나싱과 군터는 그동안의 상황을 말하며 인간족 거래 상대가 대규모 용병 파견을 원한다고 사건 그대로를 모두에게 설명했다.

특히 군터는 거래 상대인 키린 자유기사단의 스템퍼가 건네준 소름과 마키오에 대한 정보를 이들에게 해석해 주었다.

그중에서도 가장 오크들을 흥분시킨 것은 마키오의 수장인 구오란 자가 엘프의 검을 선전하고 다닌다는 점이었다.

"쿠후, 엘프의 검을 쓰면서 선전을 하고 다닌다면 엘프족과 관련이 있을 겁니다. 어쩌면 엘프족의 앞잡이일지도 모르니 이번 기회에 확실하게 우리 오크족의 무서움을 보여줘야 합니다."

군터의 말은 그렇게 끝을 맺었다. 분명히 선동하는 말이었다. 그걸 보건대, 군터는 싸우는 것을 원하는 것이 틀림없었다.

이에 오크 히어로들 대부분은 용병 파견에 찬성했다. 엘프란 단어만 나와도 분노하는 게 이들의 특성이라면 특성이다.

하지만 주술사들은 반응이 약간 조심스러웠다.

"크슈, 다른 종족으로부터 돈을 받고 싸우는 게 과연 우리 오크에게 이익이 될지 생각해야 해요."

족장 나투쿠의 부인이자 주술사의 장인 오크 샤먼, 라시카가 발언하자 오크 히어로들은 일순간 입을 다물었다.

잠시 후, 히어로들 중 가장 나이가 많은 올루쿠마가 조심스럽게 반박했다.

"쿠후, 전사 무토의 말에 의하면, 인간들은 오크의 용맹에 감탄해서 더블액스를 구입한 거라고 합니다. 인간은 강한 상대에겐 약하고 약한 상대에겐 강합니다. 그러니 우리 오크족이 이 기회에 용맹함을 증명해야 앞으로 인간족과의 관계를 잘 이끌어갈 수 있습니다."

"쿠루."

"쿠루."

오크 히어로들은 올루쿠마의 말에 동의한다는 듯 고개를 끄덕였다. 라시카도 올루쿠마의 말에 일리가 있다고 생각했는지 더 이상 반박을 하지 않았다.

그때 나투쿠가 나싱에게 물었다.

"나싱은 어떻게 생각하나? 우리가 용맹하게 싸우면 인간족은 우리를 우러러볼까?"

나싱은 잠시 대답을 하지 않았다.

이 회의에 참석하기 전, 구오는 그녀에게 진정으로 오크족을 위해 생각하고 행동하라 했다. 그것이 설령 인간에게 불리한 행동일지라도 지금은 그래야 한다는 것이었다.

그래서 나싱은 오크 헌터로서의 의무를 다하기로 결심한 상태였다. 족장으로부터 질문을 받자 나싱은 진지하게 고민했다.

과연 오크의 용맹성을 인간은 어떻게 여길까? 단순히 우러러볼 것 같지는 않았다. 하지만 용맹성이 없는 것보다야 낫겠지.

이윽고 생각을 정리한 나싱이 족장 나투쿠를 바라보며 대답했다.

"인간은 복잡한 종족이에요. 그러니 종족의 특성을 한마디로 말할 수는 없어요. 하지만 올루쿠마의 말처럼 오크가 용맹을 보이면 적어도 무시는 안 당하겠죠."

"쿠루, 그렇군."

족장 나투쿠는 나싱의 말을 듣고 다시 한 번 회의장에 모인 오크들을 둘러보았다.

"그렇다면 이번 용병 파병은 거행하는 것으로 하지."

"콰!"

"콰!"

일단 족장의 결정이 떨어지자 오크 히어로들은 일제히 콰! 하고 소리를 질렀다. 승리를 다짐하는 오크들의 함성이었다.

라시카를 대표로 한 주술사들도 두 손을 모으고 작은 목소리지만 콰를 외쳤다.

족장 나투쿠는 손을 저어 그들을 진정시키고는 다시 선언했다.

"보름달이 뜨면 모든 싸울 수 있는 오크는 모두 모인다. 저들은 우리의 숫자를 제한하지 않았으니 최대한 많이 몰려가서 용맹을 증명하자."

부족 총동원령. 이렇게 되면 적어도 천 명의 오크가 모일 것이다.

‘예상했던 것보다 너무 많아. 오라버니네가 과연 버틸 수 있을까?’

나싱은 속으로 우려의 한숨을 내쉬었다. 그들이 공격하려는 곳에는 구오가 있다.

그때 족장 나투쿠가 나싱을 보고 말했다.

“군터와 나싱, 너희들은 아직 히어로는 아니지만 인간족에 대해 잘 아니 전위 부대를 지휘할 자격을 주겠다. 다른 히어로들도 이들 둘의 의견을 존중해야 한다.”

“쿠루, 군터와 나싱은 믿을 수 있습니다.”

나싱은 오크 히어로들의 다짐을 들으며 슬쩍 옆에 있는 군터를 보았다. 군터의 눈에는 참을 수 없는 기쁨이 떠올라 있었다.

단순한 사냥이 아닌, 전쟁에서 오크들을 지휘할 수 있는 것은 오크 히어로뿐이다. 그런데 임시직이라고는 해도 전위 부대의 지휘권을 준다는 것은 장래에 오크 히어로의 지위를 보장한다는 뜻이었다.

‘군터, 그대는 좋겠군요. 그대의 꿈을 이룰 수 있기를 기원하겠어요.’

나싱은 이제는 친구가 된 군터를 속으로 축원한 후 손을 들어 발언권을 청했다.

“말하라, 나싱.”

“족장 나투쿠, 저는 그대들을 속일 수 없어요. 미리 말하는

데, 이번에 공격 목표가 된 소롬 마을은 제 친구들의 거점입니다. 저 역시 그곳에 속해 있고요. 그러니 이번 공격에서는 저를 빼주시길 바랍니다.”

“쿠후, 나싱, 소롬 마을 출신인가?”

“그래요. 그곳에 있는 마키오 길드 소속이에요.”

“그럼 엘프의 검을 선전하고 다니는 자의 부하인가?”

“부하라기보다는 동료예요. 족장 나투쿠, 인간이란 그런 존재예요. 오크와 엘프가 싸우든 말든 아무런 상관이 없어요. 구오는 엘프와 친하고, 저는 오크와 친해요. 그게 진실이에요.”

“크슈! 그런 건 인정할 수 없다. 나싱은 엘프와 오크, 둘 중 하나를 선택해야 한다.”

“엘프와 오크 중에서 선택하라는 건 별로 어려운 일이 아니에요. 하지만 인간과 오크 중에 누구를 선택할 거냐고 말하면 전 대답하기 어려워요. 족장 나투쿠, 이제는 저를 믿지 마세요.”

나싱의 말에 나투쿠는 더욱 크게 화가 난 듯했다. 그는 주먹으로 탁상을 쿵쿵! 두드리며 말했다.

“나싱은 오크 헌터다. 오크의 형제다. 나싱, 배신할 거냐?”

나싱은 더 말하지 않고 족장 나투쿠를 바라보았다. 그녀는 나투쿠가 바보가 아니라는 것을 안다. 나투쿠의 분노한 눈동자 속에는 안타까움의 감정이 섞여 있었다.

왜 그 말을 이 자리에서 하는가. 나투쿠는 나싱에게 이렇게 말하고 싶으리라.

사실 나싱의 행동은 일종의 하극상이었다. 적어도 이런 말은 회의 전에 남들이 없는 자리에서 조용히 나투쿠에게 먼저 했어야 한다. 하다못해 회의가 시작되자마자, 그러니까 일이 결정되어지기 전에 말을 했다면 그나마 괜찮을 터였다.

오크 히어로들이 모인 회의 장소에서 모든 일들이 결정되어 가는 상황인데 느닷없이 이렇게 나오면 어떻게 하는가.

나투쿠는 어쩔 수 없이 나싱을 배신자 취급할 수밖에 없다. 족장으로서 행동해야만 하는 것이다.

'미안해요, 나투쿠. 오라버니가 이렇게 하는 게 좋대요.'

나싱은 어젯밤 구오가 말해준 대로 행동했다. 왜 그래야 하는지 정확히는 모르겠지만 구오는 족장이 일단 화를 내야 한다고 말했다.

이윽고 나싱은 조용히 자리에서 일어나며 족장 나투쿠에게 말했다.

"이것이 배신행위라는 것을 인정해요. 저는 오크족 헌터로서의 명예를 저버렸으니 당분간 감옥에 들어가 반성을 하겠습니다. 그럼."

할 말을 모두 끝낸 나싱은 그 길로 오크족의 감옥에 스스로 들어갔다. 가장 깨끗하고 냄새가 덜 나는, 처음 나싱이 갇혔던 그 방이었다.

　한참 시간이 흐른 후, 군터가 찾아와 그 뒤에 회의에서 있었던 일들에 대해 말해주었다.

　"처음 결정한 그대로다. 나 군터, 전위 부대 이끈다. 오크, 전부 싸우러 간다."

　"그런가요? 어쩔 수 없죠. 뭐."

　"나싱 고향, 친구, 공격한다. 미안하다."

　"미안해할 필요 없어요. 군터, 일단 싸우러 나가게 되었으니 꼭 용맹을 증명해서 히어로가 되세요."

　"알겠다. 군터, 간다. 돌아오면 나싱 풀려날 거다."

　"풋, 그런 눈으로 볼 필요 없어요. 저 유저라는 거 잊었어요? 언제든지 나갈 수 있다고요. 지금은 상황이 이래서 그냥 쉬려고 들어온 거예요."

　"쿠후, 군터, 나싱 이해한다. 쉬어라."

　군터는 나싱이 웃자 마주 웃어주고는 돌아갔다. 생각보다 나싱이 덜 슬픈 거 같다고 느꼈나 보다.

　혼자 남은 나싱은 구석에 쌓여 있는 마른 짚으로 잠자리를 만들고는 누웠다.

　"그래, 당분간 쉬지, 뭐."

　의외로 마음이 편했다. 구오가 말했던 것처럼 어차피 나싱이 어떻게 행동하든 오크들은 싸우러 나갔을 것이다. 그러니 이쯤에서 적당히 빠지는 것이 옳은 일이었다.

"그래도 일단은 조금이라도 흔들었으니까."

이후로는 구오가 어떻게든 할 거라고 믿기로 했다.

＊　　　＊　　　＊

둥둥둥둥!

북소리. 오크들에게 있어 거대한 북은 대규모 사냥 때나 치는 것이었다.

나싱은 얼른 일어나 창문으로 바깥쪽을 보았다.

수를 헤아릴 수 없을 정도로 많은 오크들이 있었다. 잘 훈련된 군대처럼 대오를 맞추어 선 것은 아니지만 각자 자신이 속한 오크 히어로들의 깃발 아래에 모였다.

중앙 쪽에는 가장 큰 족장의 깃발이 세워져 있고, 세 명의 주술사 오크와 족장 나투쿠가 있었다. 족장 직속의 오크들은 하나같이 덩치가 커서 거의 오크 히어로들과 비슷할 정도였다.

족장 나투쿠는 별다른 연설 없이 자신의 대형 더블액스를 양손으로 들어 올렸다.

"쿠와아아아아아아!"

족장 나투쿠의 함성에 다른 오크들도 일제히 따라서 함성을 질렀다.

곧 다시 북소리가 울리기 시작하고, 오크들은 마을 입구 쪽으로 나아갔다.

그렇게 그들은 떠났다.

나싱은 다시 자리에 누웠다. 접속을 끊고 당분간은 들어오지 말까 하는 생각이 들었지만, 그냥 구오가 접속한 시간 동안에는 이곳에 있기로 했다.

"맞다. 오라버니에게 얘기해 줘야지."

나싱은 얼른 귓말 모드를 활성화시켰다.

[오라버니, 지금 오크들이 떠났어요.]

[어, 그래? 넌 숙소에서 쉬는 중이고?]

구오는 나싱이 감옥에 들어온 걸 아직 모른다. 나싱은 그 점에 대해서는 굳이 말할 필요가 없다고 생각하고는 태연한 목소리로 대답했다.

[예.]

[그래. 그런데 지금 떠났다면 대충 언제쯤 올까?]

[글쎄요? 달의 길이 열리고 닫히는 시간에 따라 차이가 좀 있거든요. 그래도 이번 달 말까지는 그곳에 도착하지 않을까 싶네요.]

[그렇구나. 그럼 일단 대비를 해야지.]

[어떻게 하실 건데요?]

[아직 몰라. 방법을 생각하는 중이야.]

[잘 끝나면 좋을 텐데요. 헤헤헤.]

[잘 끝내야지.]

강한 의지가 느껴지는 구오의 말에 나싱은 약간 위로를 받은 듯한 느낌이 되었다. 오크와 마키오가 싸우면 정말 가슴이 아플 것이기에.

나싱은 구오와 몇 가지 더 이런저런 이야기를 나누다가 귓말을 끊었다. 나머지는 나중에 화상 채팅으로 할 생각이었다.

그런데 잠시 누워 있었더니 감옥 바깥쪽에서 누군가 문을 열고 들어오는 게 느껴졌다.

"아, 라시카. 어쩐 일이지요?"

나싱은 놀라서 물었다. 나싱을 찾아온 오크는 족장의 부인이자 주술사장인 샤먼, 라시카였다.

라시카는 평소 족장의 거처에서 거의 나오지를 않는다. 하지만 이번에 족장이 친히 원정을 떠났으니 지금 부족을 총괄하는 오크는 바로 라시카였다.

라시카의 뒤로는 같은 오크 여성 주술사 둘이 더 있었다. 그들은 평소 나싱에게 암컷은 함부로 사냥을 하러 나가면 안 되니 같이 마법 시약이나 만들자고 충고하면서 다정하게 대해준 상냥한 여성 오크들이었다.

라시카는 나싱의 앞에 의자를 내려놓고는 앉았다.

"나싱, 그대는 왜 남았지요? 싸움을 막으려면 같이 떠났어야 하는 거 아닌가요?"

"제가 같이 떠났어도 싸움을 막을 수는 없었을 거예요."

"그대의 말이 맞아요. 부족 회의에서 그렇게 결정했으니 이제는 싸워야 해요. 한데 나싱은 마키오라는 길드와의 관계가 아주 중요한가요? 우리 오크들과의 관계보다도 중요하다면 그대는 떠나는 게 좋아요. 어차피 싸움이 일어나면 나싱은 둘 중 하나를 선택해야 해요."

"그게 참 힘든 일이네요. 제 양팔 중 어느 쪽이 더 중요하냐고 물으면 뭐라고 대답해야 할까요? 그걸 결정한다고 해서 중요하지 않은 쪽을 자를 수는 없어요."

"살다 보면 가슴 아픈 선택을 강요당할 수도 있어요. 안 그러면 둘 다 잃을 수도 있으니까요."

"저는 둘 다 잃는 한이 있어도 제가 먼저 한쪽을 버릴 수는 없어요."

"그런가요? 나싱은 지도자가 될 수는 없겠군요."

"그런 건 바라지도 않아요."

"그런데 왜 마법은 안 배우고 남자들과 같이 사냥을 나가는지 모르겠네요."

"그러게요. 호호호."

나싱은 웃었다.

남성 오크들은 대부분 지도자가 되고 싶어한다. 그것이 능력을 인정받는 유일한 증거이기 때문이다. 그렇기에 힘을 기르고 사냥을 나가 자신의 용맹함을 증명하려 한다.

라시카는 나싱이 여성이면서도 지도자가 되고 싶어한다고

생각했나 보다. 그런데 나싱이 아니라고 하자 약간 의외라는 표정을 지었다.

라시카는 잠시 고민을 하다가 다시 나싱에게 말했다.

"한 가지 제안이 있습니다."

"예? 아, 말씀하세요, 라시카."

"저와 같이 떠나요. 저는 그대가 소중하게 여기는 다른 한 쪽을 보고 싶어요."

"정말인가요?"

"그래요. 남자들은 싸움을 원하지만 우리 여성들은 꼭 그런 건 아니잖아요. 그러니 가능하면 속이 안 상하는 결과를 이끌어내기 위해 노력해 봐야겠지요."

띠링, 퀘스트 요청이 왔습니다.

Quest

여성들의 길

배경:남성과 여성의 욕망은 서로 다른 면이 있다. 오크 샤먼 라시카는 평화와 안정, 그리고 가족을 위해 적과도 대화를 나눌 수 있다고 한다.

싸움을 막을 수 있을지 자신할 수는 없어요. 하지만 적어도 적과 대화하는 것이 불명예인 남자들을 대신해서 대화를 해보고 싶어요.

우먼 파워!

세상을 움직이는 것은 남성들이지만, 남성들을 조종하는 것은 여성들이 아니겠는가. 드디어 여성들이 움직일 때가 되었다.
    라시카의 결단이 오크 종족에게 어떤 영향을 끼칠지는 아직 알 수 없다.
하지만 일단 라시카가 인간과 대화를 할 수 있다면 또 한 번의 변화가 일어
날 수도 있다.
    그대, 기적을 믿는가?
    수행 내용:오크 샤먼 라시카를 보호, 안내하여 오크족이 싸우려는 세력
의 수장과 만나게 하라.

"고마워요, 라시카."

"천만에요. 인간인 그대가 인간과 오크 중 어느 한쪽을 선
택할 수 없다고 했어요. 라시카는 나싱을 친구가 아닌 가족으
로 생각하겠어요."

나싱은 더 이상 말을 할 수 없었다. 눈가에 습기가 차올라
왔다. 엔피씨이자 오크인 라시카의 대사가 나싱을 감동시킨
것이다.

나싱은 얼른 구오에게 귓말로 이 일에 대해 설명했다.

잠시 후, 나싱과 라시카는 오크 부락을 빠져나와 달의 길로
향했다.

CHAPTER 02
괴롭힘의 이유

WAR
LORD
워로드구오

“선생님, 선생님 같으신 분이 어째서 그런 구석에 계신 겁니까? 중앙으로 오셔야죠.”

파브는 쇼부에게 술을 따르며 말했다. 이곳은 가상 오피스의 옵션 바. 각종 술과 칵테일까지 제공되는 성인 코너다.

쇼부는 술을 받아 단숨에 마셨다. 음주 적용도를 20%로 맞춰놨기에 절대로 크게 취하지는 않는다.

그럼에도 분명히 액체를 마셨는데 물이 아니라 불이 식도를 타고 들어가는 듯한 게, 진짜 독한 술인가 보다. 그래도 불이 지나간 자리엔 야릇한 향기가 남아 부드럽게 어루만져 주었다. 적당히 알딸딸해지는 것이, 최상급 위스키라는 걸 알 수 있었다.

주는 술을 거절하지도 않고 넙죽넙죽 받아 마신 쇼부는 여유롭게 웃으며 말했다.

"변방도 꽤나 좋습니다. 사람들도 좋고요. 예상보다 우리 길마가 잘하고 있지요?"

"하하하하하, 그거야 선생님께서 도와주신 덕분이 아닙니까. 저희 전략 분석실에서는 평소 주시하고 있던 선생님 팀에 대한 평가를 새롭게 재인식했습니다. 그런 능력을 지닌 분이라는 걸 미처 몰랐던 것은 정말 뼈저린 실수라고요. 아, 글쎄 제가 시말서까지 썼다는 거 아닙니까."

"별말씀을. 저는 한 게 별로 없습니다. 조금 더 자세히 조사해 보시면 금방 아실 것입니다."

쇼부가 겸양의 말을 하자 파브는 다시 웃었다. 그에 쇼부도 같이 웃었다.

서로 같이 웃는데 생각하는 것은 달랐다.

쇼부는 이미 파브를 한 번 본 적이 있고, 그가 어디서 일하는지도 안다. 왜 왔는지 묻지 않아도 뻔한 일이었다.

'도쿤, 이 지독한 놈들. 밖으로 수작을 피우고 안으로는 흔드는군. 아주 제대로 우릴 부수기로 작정했구나.'

파브가 만나자고 연락을 한 시점에서 쇼부는 정말 심각하게 고민했다.

구오가 생각하는 것보다 이 바닥은 훨씬 더럽다. 어디든 그렇지만 돈이 걸리고 상권이 걸렸다. 그리고 상대는 기업이다. 애당초 인정사정이 존재할 리가 없었다.

파브는 다시 술을 따르며 말했다.

"이번에 저희 전략 분석실에서는 선생님과 같이 활동하시는 친구분들의 역량을 확실히 봤습니다. 선생님께서는 이미 한 지역을 아우를 수 있는 자격이 있다는 건 의심할 여지가 없지요. 어떻습니까, 전문 프로덕션을 하나 세우시지 않겠습니까?"

"프로덕션을 말입니까?"

이건 의외였다. 선수로 영입하겠다는 제안만 해도 굉장한 거였다. 적어도 프로 선수로 계약이 되면 정식 계약금과 계약 기간 동안 연봉이 나온다.

그런데 프로덕션을 세우란 소리는 작든 크든 간에 프로 팀 하나를 맡긴다는 소리였다. 설립 자금과 운영비를 지원해 주겠다는 건데, 이건 그냥 선수 계약과는 차원이 달랐다.

파브는 자신을 믿어달라는 듯 여유있게 미소를 지으며 말을 이었다.

"선생님의 신용과 인간관계를 깎아내릴 마음은 추호도 없습니다. 챙길 분이 많으실 텐데, 프로덕션이 있으셔야죠."

"으음."

"저희는 마키오에 어떤 감정도 없습니다. 사실 마키오는 어떤 지원도 없이 자연스럽게 서북 지역을 장악하지 않았습니까? 이건 동업자로서 크게 감탄하면 했지, 화를 낼 일은 아니지요. 단지 상황이 상황이다 보니… 험, 그러니까 그 길드 마스터께서 저희와 조금이라도 우호적이었으면 얼마나 좋았겠습니까?"

"그렇군요. 과연, 말씀은 잘 알겠습니다."

쇼부는 이해했다는 듯이 천천히 고개를 끄덕였다.

"하하하하, 한 사람만 다치면 되지, 굳이 많은 사람이 다칠 필요가 있겠습니까?"

파브는 쇼부가 별 이의를 제기하지 않자 그럼 그렇지, 하는 표정으로 크게 웃었다.

쇼부는 은밀히 만나자고 할 때 순순히 나왔고, 술도 따라 주는 대로 주거니 받거니 마셨고, 한 번도 파브의 말에 격하게 반발하지도 않았다.

'하기야, 이런 제안을 받고도 넘어오지 않을 사람은 없지. 적어도 프로를 목표로 하는 사람이라면 말이야.'

마키오는 공중분해시킨다.

오자와가 직접 지휘를 하고, 사장 직속의 팀이 움직였다. 이제는 실패고 뭐고 없다. 거대한 쓰나미가 덮친 뒤에는 아무 것도 남지 않는다. 그저 잔해만이 남을 뿐이다.

잔해가 된 마키오의 조각들을 쇼부에게 주워 담게 한다.

그것이 오자와의 지령서에 적힌 내용이었다.

$$* \qquad * \qquad *$$

"그렇다더라."

쇼부는 파브와 헤어지자마자 마키오의 사무실로 돌아와 구오에게 모든 걸 그대로 말해주었다. 동영상 촬영이 되는 곳이었다면 아예 촬영을 해서 틀어주고 싶은 심정이었다.

이런 일은 바로바로 적나라하게 보고를 해야 서로간의 신뢰가 흔들리지 않는 법. 숨길 거라면 몰라도 말할 거라면 절대로 머뭇거려선 안 된다.

"에휴, 그놈들은 음모를 너무 좋아해요. 그 정도 힘이 있으면 그냥 정식으로 도전장을 내던가 하지. 웬 밑작업을 그렇게 많이 해요?"

구오는 정말 도쿤이 좋아지지 않았다.

비매너 꼬장이라던가 알박기식 무투파 길드 투입이라던가 하는 점에서부터 이미 아니었다.

"아무래도 그쪽에 이런 걸 좋아하는 놈이 있나 보다. 합리적인 운영 효율 어쩌고저쩌고 하면서 뉘치기로만 사람을 상대하는 버릇이 든 거다."

"그래도 잘됐네요."

"뭐가?"

"마키오는 안 망하는 거잖아요. 완전 보증수표를 받은 셈이니까. 만약에 이번에 쓸리면 형이 마키오 맡아주세요."

"야!"

"윽, 소리 지르지 마세요."

"내 분명히 말하는데, 정말 우리 길드가 도쿤에 쓸리고 네가 게임 못하게 되면 마키오는 그냥 접는 거다. 너 때문에 만든 길든데, 너 빠지면 날려야지."

"에이, 그래도 지금 가입한 사람들도 있는데 어떻게 그래요."

"그런 건 난 몰라. 당삼한테 맡기던가 그래라."

"쩝, 알았어요. 그냥 안 지고 말죠."

"그래. 어떻게 이길지는 몰라도 절대 지지 마라."

"알았어요."

"그런데 한 가지 모르겠는 건……."

"예."

"왜 그놈들이 나한테 프로덕션까지 차려주면서 마키오를 유지시키려는 건지 모르겠어. 그 돈이면 굳이 마키오가 아니라 새로 길드를 만들어도 충분하거든."

"형이 탐나서 그런 거겠죠."

"농담이 아니야. 그냥 나와 계약해 줄 테니 협조하라면 그러려니 했을 건데, 이건 저쪽에서 내민 떡이 너무 커. 도쿤은 결코 손해 보는 장사를 하는 곳이 아니거든."

쇼부의 말에 구오도 고개를 갸웃했다. 쇼부가 그렇다면 그런 거다.

"그놈들 속셈이야 언젠간 알게 되겠죠. 일단 싸우고 나서 생각해 보죠."

답이 안 나오는데 고민을 해봐야 정신력만 소모될 뿐이다. 구오는 의자에서 몸을 일으켰다.

그때 바깥쪽에서 똑똑, 노크 소리가 들려왔다. 곧 문이 열리고 상큼청춘이 들어왔다. 상큼청춘 뒤에는 피앙과 자파가 서 있었는데, 피앙의 표정이 약간 이상했다.

"어쩐 일이에요, 누님?"

아직 모두가 모이는 시간은 아니었다. 상큼청춘의 접속 시간이 평소보다 빠른 것이었다. 아무래도 피앙하고 미리 시간을 정하고 같이 접속을 한 듯했다.

"응, 피앙이 할 말이 있다고 해서."

"피앙 누님이요? 뭔데요?"

"으응, 상큼이 말이… 도쿤이 우리를 노리고 있다고 해서."

"어? 상큼 누님, 말하셨어요?"

"얘, 그게 중요한 게 아니야. 내가 말한 이유가 있다니까. 들어봐."

원래 이건 대외비였다. 피앙은 간부이기는 해도 아직 도쿤에 대한 일은 알리지 않은 상황이었다. 확실하지도 않은 일이라 간부진 전원에게 말하기도 그랬다.

그런데 상큼청춘은 말한 이유가 있다고 한다.

구오가 바라보자 피앙이 말을 꺼냈다.

"응, 그러니까 내가 일본에 유학 와서 더 지존을 시작하니까 도쿤에서 메시지가 왔더라고. 길드 가입하라고 말이야."

"그랬어요?"

"으응, 그런데 여기가 좋아서 그냥 여기 가입했거든. 나중에 다른 사람에게 들은 건데, 도쿤에서는 그걸 별로 안 좋게 생각했대."

"으음, 그러니까 피앙 누님을 정회원으로 초대했다는 말이지요?"

"응."

구오와 쇼부는 고개를 돌려 서로를 바라보았다.

피앙은 공주였으니 도쿤에서 정회원으로 초대할 만도 했다.

"상큼 누님은 그게 도쿤이 우리를 괴롭히는 이유 중 하나라고 생각하세요?"

"아니, 그게 아니라… 계속 들어봐."

사람들의 시선이 다시 피앙으로 향했다.

"그러니까… 사실은 나한테 오빠가 한 분 계시는데, 오빠가 이 게임을 하거든."

"예."

"오빠가 태국 쪽에서는 가장 큰 길드를 운영해. 그래서 도쿤은 나를 통해서 오빠하고 손을 잡으려는 거 같아."

"아, 맞다. 태국의 팡슈이 왕자. 피앙님이 그분 동생이셨군요."

"쇼부 형도 아는 얘기예요?"

"나야 유명한 길드들은 대충 다 알지. 팡슈이 왕자가 이끄는 엘레판쳐 길드는 동남아에선 거의 최고의 조직력을 자랑하거든. 주변 국가들의 신망도 꽤 높고. 보통 한국의 하이엔드하고 중국의 전뇌무림, 태국의 엘레판쳐, 그리고 우리 일본의 도쿤이 극동 4강이라고 평하는 사람이 많아."

"아항, 그래서 도쿤이 미리 엘레판쳐와 선을 연결해서 극동에 영향력을 행사하려고 그러는 거군요?"

이제야 그림이 완성되었다. 구오는 탄성을 지르며 피앙을 다시 보았다.

라이벌 길드 길드장의 여동생이 자국으로 유학을 왔다. 그런데 다른 길드에 가입을 했다.

이걸 어떻게 해석해야 할까?

단순히 반 제국의 변방인 서북 지역의 패권 문제만이 아니었다.

도쿤으로서는 구오와 마키오가 눈엣가시로 느껴질 게 확실했다. 또한 어떻게 해서든 피앙 공주를 자신들의 영향력 아래에 두려고 할 것이다.

'그래서 마키오를 부수고, 도쿤에 의해 조종되는 사람으로 다시 마키오를 재건축하려는 속셈이었군. 피앙 공주를 포함해서 말이야.'

구오가 쇼부를 바라보니 그도 거의 같은 생각을 했는지 구오에게 의미심장한 미소를 짓고 있었다.

피앙은 여전히 걱정스럽다는 눈으로 구오를 보며 말했다.

"나 때문에 마키오가 피해를 입는 거 아니니? 뭐하면 내가 오빠한테 연락해서 중재를 부탁해 달라고 할 수도 있어."

"아뇨, 피앙 누님. 그러실 필요 없어요. 누님이 얘기해 주셔서 일이 어떻게 되어가는 건지 알았으니 우리 힘으로 해결을 봐야죠."

"그게 가능해?"

"생각이 있어요."

구오가 장담하니 피앙은 알았다고 대답하고는 더 이상 이 일에 대해 말하지 않았다.

쇼부와 상큼청춘은 정말로 구오에게 대책이 있는지, 그것이 무엇인지 궁금하다는 표정이었지만 그들도 더 묻지는 않았다.

'이유야 어쨌든 저쪽이 싸움을 걸면 난 내 힘으로 적을 상대해야 한다.'

구오는 다짐했다.

＊　　　＊　　　＊

[구오님에게 상황을 알렸어요. 그런데 정말 아무런 지원도

없이 마키오가 도쿤을 막아낼 수 있을까요?]

[그건 저희도 모릅니다. 피앙님이 본의 아니게 마키오에 피해를 끼치게 된 점에 대해서는 저희도 유감으로 생각합니다만, 비지니스적으로 이쪽하고는 관계가 없는 일이니까요. 또한 피앙님이 아니더라도 지역 분쟁 상황상 언젠가는 도쿤하고 부딪칠 수밖에 없습니다.]

[하아, 좋은 사람들이라 가능하면 잘 끝났으면 좋겠어요.]

[피앙님이 원하시면 어느 정도 지원을 할 수도 있습니다. 물론 이쪽이 아닌, 피앙님 형제분의 지원으로 처리하겠지요.]

[오빠의 중재 이야기도 했어요. 그런데 바로 거절하더군요. 혼자 처리할 수 있대요.]

[그건 의외로군요. 아무튼 구오님이 그렇게 말씀하셨다면 한번 믿어보는 것도 나쁘진 않을 것 같습니다.]

[알았어요. 정말 문제가 심각해지면 그때 다시 한 번 말해 보죠.]

[그런데… 사람은 찾으셨습니까?]

[아니요. 이쪽 지역에 이렇다 할 수상한 사람은 만나지 못했어요. 혹시 잘못 아신 거 아닌가요?]

[그럴 수도 있습니다. 하지만 확실하게 반응이 있었으니 계속 수고를 해주세요. 이 일은 중요합니다. 잘못하면 시스템에 문제가 생길 수도 있어요.]

[알았어요. 그럼 계속 이곳에서 활동하며 사람을 사귈게요.]

[부탁드리겠습니다.]

*　　*　　*

구오는 혼자 소롬 마을을 나왔다.

지금 가장 중요한 일은 오크와의 싸움을 막는 것이다.

예상보다 몇 배나 되는 오크들과 싸우다 보면 이기고 지고를 떠나 큰 피해를 입을 수밖에 없다. 지금 상황에서 그건 치명적인 일이 아닐 수 없다.

당장 헬게이트 길드의 문제도 걸리고, 앞으로 닥쳐올 도쿤과의 일은 더욱 큰 난제였다.

'하기야, 그래서 도쿤에서 거액을 들여 오크를 고용한 거겠지. 독한 놈들.'

구오는 다른 사람들 앞에서는 태연한 척했지만 사실 누구보다도 이 일에 대해 걱정을 해왔다. 처리할 방법은 몇 가지 있지만 다 마음에 들지 않았다.

희생없이 넘어갈 방법은 없는가?

피앙 공주가 말한 중재 이야기도 그랬다.

도쿤에게 숙이기 싫다고 태국의 왕자에게 숙이는 건 옳지 않은 결정이었다. 그것이야말로 해서는 안 되는 일이다. 차라리 지금이라도 도쿤을 찾아가 협상을 하는 게 나으리라.

어쨌든 구오는 누구에게도 고개를 숙이고 싶지 않았다.

그런데 나싱으로부터 귓말이 와서 들어보니 오크 샤먼이 비밀리에 만나자고 한다.

이건 중요한 변수였다. 구오는 이 기회를 좋게 살려야 한다고 결심했다.

달의 길은 같은 장소라고 해서 이동하는 시간이 일정하지가 않다. 어떤 길은 빠르고, 어떤 길은 느렸다.

나싱은 라시카와 함께 반 제국의 접경 지역 중 가장 빨리 도착할 수 있는 곳으로 온다고 했다.

그럴 경우 소름 마을을 향해 오는 다른 오크들보다 훨씬 빨리 도착할 수 있다는 말이었다.

그곳은 다름 아닌 썬더도크 근방이었다. 평소 오크들이 썬더도크 주변에서 거래를 한 데에는 이런 이유가 있었다.

구오는 돌몬으로 가서 마법진을 이용, 곧 썬더도크로 이동했다.

확실히 마법진은 이용료가 비싸긴 해도 순식간에 이동을 시켜주니 좋았다. 이게 없었더라면 제국 변방에서 수도를 한 번 구경하기 위해 몇 달이란 시간을 허비해야 했을 것이다.

[나 도착했다.]

구오가 나싱에게 귓말을 보내니 조금 있다가 나싱이 대답을 해왔다.

[라시카님이 말씀하시기를, 저희는 하루 정도 더 있어야 도착할 거래요.]

[응, 그럼 이 근처에서 기다릴게.]

[예.]

이쪽이 너무 빨리 왔나 보다. 구오는 일단 썬더도크 안으로 들어갔다.

전신 갑옷을 입고 방패까지 든 구오의 모습은 유저는 물론이고, 엔피씨 중에서도 상당히 드문 경우라 주변 사람들이 신기하다는 듯 돌아보고는 했다.

"헷, 기사님이 뭐 하러 우리 썬더도크에 오셨나?"

한쪽에 서 있던 약간 추레한 남자가 살짝 도발을 해왔다. 척 보니 유저는 아니고 엔피씨인 것 같았다.

구오는 걸음을 멈추고 그 남자를 살펴보았다. 빈민가에서 사는 타락한 사냥꾼 같은 느낌이 드는 사내였다. 어쩌면 암살자일지도 모르는 일이었다.

구오는 싱긋 웃으며 그 사내에게 말했다.

"나 여기 처음인데, 저쪽에서 술이나 같이 한잔합시다."

구오가 가리킨 곳은 제법 괜찮은 술집이었다.

사내는 구오가 다짜고짜 술을 산다고 하니 크큭, 하고 음흉한 웃음소리를 흘리며 조용히 걸음을 옮겼다.

술집에 들어선 구오는 홀이 아닌 방으로 들어갔다. 그리고는 점원에게 자신이 먹을 음식을 주문했다.

잠시 후, 스테이크가 제법 잘 구워져 나왔다. 가상공간이 활성화된 후 가장 놀랍게 발전한 것은 미각과 후각을 제대로 충족할 수 있게 되었다는 점이다. 특히 담배 맛을 100% 구현할 수 있게 되었을 때에는 전 세계가 놀랐다.

구오가 우아하게 스테이크를 썰어 먹을 동안 사내는 독한 보드카를 시켜 병째로 마셨다.

"내 이름은 쇼텐이오. 그런데 왜 나한테 술을 사는 거요?"

어느 정도 술을 마실 만큼 마신 쇼텐이 먼저 구오에게 말을 걸었다. 그러자 구오는 씨익 웃으며 대답했다.

"저는 구오라 합니다. 그러니까 쇼텐님이 먼저 술 사달라고 한 거 아니었나요? 제 귀엔 그렇게 들렸는데."

"크큭, 확실히 그렇게 말하려고 했지만… 독심술이라도 익힌 거요?"

"지나가는 사람에게 갑자기 시비조로 말을 거는 데에는 이유가 있겠지요. 내가 여자라면 몰라도 남자니까 아마도 술이 이유가 아닐까요?"

"캬, 그렇지. 세상 남자는 여자 아니면 술이지. 기사 양반이 뭐를 좀 아는구려."

"그러니까 제가 술을 샀고, 쇼텐님은 이제 술값을 내시면 되는 겁니다."

"술값이라고?"

"그럼 공짜로 마실 생각이었던 건가요?"

"크크큭, 무슨 소린가 했네. 당신, 보통 사람이 아니야. 확실히 내가 당신에게 해줄 말이 있었지."

"그럼 말씀하세요. 괜히 거래하듯 흥정하기보다는 이게 훨씬 좋잖아요."

"그래, 그렇단 말이지? 그러니까 내 눈이 삐지 않았다면 당신은 구오란 사람일 거요, 마키오 길드의 수장인."

"이미 자기소개했는데요? 아까 처음 말 꺼냈을 때요."

"큭, 그렇지. 큼, 아무튼 난 첫눈에 알아봤거든. 갑옷도 갑옷이고, 검도 보통 검이 아니니까 말이야."

"예, 저도 그런 거 같았어요."

이자는 도둑 길드 같은 정보 조직에 속해 있을 것이 분명했다. 그게 아니라면 엔피씨가 다른 도시에서 활동하는 유저에 대해 들을 일이 없는 것이다.

구오는 조금 더 신중하게 쇼텐의 말을 듣기로 했다.

"그래서 하는 말인데, 마키오 수장인 당신이 왜 여기까지 왔을까 하는 거거든."

"왜 왔는데요?"

"오크 때문이지? 당신 엘프 검 팔잖아. 그러니까 오크하고는 사이가 나쁜 거잖아."

"어? 잘 아시네요. 이건 완전 비밀인데."

이건 웬 생각지도 못하던 횡재냐!

구오는 속으로 환호성을 질렀다.

길을 가는데 갑자기 일급 정보를 준다는 사람이 나타난 셈이었다. 아직 정보 자체는 듣지 않았지만 오크에 대해 말을

한다는 것 자체가 쇼텐이 보통 사람이 아니라는 것을 증명해
주는 일이었다.

구오의 마음속 환호성을 들을 수 없는 쇼텐은 의기양양한
웃음을 지으며 다시 보드카를 한 모금 마셨다.

술을 마시니 혓바닥이 더욱 잘 돌아가는지, 쇼텐의 말이 점
점 빨라졌다.

"그러니까… 요즘 이 근처에서 오크가 나온단 말이야. 이
건 아무나 아는 정보는 아닌데, 난 알거든. 그런데 때마침 당
신이 이곳에 왔어. 여기서 딱 그림이 나온단 말이야."

"인연이네요."

"그렇지! 인연, 인연 좋아. 원래는 내가 당신 있는 곳까지
찾아가려고 했는데 말이야, 난 지금 사정이 있어서 여기서 못
나가거든."

"그 사정이라는 게 빛이죠?"

"어? 어떻게 알았어?"

술 다음엔 돈이다. 이건 정해진 수순이다.

구오는 서슴없이 품속에 손을 넣어 가진 돈을 다 꺼내 테이
블 위에 올려놓았다. 그의 지간이 지금은 중요한 순간이라고
속삭였다.

쩔렁, 하는 돈 소리가 쇼텐의 심장 속까지 울렸다.

"10만 골드입니다."

"헉!"

"모자라세요?"

"아, 아니, 그런 건 아니고……."

쇼텐의 손이 테이블 위에 놓인 구오의 돈주머니를 향해 뻗어왔다. 그러나 구오는 살짝 돈주머니를 끌어당겨 쇼텐의 손이 빗나가게 만들었다.

"술은 그냥 사도 되지만 돈은 그러면 안 되죠. 쇼텐님이 만 골드어치 말하면 만 골드만 가져가시고, 2만 골드만큼 말하면 2만 골드를 얻으실 수 있겠죠."

"으윽, 내 빚이 2만 골드인 줄 어떻게 알았지?"

"그래요? 몰랐네요. 아무튼 하실 말씀이 많으면 돈 좀 만지실 수 있겠네요."

구오는 생글생글 웃었다.

구오가 돈주머니를 꺼낸 순간부터 쇼텐의 눈동자는 돈주머니에 고정되어 한순간도 떨어질 줄을 몰랐다.

할 말 있으면 하고 그만큼 가져가라는 구오의 말에 쇼텐의 입술이 덜덜 떨려왔다. 하고 싶은 말은 많은데 해서는 안 되는 부분이 있는 모양이었다.

구오는 여유있게 기다렸다.

돈이란 건 눈으로 직접 봤을 때 엄청난 유혹으로 다가온다. 그냥 귀로 얼마 줄게 하고 듣는 것과는 완전히 임팩트가 다른 것이다.

이쪽에서 돈을 내밀었으니 이제는 상대가 말을 해야 할 차례였다.

쇼텐은 손을 뻗으려다 멈칫하기를 계속했다. 이곳이 마을 밖이었다면 미친 척하고 구오를 죽이려 했을지도 모른다. 그러나 사람들이 붐비는 식당 안에서 그런 짓을 하기엔 너무 무리가 있었다.

"에이, 씨발. 그러니까 말이오……."

마침내 쇼텐이 욕설과 함께 입을 열었다. 그런데 그때, 쇼텐의 등 뒤에서 다른 사람의 말소리가 들려왔다.

"됐어요, 형. 제가 직접 거래를 할게요."

슥.

그림자가 움직였다. 사람 뒤에서 사람이 나타났다. 구오는 살짝 긴장했다. 자신이 기척을 전혀 느끼지 못한 것이었다.

'둘 중 하나다. 상상도 못할 고수, 아니면 스킬.'

구오에게 있어 상상도 못할 고수는 없다. 이제는 구오의 사부도 구오의 앞에서는 기척을 숨기지 못한다. 그렇다면 이는 분명 스킬일 터였다.

나타난 사람은 어린아이 티를 갓 벗어난 소년이었다. 나이로 보면 13~14세 정도? 귀여운 적갈색 곱슬머리에 어울리는 순진한 표정을 짓고 있었다. 그러니 겉모습에 현혹되면 안 될 일이었다. 구오 앞에서 기척을 완전히 지우고 사람 뒤에 숨어 있을 정도의 스킬이라면 최소 100레벨 이상의 것이라고 봐야 한다.

구오는 일단 돈주머니를 다시 품에 넣었다. 인벤에 넣었기에 소매치기 기술로도 훔칠 수 없을 것이다.

소년은 웃으면서 구오에게 악수를 청했다.

"저는 쇼원이라고 해요. 구오님의 명성은 정말 많이 들어서 꼭 한 번은 만나뵙고 싶었거든요."

구오는 섣불리 악수를 하려 하지 않았다. 내밀어진 쇼원의 손에서 살기와는 다르지만 기분 나쁜 기색을 느꼈기 때문이다.

"구오입니다. 쇼원님 같은 고수께서 왜 저를 찾았는지 모르겠군요."

"아하하하, 별건 아니고요. 거래할 게 있는데 혹시 하실 마음이 있는지 여쭤보려고요."

"저는 이미 쇼텐님하고 거래를 하고 있는 중인데요?"

"쇼텐 형으로는 감당이 안 되는 돈주머니가 나와서요. 뭐, 제가 개인적으로 호감이 가서 나온 거예요."

"혹시 길드 소속이신가요?"

세상에는 수많은 길드가 있다. 그러나 지금 구오가 묻는 길드란 다름 아닌 도둑 길드였다.

쇼원은 하얀 이를 드러내며 미소 지었다.

"맞아요. 썬더도크 길드 소속이에요. 쇼텐 형하고는 형제고요."

"형이라고 하시는데, 제가 보기엔 쇼원님이 형으로 보입니다만?"

"설마요. 형 맞아요."

"그런가요? 그런데 거래라고 하시면 제가 얼마나 준비해야 하나요? 방금 주머니로 충분한지 알고 싶군요."

"글쎄요? 그것만 주셔도 되고요, 아니면 더 주셔도 돼요."

상황이 정반대로 바뀌었다. 방금 전까진 구오가 쇼텐에게 말한 만큼 돈을 집어 가라고 했는데, 이제는 쇼윈이 구오에게 놓은 돈만큼 정보를 주겠다고 한다.

구오는 잠시 입을 다물고 고민했다.

'지금 우리 길드는 아주 중요한 상황에 직면해 있다. 그런데 왜 이자들이 나에게 정보를 준다고 할까?

어쩌면 거짓 정보일지도 모른다. 도쿤에서 엔피씨들을 이용해 구오를 함정에 빠뜨리고 있을 가능성도 컸다.

돈을 주고 정보를 산다. 그런데 그게 구오에게 필요한 정보인지 아닌지도 알 수 없고, 또 얼마짜리 정보인지도 확실히 모른다.

'그냥 이 주머니만큼 정보를 달라고 할까? 아니야. 이자가 직접 나타난 이유가 따로 있을 거야. 함정은 아닐 가능성이 높다.'

처음 쇼텐의 도발 낚시를 덥석 문 것은 호기심 때문이라고 할 수 있었다. 하지만 구오가 가진 돈을 모두 꺼낸 것은 일종의 직감 때문이었다. 그렇다면 그 직감을 따라 끝까지 질러보는 것도 좋지 않을까?

구오는 돈주머니를 다시 테이블 위에 올려놓고는 다시 자신의 검을 검집째 올려놓았다.

"50레벨 유니크 엘븐롱 소드 윈드투스입니다. 당장은 돈이 없으니 이 검을 맡기죠."

"하, 기사가 무기를 맡기겠다고요?"

"현금이 없으면 물건이라도 잡혀야죠. 제가 우리 길드에 가서 돈을 가져오면 그때 돌려주시면 됩니다. 참고로 이 검에는 특수한 마법이 걸려 있어서 만약의 경우 저희 쪽에서 회수가 가능하니 계약서를 써야 할 겁니다."

"흐음, 진심이군요. 그러면 구오님께서는 그 돈주머니와 검의 가치만큼 정보료를 지불하겠다는 말씀이신가요?"

"그렇죠."

"아하하하하, 이거참. 생각보다 큰 손님이시네요. 알았어요. 그럼 제가 형들이 알아온 걸 모두 정리해서 말씀드릴게요."

"알겠습니다. 그럼 계약서를 쓰죠."

"검은 안 주셔도 돼요. 구오님이라면 신용거래를 해도 될 것 같으니까요. 물론 계약서는 쓰고요."

유저는 계약서를 써도 믿을 수 없는 경우가 있다. 왜냐하면 게임을 접으면 되니까. 하지만 쇼윈이 보기에 구오는 쉽게 게임을 접거나 책임없이 도망갈 사람은 아니었는지 계약서만으로 모든 것을 믿는다 했다.

두 사람은 즉석에서 계약서를 썼다. 쇼윈이 일급 계약 서류를 항상 지니고 있었기에 굳이 방에서 나갈 필요도 없었다.

계약이 끝난 후, 구오의 돈주머니가 쇼윈의 품속으로 들어갔다.

"그럼 이제 말씀드리죠. 먼저 쇼텐 형이 주려고 했던 정보는 오크들이 주기적으로 출몰하는 장소예요."

"그건 나도 알아요. 썬더도크에서 남서쪽으로 두 시간 정도 들어간 숲속이죠?"

"그건 어디서 들었죠?"

쇼윈이 처음으로 웃지 않는 얼굴로 구오에게 물었다. 그들은 이 정보를 자신들이 유일하게 알고 있다고 확신하고 있던 모양이다.

구오는 뭘 그 정도쯤이야 하는 표정으로 말했다.

"제가 아는 정보는 그곳에서 누군가가 오크들과 거래를 하고 있다는 것이죠. 그 누군가가 누군지도 알기는 하는데, 거래 품목도 알고……."

다 알거든?

구오는 어떠냐, 하는 표정으로 뒷말을 줄였다.

쇼윈과 쇼텐이 썩은 나뭇잎을 씹은 듯한 표정으로 서로를 마주 보았다.

"이거참, 정보료를 받기도 애매한 상황이네요. 그런데 정말 그 정보를 어디서 얻으셨는지 알려주시면 안 될까요?"

"공짜로요?"

"끄응."

"일단 아는 거 다 말해봐요. 제가 정보 파는 사람도 아니고, 정보를 얻은 곳을 숨겨야 되는 상황도 아니니까요."

"그러죠. 그래서 오크들이 그자들과 무기 거래를 하는데요, 거래 수량은 한 번에 100개씩이고요. 참, 그것도 아신다고 했지요?"

"한 번에 오크 더블액스 100개씩이죠. 신경 쓰지 마시고 계속 말씀하세요."

"하아, 좋아요. 우리는 그 무기를 어디다 쓰는지 알아요. 바로 제국 남서부에 사는 소수 바바리언 부족에게 선물로 주더군요."

"앗, 그럼 바바리언들하고 손을 잡은 건가요?"

"일종의 퀘스트인 모양이에요. 바바리언들은 그 대가로 희망하는 사람들에게 전사의 길을 열어주는 것 같아요."

"으음, 검투사 전직 퀘스트를 대규모로 진행하는 거군요, 적어도 100명 단위로."

"그래요. 지금까지 약 100명의 유저 바바리언 검투사가 나온 거 같아요."

스케일부터가 달랐다. 과연 대기업답게 대량생산에 익숙하구나!

구오는 진심으로 감탄했다.

지금 마키오에서는 구오와 나싱만이 이종족 전직을 한 상황이었다. 그런데 이종족은 아니라도 바바리언이라는 특수한 소수 부족의 전직을 대규모로 진행한다니, 어쩌면 도쿤은 새로운 전투 부대를 창설 중인지도 몰랐다.

"계속하세요."

구오는 가까스로 마음을 안정시키고 쇼윈에게 재촉을 했다. 길드 예산을 소비해서 정보료를 지불했으니 들을 말은 다 들어야 했다.

쇼윈은 손가락으로 테이블을 두어 번 두드리며 생각을 정리하고는 다시 말을 꺼냈다.

"우리는 남부의 길드 하나와 연합을 해서 그쪽 부족의 퀘스트 내용을 구체적으로 알아냈어요. 바바리언들은 오크를 증오해요. 그래서 자신들과 친한 유저들에게 오크족의 더블액스를 다섯 개 가져오면 전직을 시켜준다고 하네요. 그러니까 그들의 생각으로는 오크들 중에서 더블액스를 쓸 만큼 강한 놈들 다섯을 죽이면 자신들의 친구로 대우를 해준다는 거지요."

"아항, 그렇군요."

그런 내용이었구나.

구오는 고개를 끄덕였다.

이게 원래 쉬운 퀘스트는 아니었다. 단지 상황이 이상하게 흐르다 보니 오크가 인간과 거래를 할 생각을 하게 되었고, 도쿤에서는 그걸 알고 잘 이용해 먹은 셈이다.

쇼윈은 계속 말했다.

"그런데 이번에 그다음 전직 퀘스트가 떴대요. 그러니까 100레벨용 퀘스트죠."

"오호, 그 내용도 알아내셨나요?"

"예, 그것 때문에 그쪽에서 난리가 난 모양이에요. 왜냐하면 바바리언들이 원하는 것은 바로 오크 슬레이어 칭호거든요."

"오크 슬레이어 칭호?"

"오크 히어로를 죽이거나 오크 전사, 순찰자를 20마리 이상 죽인 사람을 그렇게 불러요."

"으음, 원래대로라면 처음 전직을 할 때 어느 정도는 클리어해야 할 조건이 아닌가요?"

정상적인 싸움으로 더블액스를 다섯 개나 모으려면 오크를 몇 마리나 죽여야 할까? 구오는 그 점을 이해하기 어려웠다.

쇼윈은 웃었다.

"그게요, 바바리언 샤먼이 수정구로 점을 쳤는데, 자신들이 받은 더블액스에 오크의 피가 전혀 묻지 않았다는 점궤가 나왔대요. 그러니까 애초에 퀘스트를 낸 의도와는 전혀 달랐던 거죠. 그런데 상대가 어떤 수단을 썼든 간에 이미 약속했던 거니까 취소할 수도 없고요. 바바리언들은 신용을 목숨보다 중요시하거든요."

"아항, 그래서 어쩔 수 없이 그런 퀘스트를 냈군요?"

"예, 노골적으로 오크를 죽이라고 요구한 거죠."

"그래서 어떻게 됐나요?"

"어떻게 되긴요. 오크와 싸우려고 그쪽에 있던 전사들이 다 북상하고 있대요."

"북쪽으로 오고 있다고요?"

"예, 그런데 그자들뿐만 아니라 다른 유저들도 같이 올라오나 봐요. 약 500명 정도가……."

"으윽, 500여 명의 유저들이 이곳으로 오고 있다는 거죠?"

이건 심각했다. 구오는 그 500여 명의 도쿤 소속 유저들이 썬더도크를 향해 오고 있는 게 아니라고 생각했다. 이곳은 단지 중간 길목일 뿐이다. 최종 목적지는 뻔했다.

구오의 속을 모르는 쇼윈은 계속 말했다.

"그런 셈이죠. 문제는 그자들이 이곳에 출몰하는 오크들을 죽여도 몇 명밖에는 전업을 못할 건데 왜 그렇게까지나 몰려오느냐 하는 점이죠."

"확실히 그건 그렇네요."

이것 봐라?

구오는 쇼윈의 말에 동의하면서 속으로 중얼거렸다.

쇼윈 형제가 왜 그를 찾아왔는지 알 것 같은 느낌이 들었다. 그러나 일단은 모른 척하고 쇼윈의 말에 계속 귀를 기울였다.

쇼윈은 잠시 뜸을 들이다가 약간 작은 목소리로 속삭이듯 말했다.

"이제부터는 제 생각인데, 어쩌면 오크를 도발해서 이 썬더도크를 중심으로 오크들과 대규모 전쟁을 일으키려는 게 아닐까요?"

"으음, 그럴지도 모르겠군요. 아니, 어쩌면 그럴 가능성이 아주 클지도 모릅니다."

쇼윈은 지금 오해를 하고 있다. 구오는 그 사실을 알고 있었다.

'이종족과의 전쟁이 일어나면 썬더도크에도 좋은 일은 별로 없지. 자칫 잘못하면 도시가 오크에게 공격당할 수도 있고 말이야. 이들은 지금 도쿤 쪽 유저들이 일부러 오크를 도발하여 대규모 전쟁을 일으키려 하는 게 아닌가 하고 생각하는 중이야. 그야말로 민폐도 이런 민폐가 없다고 속으로 분통을 터뜨리겠지. 후후훗.'

웃음이 나오려는 걸 억지로 참았다.

때로는 상대의 오해가 나에게 이익으로 다가온다.

구오는 두 눈 딱 감고 일단 쇼윈이 오해하도록 놔두기로 했다. 이야기를 막고 오해를 풀어주는 것은 좋지 않은 선택이었다. 그러면 쇼윈이 지금부터 하려는 말을 들을 수 없기 때문이다. 무슨 내용인지는 아직 몰라도 적어도 구오에게 불리한 말은 아닐 것 같았다.

구오의 믿음에 보답이라도 하듯 쇼윈이 본론을 꺼냈다.

"그래서 말이에요. 구오님은 엘프족과 인연이 있으시니 이번 사태에 대해 엘프들의 중재를 부탁하실 수 있지 않을까 해서요."

"예? 엘프들에게 중재를요? 왜요?"

"엘프들이 이 사실을 알면 가만히 있지는 않을 거거든요. 지원군을 보내던가 하겠죠. 직접 지원군을 보내지 않더라도 제국과 협상을 통해 물자적인 지원을 할 수도 있고요. 그러면 제국의 정규군이 이곳을 방어하러 올 수도 있고요."

"아하, 그게 그럴 수도 있겠군요."

구오는 그제야 이해했다는 듯 고개를 끄덕였다. 그러다가 문득 생각이 난 듯 다시 고개를 갸웃했다.

"그런데 왜 직접 지원 요청을 안 하시는 건가요?"

"예?"

"여기는 정식 도시니까 제가 엘프를 통하지 않아도 영주님께서 직접 정부군의 지원을 요청하면 되는 거 아닌가요?"

"아, 그게……."

쇼윈은 한숨을 내쉬었다. 서글픈 표정이, 마치 과자를 빼앗긴 애와 비슷했다.

"이 썬더도크는 영주가 없어요. 파견 주둔군도 거의 형식적인 거라서 그다지 큰 전력이 되지 않고요."

"영주가 없다고요?"

"잘 모르시는 모양이네요. 이곳은 일종의 자유 무역 도시예요. 전에는 성채 도시였는데 군사적인 가치가 거의 없어서 오랫동안 방치되었거든요. 그래서 이런저런 사연이 있는 사람들이 이곳에 모여들어 도시를 움직여 온 거예요. 지금은 열두 명의 상인이 공동으로 도시를 운영하고 있는 거죠."

"그렇군요. 그러면 그 열두 분께서 합의를 해서 지원을 요청하면 안 되는 건가요?"

"정식 요청은 힘들어요. 그리고 오크가 쳐들어온다는 사건은 증명할 수 없는, 말하자면 예측에 불과하니까요. 혹시라도 지원 요청을 했다가 오크가 안 오면 그건 더 큰 문제가 돼요."

"과연."

구오는 완전히 상황을 이해했다는 듯한 표정을 지었다.

들을 만큼 들었다. 이제는 이쪽에서 말할 차례였다.

"그런데요, 이제 보니 쇼윈님께서는 저에게 부탁을 하시려는 거였네요."

"예?"

"오크가 썬더도크를 치려 한다. 도쿤 쪽 사람들은 신용할 수 없고, 자체적으로 썬더도크의 안위를 지킬 수 있을지 판단이 안 선다. 그래서 엘프나 정부군의 지원을 필요로 한다. 그걸 나에게 시키려 한다. 이거 아닙니까?"

"아, 예. 그렇네요."

돌변한 구오의 표정에 쇼윈은 속이 뜨끔한 듯 당황한 표정을 지었다. 소년 같은 생김새와는 다르게 산전수전을 다 겪은 쇼윈이었지만 구오의 변화는 의외였던 모양이다.

구오는 단호하게 말했다.

"저는 돈을 주고 정보를 요구했는데 그쪽은 부탁을 하는 거네요. 정보란 것도 사실은 부탁을 하려고 상황 설명을 하는 거고요."

"그, 그게요……."

"처음에 왜 쇼텐님이 저에게 접촉을 했는지 짐작이 가는군요. 조금씩 정보를 주면서 제 돈을 살살 빨아먹다가 나중에 쇼윈님이 슬쩍 와서 부탁만 하려는 거 아니었나요?"

"아니에요! 그러려고 했으면 그냥 그렇게 했지, 왜 제가 바로 나와요?"

쇼윈은 말도 안 된다는 듯 강하게 부정했다. 두 눈에서 눈물까지 글썽이는 게, 어지간히도 억울한 모양이었다.

그러나 구오는 상대의 표정을 연기라 생각했다. 강한 부정은 곧 긍정이 아니겠는가.

쇼윈이 나온 이유는 간단하다. 이자들은 급하다. 시간이 없으니 뜸을 들이며 작업을 하기보다는 구오가 대충 능력이 있어 보이자 바로 들이댄 것이다.

"그럼 이게 순수하게 정보를 준 거라고 말할 수 있나요? 부탁을 하려는 건가요, 아닌가요."

"……."

쇼윈은 대답을 하지 못했다.

구오가 기사 모습을 하고 있어서인지 모르지만 대충 넘어갈 수 있다고 생각했던 모양이다. 그러나 구오는 그동안 당할 만큼 당해와서 이제는 점점 빈틈이 없어져 가는 중이었다. 환경이 사람을 교육시키고 성장하게 만든 것이다.

잠시 후, 쇼윈이 구오의 돈주머니와 계약서를 다시 내밀었다.

"돌려 드릴게요."

항복 선언인가?

구오는 잠시 그런 쇼윈의 모습을 지켜보다가 계약서만 받아서 찢었다. 어떤 이유든지 이런 쪽 사람에게 한 번 건넨 돈을 다시 되돌려받는 것은 좋지 못했다. 정보를 얻은 것은 사실이니 10만 골드 정도는 넘겨도 될 일이었다.

"전 상인이 아닙니다. 10만 골드는 그냥 쓰세요. 이제 제 쪽에서 아는 걸 말씀드릴게요."

"헤헤헤, 구오님은 좋은 분이시네요."

쇼윈의 얼굴 표정이 금세 바뀌었다. 원래대로라면 구오가 반대로 돈을 요구해도 될 만한 사항이었다. 실제로 쇼윈은 이번 일을 맡으면서 썬더도크의 상인 연합에게 적지 않은 수고비를 미리 받았다.

그런데 구오는 그걸 어느 정도 눈치챘으면서 돈을 요구하지 않고 오히려 돈을 준 셈이다. 쇼윈으로서는 이렇게 마음 좋은 사람은 처음 보았다. 물론 모르고 당하는 호구는 제외하고 말이다.

구오는 피식 웃으면서 계속 말했다.

"쇼윈님께서 우려하신 것처럼 지금 오크 전사들이 국경으로 오고 있습니다. 그 수는 천이 넘고, 족장이 직접 인솔하고 오크 히어로들도 열 명이 넘는 모양입니다."

"헉! 족장이 직접!"

쇼윈은 경악했다.

족장이 직접 온다면 이건 종족전이다. 오크 부족 하나가 총출동했다는 것이니 난리도 보통 난리가 아닌 것이다.

이건 유저들이 감당할 만한 일이 아니었다. 썬더도크 자체가 사라질 수도 있었다.

도쿤에서 일을 벌였지만 그들로서도 이 정도까지 일이 커질 줄은 몰랐을 것이다.

아무리 도쿤의 정예가 온다고 해도 아직 유저들의 레벨은 채 100도 안 된다. 오크 히어로 몇 명과 오크 전사 500명 정도라면 어떻게든 되겠지만 설마 족장이 직접 전 부족의 전사들을 끌고 오다니! 전쟁이 나면 당하는 것은 도쿤 쪽일 수밖에 없었다.

제국에서 정예 기사단이 파병되기 전에는 절대 감당할 수 없는 것이다.

구오도 이런 사실은 알고 있었다.

오크와의 종족전이면 거의 서버 이벤트 급이다. 그래서 오히려 구오는 이번 일에 해결책이 있다고 판단했다.

족장이 직접 오는 것 자체가 이번 일이 이상하다는 걸 족장이 눈치챘다는 소리가 아니겠는가.

아직 아무에게도 말하지는 않았지만 이 부분을 잘 찔러보면 어떻게든 해결할 수 있다고 생각하던 중이다. 그런데 일이 풀리려니 족장 부인이자 오크 샤먼이 비밀리에 면담을 청하고, 또 썬더도크의 도둑들이 알아서 접근해서 정보를 준다.

'사필귀정이지. 도쿤, 니들은 고생 좀 하겠구나. 크크크크크.'

구오는 속으로 웃으면서 쇼윈에게 말을 계속했다.

"그리고 이번 일에 대해 엘프들은 도움을 주겠다고 말했습니다. 엘프의 여왕께서 직접 하신 말씀이지요."

"오옷, 그것참 불행 중 다행이군요. 엘프들이 도와준다면 틀림없이 오크들을 막을 수 있을 거예요."

쇼윈의 눈이 반짝반짝 빛났다. 엘프들이 온다면 제국의 기사단도 온다. 쇼윈의 생각이 아닌, 현재 제국의 내부 사정이 그렇다. 그렇게 심각한 일이 벌써 해결된 듯한 기분이 들었다.

그러나 구오는 고개를 살짝 저으며 말했다.

"엘프들의 참전은 제가 정중히 거절했습니다. 인간의 전쟁에 엘프가 끼어드는 것은 결코 좋은 일이 아니라고 생각했거든요."

"뭐라고욧! 이봐욧, 쳐들어오는 게 오크잖아욧! 뭐가 인간의 전쟁이에욧!"

"아아, 흥분하지 말라고요. 목소리가 바뀌었네요. 사투리도 섞이고 있거든요."

"목소리가 문제예욧? 그래욧! 나, 나이 많아욧! 댁보다 많다고욧!"

흥분한 쇼원의 목소리는 거의 쇠를 긁는 듯했는데, 방금 전까지 맑고 귀여운 소년의 것이 아닌, 거의 노인의 것처럼 들렸다. 말투를 볼 때 믿기 어려운 목소리다.

어떻게 해서 쇼원이 이렇게 어려 보이는지가 참으로 신기했다.

"아무튼 엘프는 안 옵니다. 인간이 아무리 피해를 입어도 절대 안 도와주기로 했어요."

"으으으, 도대체 어떻게 하자는 거예요?"

쇼원의 목소리가 점점 다시 소년의 것으로 돌아왔다. 흥분을 가라앉히는 것이 빠른 모습이, 확실히 노련한 교섭인인 듯했다.

구오는 고개를 앞으로 내밀며 목소리를 살짝 줄여 말했다.

"그리고 이건 정말 댁들에게 중요한 정본데요, 오크들이 공격하려는 곳이 여기가 아니거든요."

“예? 정말요?”

“슬프게도 갸들의 목적지는 제 출신 지역인 소롬입니다. 도쿤에서 1석 2조를 노리고 저희 길드와 거점 마을을 부수려고 하는 거죠.”

“우와, 그런 거였군요.”

쇼윈의 얼굴 표정이 완전히 밝아졌다. 그러다가 또 구오의 입장을 생각해서인지 억지로 걱정스러운 표정을 지었다.

“그, 그럼 저희는 괜히 걱정을 한 거네요. 그나저나 구오님 쪽은 어쩌죠?”

“뭐, 알아서 해결할 생각입니다. 그런데 한 가지 생각난 게 있는데요, 이 정보를 제가 다른 사람에게 알려도 되나요?”

“예? 무슨 정보요?”

“그러니까 오크가 공격하려는 지점이 썬더도크가 아니라 저희 마을이라는 거요.”

“아, 그건…….”

쇼윈은 눈치 빠르게 구오의 말뜻을 이내 이해했다.

지금 그들은 썬더도크의 위기를 해결하기 위해 움직이고 있다. 그런데 알고 보니 썬더도크는 전혀 위험하지 않다고 한다면?

지금까지 받은 돈은 돌려주지 않아도 된다 해도 앞으로는 좋은 일이 전혀 없다고 봐야 했다.

“헤헤헤, 구오님께서 밝히시겠다고 하면 어쩔 수 없지만,

안 밝히시겠다면 저희야 고맙죠."

쇼윈은 대놓고 구오에게 사정을 말했다. 이미 숨겨도 소용이 없는 상대라는 것은 잘 알았다. 구오가 이렇게 말을 꺼낸 이유도 원하는 바가 있기 때문일 터, 이제부터가 진정한 거래라는 것을 쇼윈은 깨달았다.

"그렇겠죠? 그럼 그렇게 하는 게 좋겠네요."

구오는 순순히 승낙을 했다. 그리고는 다른 요구 조건도 달지 않은 채 이야기가 끝났다는 듯이 자리에서 일어났다.

이렇게 되니 마음이 불편한 것은 오히려 쇼윈이었다. 그가 살아온 세계의 상식으로는 주거니 받거니가 안 되면 꼭 나중에 뒤탈이 난다는 사실이었다.

쇼윈은 얼른 다시 물었다.

"그냥 가시면 저희가 미안하잖아요. 혹시 도울 일 없어요?"

"도울 일이요? 글쎄요. 제가 지금 눈앞에 닥친 일이 바빠서 다른 데 신경을 쓸 수가 없거든요."

"아, 공격해 온다는 곳이 구오님네였죠?"

"그래요. 사실은 그거 때문에 미치겠어요. 하하하."

미치겠다고 하면서 웃는다. 전혀 안 미쳐 보인다.

구오는 잠시 생각에 잠긴 듯하다가 쇼윈에게 말했다.

"혹시 제가 이번 일을 해결하면 다음에는 도쿤이 문제가 될 거예요. 호랑이를 쫓으니 늑대가 온다고, 도쿤 쪽에서 나왔다는 놈들이 우리 뒤를 치겠죠.”

“어, 그러게요. 그놈들은 충분히 그럴 만한 놈들이죠.”

“그렇다면 혹시 도쿤 놈들이 북쪽으로 올라오는 걸 막아주실 수 있나요? 아예 막으라는 게 아니라, 가능하면 늦게 오도록 해주시면 정말 고맙겠는데요.”

“그냥 늦추기만 하면 되나요? 싸울 때 용병들을 지원해 준다던가 하는 건 필요없고요?”

“용병도 지원해 주시면 좋죠. 그래도 일단 저희가 이번 오크 일을 해결하고 다시 재정비할 시간만 벌어주셔도 되거든요.”

병력 지원이 없어도 된단다. 오크도 자체 해결을 할 모양이다.

쇼윈은 구오의 말에서 강한 자신감을 느꼈다.

마키오. 이 길드가 알고 보면 숨은 강자일지도 모른다.

진실이야 어쨌든 쇼윈은 그렇게 판단했다.

원래 살아남는 방법 제일번은 강자에게 붙는 것이다. 쇼윈은 최대한 환한 미소를 지으며 말했다.

“그 정도라면 염려 마세요. 한 달 정도는 이 지역을 못 지나가게 만들 수 있거든요.”

“그거면 충분하네요. 고맙습니다.”

“아니에요. 되레 저희가 고맙죠. 용병도 가능한 한 가격 대 성능비가 좋은 사람들로 구해볼게요. 나중에 동원 가능한 비용만 알려주세요."

"예, 그 부분은 나중에 길드 회의를 한 후에 알려 드리겠습니다. 그럼 안녕히 계세요."

그것으로 비밀스러운 만남은 끝났다.

구오에게는 정말로 얻는 것이 많은 만남이었다. 무거웠던 머리가 훨씬 가벼워지고 오크 샤먼과의 회담에서 할 말도 생겼다.

"후후훗, 역시 될 때는 다 되는 법이지."

구오는 가볍게 웃으며 하늘을 올려다보았다. 푸른 하늘에 떠다니는 구름이 자유롭고 한가해 보였다. 구름은 항상 여유가 있는데 어째서 나는 이렇게 바쁠까 하는 생각이 문득 들었다.

"그래도 구름을 감상할 여유는 생겼잖아."

구오는 스스로에게 위로의 말을 던지며 다시 걸음을 옮겼다. 이제는 오크 샤먼을 만나야 할 때였다.

CHAPTER 03
종족 분쟁의 틈바구니

WAR
LORD
워로드구오

　구오가 처음 라시카를 보았을 때 느낀 것은 그녀의 눈빛이 아름답고 신비스럽다는 점이다.

　정말로 어떻게 오크의 눈이 아름답다고 생각할 수 있는지 스스로도 이해가 안 됐지만, 오크 샤먼 라시카의 눈은 깊이를 알 수 없는 물속을 들여다보는 것 같았다.

　안쪽으로 은은하게 소용돌이지는 듯한 느낌이랄까?

　붉은빛의 눈동자가 전혀 무섭게 보이지 않았다.

　그래서인지 구오는 아무 말도 하지 못하고 라시카를 바라본 채 가만히 있었다. 라시카도 시선을 구오에게 고정한 채 움직이지 않았다.

"소개할게요. 이쪽은 마키오의 길드장인 구오님이에요. 그리고 이분은 오크 샤먼이자 주술사장인 라시카님이에요."

나싱의 소개말이 두 사람의 정적을 깼다. 구오는 얼른 먼저 인사를 했다. 그러자 라시카도 웃으면서 오크어로 인사를 했다.

곧 나싱의 통역으로 둘의 대화가 시작되었다.

구오는 어제 쇼윈으로부터 들은 도쿤의 음모에 대해 자세히 설명을 해주었다.

"그러니까… 용맹한 오크의 무기는 원수인 바바리언들에겐 적의 목이나 다름없는 모양입니다. 도쿤은 그걸 사서 퀘스트를 진행한 것이죠. 그리고 이제 무기가 아닌 진짜 오크의 목을 구해야 하기 때문에 이번 의뢰를 한 것입니다. 그들이 우리를 도와 오크들과 싸울지, 아니면 다른 방법을 쓸지는 아직 알 수 없습니다. 제가 생각할 수 있는 것은 우리가 싸우면 양쪽 다 좋은 꼴은 못 볼 거라는 것입니다."

"크슈, 그렇겠군요. 진짜 적은 따로 있었어요."

라시카는 쉽게 납득한 모양이었다. 무엇보다 바바리언과의 관계는 라시카도 알고 있었던 듯 심각한 얼굴로 고민을 했다.

잠시 후, 라시카가 구오에게 물었다.

"적이 친구가 되고, 친구가 적이 되는 경우도 있지요. 알고 보니 구오님과 우리 오크 일족은 공동의 적을 가지고 있는 셈이군요. 혹시 구오님은 그 도쿤이란 곳을 상대할 때 우리 오크 일족의 힘을 빌릴 생각이 있나요?"

"저는 엘프와 친분이 있습니다만……."

"분명히 제 눈에도 엘프와의 강한 인연의 끈이 느껴집니다. 하지만 그것이 결정적이지는 않아요. 무엇보다 구오님은 아직 엘프와 끊을 수 없는 관계가 아닙니다. 반대로 여기 나싱은 우리 오크족의 가족이 되었지요."

라시카는 웃었다. 그녀는 구오가 아직 엘프족의 기사로 전직한 것이 아니라는 사실을 아는 모양이었다.

구오의 경우 50레벨 때에는 인간 진영에서 전업을 했기에 엄밀히 말하면 엘프와는 그냥 친분이 있는 정도고 어떤 의무도 없다고 볼 수 있었다. 비록 이미 100레벨 전직 퀘스트를 완료했다고 하더라도 전직을 한 것은 아니니 취소하면 그만이라는 게 라시카의 의견이었다.

"저보고 오크 진영으로 들어오란 말씀이십니까?"

"꼭 그런 건 아닙니다. 우리가 도움을 주겠다고 제의하는 이유는 바로 나싱 때문입니다. 그녀는 우리의 가족이니 적으로부터 나싱과 그녀의 친구들을 지키는 것은 오크로서 명예로운 일이니까요. 특히 도쿤은 우리들을 속이고 우리 원수들로부터 전직을 했어요. 나싱이 아니더라도 그들과는 싸워야 합니다. 우리 일족뿐 아니라 모든 오크는 도쿤이란 존재를 기억할 거예요."

도쿤, 니들은 망한 거야.

구오는 속으로 중얼거렸다. 세상에 오크가 얼마나 있는지 몰라도 앞으로 도쿤이 이들 때문에 적지 않은 고생을 할 것은 뻔한 일이었다.

라시카는 계속 말했다.

"구오님의 경우, 엘프와의 인연을 끊는 게 좋긴 하지만 그 게 싫으시다면 꼭 그럴 필요도 없지요. 단지 엘프족으로부터 기사 임명을 받지 않겠다고 약속해 주시면 되겠네요. 엘프족 에게서 정식으로 전직을 하시면 어쩔 수 없이 우리 오크는 구 오님을 적으로 간주하게 됩니다."

"으음, 그렇군요."

"만약 구오님께서 그쪽에서의 전직을 포기하신다면 구오 님은 우리 오크들과 엘프 양쪽과 친분을 가지는 거의 유일한 존재가 되실 거예요. 이것도 규율을 거의 위반하는 것과 다름 이 없지만, 상황이 특수한데다 나싱이 있으니 여기까지는 제 명예를 걸고 약속드리겠습니다."

"으으으음."

거절하기 어려운 제의였다. 오크와 엘프 양쪽에 친분을 가 진 인간. 이게 얼마나 이루기 어려운 일인지 구오는 느낄 수 있었다.

한마디로 플러스와 마이너스 양쪽에 동시에 존재하고, 얼 음과 불이 섞여 있는데도 얼음이 녹지 않고 불이 꺼지지 않는 것과 같지 않을까?

무엇보다 라시카는 구오에게 오크 진영으로 넘어오라고 하지 않았다. 엘프와 오크 사이에 있으라고 했다. 그 점이 구오의 마음에 쏙 들었다.

문제는 이 제안의 대가로 엘프 기사로의 전직을 포기하는 것에 있다. 어떻게 보면 당연한 일이었다.

하지만 그렇게 고생을 해서 전직 퀘스트를 끝냈는데, 그걸 포기하면 이번에는 인간 진영에서 다시 전직 퀘스트를 해야 했다.

그리고 무엇보다 자신에게 특례를 인정해 준 엘프 여왕 일레니아에게 미안했다.

기사란 명예와 신의를 지키는 존재.

일레니아는 그렇게 말했다.

레벨이 안 되었을 뿐이지, 이미 일레니아는 구오를 엘프족의 기사로 여기고 있다.

'아, 이거 정말 미치겠네.'

구오는 갈등했다. 가만히 있어도 목이 바짝바짝 말라왔다.

분명히 라시카의 제안은 그에게 있어 유리한 것이고, 그가 가장 원하는 형태였다. 그런데 이게 기쁘기는커녕 가장 큰 심화가 되어 구오를 괴롭혔다.

구오는 시선을 돌려 나싱을 바라보았다. 그런데 나싱의 시선은 구오가 아닌 허공 한쪽을 향해 있었다.

[나싱, 퀘스트 떴어?]

허공에 시선이 고정되는 경우 대부분 퀘스트 때문이다. 본인만 읽을 수 있는 퀘스트 판을 읽고 있는 중이기 십상이다.

[예, 그게… 오라버니를 설득해서 라시카님의 제안을 수락하게 하라는 퀘스트네요. 헤헤헤.]

[윽, 그렇구나. 넌 오크족 순찰자니까 그게 퀘스트로 뜰 수도 있겠군.]

[신경 쓰지 마세요. 지금은 제가 중요한 게 아니잖아요. 오라버니가 판단하시는 대로 결정하는 게 좋죠.]

나싱은 구오에게 부담을 주지 않으려 했다. 사실 나싱은 라시카와 구오를 만나게 하는 퀘스트를 받은 것도 구오에게 비밀로 했다. 구오가 거절하면 그냥 실패로 끝내면 된다고 생각했기 때문이다.

이번에 뜬 퀘스트도 구오가 묻지 않았으면 말하지 않았을 것이다. 나싱은 어떤 경우라도 구오의 판단을 흔들리게 하고 싶지 않았다.

이런 나싱의 마음을 구오는 아직 모르고 있었다.

구오는 잠시 고민하다 라시카에게 말했다.

"라시카님, 그 결정은 잠시 미루어도 되겠습니까? 사실 저는 오크 일족이 인간과 싸우지 않았으면 좋겠다고 생각하고 있습니다만… 그게 도쿤이라도 말입니다."

"그건… 어쩌면 힘들지도 몰라요. 오크의 속담에 이런 말이 있답니다. 한번 도끼를 들면 호박이라도 찍어야 한다."

어디서 많이 들었던 속담이다. 인간에게는 한번 칼을 뽑으면 무라도 잘라야 한다는 말이 있는데, 아마 같은 뜻인 듯했다.

"그렇다면 이미 싸움을 위해 출동을 한 이상 그냥 돌아갈 수는 없다는 겁니까?"

"그래요. 특히 이번에는 족장이 직접 나섰기 때문에 그냥 돌아갈 경우 족장이 자리에서 물러나야 할지도 몰라요."

"윽, 그렇군요."

생각보다 엄격한 상황이었다. 족장이 물러나야 한다면 그야말로 죽어도 싸워야 한다는 뜻이 아니겠는가.

구오는 속으로 한숨을 내쉬면서 다시 말했다.

"그렇다면 라시카님께서 제가 족장을 만나도록 중재해 주실 수 있나요? 라시카님의 명예를 의심하는 것은 아닌데, 일단 족장과 대화를 나눠보고 싶습니다."

"구오님이 저를 무시한다고는 생각하지 않습니다. 원하신다면 족장과 만날 수 있도록 해보지요."

이런 걸 보면 오크에게는 쓸데없는 자존심은 없는 모양이었다. 어쩌면 인간과 자존심을 세우는 부분이 다를지도 모르지만.

어쨌든 라시카는 혼쾌히 승낙을 했고, 구오는 라시카를 따라 함께 길을 떠났다.

라시카는 수정구로 몇 가지 점을 쳐보더니 이내 달의 길로
접어들었다. 달의 길은 목적지가 같아도 들어가는 시기에 따
라 경로가 다를 정도로 복잡하다. 그렇기 때문에 오크들을 만
나려면 도착 지점인 소롬 근처에서 기다리는 게 현명할 터였
다.

그러나 라시카는 조금이라도 먼저 구오를 족장과 만나게
하기 위해 예언의 힘을 쓰기로 했다.

"예언의 힘? 그것도 일종의 스킬인가?"

"예, 유저는 익힐 수 없는 오크 샤먼 전용 스킬인가 봐요."

"쳇. 유저는 익힐 수 없는 스킬이라니, 불공평하네."

"상급 비전이나 예지 능력 같은 것은 유저에게는 절대로
허용이 안 된대요. 대신 그런 능력은 유저들을 상대로는 통용
이 안 되니까요."

"하기야, 유저들의 미래는 예측하기 어려운 것이니 어쩌면
공평한 일이겠군."

구오는 나싱의 설명을 들으면서 또 다른 생각을 했다.

'유저의 미래는 알 수 없지만 엔피씨의 미래는 예지가 가
능하단 건가? 그렇다면 이들의 행동 같은 것에 어느 정도 법
칙이 존재할 수도 있다는 소리로군.'

어쩌면 오크는 이런 대규모 전쟁을 원하지 않는지도 모른
다. 다만 유저와의 관계가 잘못 진행되어 운명이 바뀐 것이
다.

만약 운명의 신이 있다면 오크가 지금 인간과 전쟁을 벌이는 것을 막고 싶어할지도 모를 일이었다. 어떻게든 비틀어진 관계를 바로잡고 싶어할 테니까.

그날 밤, 구오는 라시카에게 조심스럽게 자신이 생각한 것을 물었다. 라시카는 차분하게 구오의 질문을 듣고 잠시 생각을 하다가 구오가 무엇을 알고 싶어하는지 깨달은 듯 수정구를 한 번 어루만지며 대답했다.

"아마 구오님의 짐작이 맞을 거예요. 그러나 운명은 완전히 고정된 것은 아니에요. 실제로 유저가 개입된 일은 언제든 변할 수 있지요. 그래서 우리는 운명이 바뀌기를 원할 때 유저에게 퀘스트를 줍니다. 하지만 유저는 이 세계의 이레귤러. 퀘스트를 주었을 때 득이 될지 실이 될지는 누구도 장담할 수 없어요. 그러니 조심해야 하는 거죠."

"아, 그래서 퀘스트가 나오는 거군요. 그러고 보니 퀘스트 부여는 엔피씨의 특수 능력이었나 보네요."

"그래요. 운명의 신을 걸고 하는 약속이니까요. 유저들은 퀘스트를 받을 수만 있고 남에게 내릴 수는 없어요."

라시카의 설명에 구오는 조금 더 이 세계의 특성에 대해 이해할 수 있게 되었다. 결국 오크들이나 엘프나 정해진 규율과 운명대로 살아야 하는데, 그들은 그걸 진심으로 받아들이고 싶지 않은 모양이었다. 그렇기 때문에 유저와 접촉을 하고 이용하려고 하는 것이다.

'족장도 변화를 원할까? 그가 원하는 변화는 무엇일까?'

생각을 하다 보니 점점 다른 결론에 접근해 갔다.

'오! 그렇다면 난 운명의 신에게 선택받은 셈이네.'

구오는 큰 깨달음을 얻었다.

왜 갑자기 썬더도크의 도둑 길드에서 사람이 다가와서 마구 정보를 던져 줄까? 오크 샤먼이 위험을 무릅쓰고 처음으로 마을을 떠나 인간과 접촉을 해야 하는가?

그냥 오크 용병만 나와도 되는 전쟁에 족장이 직접 전 부족을 이끌고 나온 것도 이상한 일이었다.

이해할 수 없는 일투성이였지만 그래도 대부분 구오에게 유리하게 돌아가는 상황이라 깊이 생각하지 않았는데, 라시카의 말을 듣고 보니 범상치 않은 운명의 개입이 느껴졌다.

'이야, 이 게임 시스템을 어떻게 만든 거지? 하기야 지금 오크들이 인간과 전면전을 벌인다는 것은 유저들에게나 엔피씨에게나 별로 좋은 일이 아니야. 싸우려면 유저들이 조금 더 성장을 한 후에나 해야 돼. 그래야 유저들이 개입할 여지가 많아지니까.'

이런 이벤트성 전쟁은 유저들이 참가자가 되어야지 구경꾼으로 남아서는 안 된다. 그런데 더 지존의 경우 엔피씨들이 단순히 운영자의 지시대로 움직이는 인형이 아닌, 그들 나름대로 역사를 가지는 존재들이기 때문에 전쟁 시기를 조정하기가 거의 불가능하다고 사람들은 말한다.

그러나 이제 보니 아주 치밀한 장치가 되어 있는 모양이었다.

아직 종족 전쟁은 일어나면 안 된다. 그렇기 때문에 그 치밀한 장치가, 어쩌면 이 세계에서 운명의 신이라고 불리는 존재가 적극적으로 그것을 막으려는 모양이었다.

'후후후후후훗, 이렇게 좋을 수가!'

구오는 완벽히 결론에 도달했다. 웃음을 참기가 어려워 얼굴 근육이 경련을 일으킬 정도였다.

'세상이 나를 중심으로 돌고 있다! 운명이 나를 선택한 거야!'

살다 보니, 아니, 게임을 하다 보니 시스템이 밀어주는 경우도 있구나.

그것은 확신이었다. 또한 흔들리지 않는 믿음이기도 했다.

흐름이 둑을 넘었다. 이제는 그 흐름에 몸을 맡기고 모든 일을 처리하면 된다.

구오는 모든 것을 얻을 것이고, 반대로 도쿤은 운명의 신을 귀찮게 한 벌을 받아야 할 것이었다.

*　　　　*　　　　*

족장 나투쿠는 체격이 컸다. 오우거만큼의 거인은 아니라도 키가 2미터를 넘고 몸통도 인간보다 두 배 정도 굵었다.

실제 몸무게가 얼마나 나갈지 궁금했는데, 적어도 300㎏은 나가 보였다.

그 거대한 덩치와 타오르는 듯한 붉은 눈을 부리부리하게 뜬 모습을 보면 자신도 모르게 도망을 가거나 검을 뽑아 싸우려 할지도 모른다.

그러나 구오는 이미 나싱이 찍어온 동영상으로 나투쿠의 모습을 몇 번이나 봤기에 태연할 수 있었다.

구오가 먼저 인사를 건네자 족장 나투쿠는 콧등을 찡그린 채 손짓을 해서 앉으라고 했다. 구오에게서 엘프의 냄새가 풍겨 참기 어려운 모양이었다. 꽃향기를 악취로 느끼는 종족이니 아무래도 엘프는 존재 자체가 해악으로 여겨질 것이었다.

나투쿠의 말을 통역하는 것은 군터였다. 반대로 구오의 말은 나싱이 통역을 맡았다.

"인간 기사, 나를 보자고 했는가?"

"위대한 족장을 뵙게 되어 영광입니다."

구오는 일단 아부가 섞인 인사를 했다. 그러자 나투쿠는 쿵, 하고 콧방귀를 뀌었다.

'윽, 아부를 좋아하지 않는 성격인가 보군.'

속이 뜨끔했지만 그런 건 그다지 중요하지 않았다. 구오는 다시 말했다.

"회담에 응해주신 것을 감사드립니다."

"인간 기사, 우리 오크는 말이 긴 것을 별로 좋아하지 않는다. 할 말이 있으면 빨리해라.”

“그렇게 하죠. 우리의 적은 도쿤이란 집단입니다. 그러니 우리끼리 싸우는 건 좋지 않습니다.”

“그건 이미 들었다. 우리는 도쿤을 칠 거다.”

“그런가요?”

생각지도 못한 나투쿠의 대답에 구오는 상당히 놀랐다. 족장 나투쿠는 이미 결론을 내린 상태였다.

오크들은 이미 라시카로부터 이야기를 다 전해 듣고 자체적으로 목표를 바꾸기로 한 모양이었다. 그러고 보니 귓말 능력은 유저만이 아니라 엔피씨 중에서도 쓸 수 있는 존재가 있다는 말을 들은 적이 있었다. 아마도 라시카가 그런 스킬이나 마법을 익히고 있었나 보다.

‘젠장, 이건 아닌데.’

구오는 속으로 혀를 찼다.

오크가 도쿤을 치는 것은 환영할 만한 일이다. 그러나 구오가 원하는 것은 그게 아니었다. 오크는 아직 인간과 싸워서는 안 되었다.

‘에잇, 모르겠다.’

구오는 마음을 강하게 먹고 단호하게 말했다.

“저는 그것을 원하지 않습니다. 도쿤도 인간입니다. 그리고 같은 제국 출신이고요. 그러니 족장께서 도쿤을 치신다면 저희도 도쿤과 함께 오크와 싸워야 할지도 모릅니다.”

"크루, 적이기 전에 같은 종족이란 말인가?"

"오크들은 어떤지 모릅니다만, 부족끼리 서로 싸움을 하는데 상대 부족에 인간이 쳐들어오면 그 인간과 손을 잡고 상대 부족을 멸하는 겁니까?"

"크루루루."

다행히 그건 아닌 듯했다. 나투쿠가 대답을 않자 구오는 겨우 안도의 한숨을 내쉴 수 있었다.

"아시다시피 저는 엘프와 친분이 있습니다."

"카하, 내 앞에서 말라빠진 나무 쪼가리 이야기는 꺼내지 마라."

"아, 예. 실례했습니다. 어쨌든 오크들이 우리 마을을 목표로 쳐들어온다고 했을 때 같이 싸워주겠다고 말한 자들이 있습니다. 그러나 우리는 그 제의를 거절했습니다. 어떤 경우라도 우리의 싸움에 다른 종족이 끼어들기를 원하지 않기 때문입니다."

"크루, 그건 옳다. 명예를 아는 종족이라면 당연히 그래야 한다."

"그렇기 때문에 오크 종족도 인간의 싸움에 끼어들지 않았으면 하는 것입니다."

"크슈, 다르다. 이건 인간의 싸움이 아니라 오크를 속인 자들에 대한 오크의 복수다. 인간 기사가 같이 싸우지 않겠다고 한다면 그것도 상관없다. 우리는 싸운다."

족장 나투쿠의 고집스러운 말에 구오는 속으로 욕설을 내뱉었다.

'아, 이 아저씨야. 누가 싸움을 말리고 싶어서 그러는 줄 알아? 니들이 싸우면 도쿤에겐 손해가 아니라 오히려 이익이란 말이다.'

오크 종족과의 전투는 도쿤의 명성을 높여줄 뿐이다. 뿐만 아니라 제국의 공헌도 역시 비약적으로 올라갈 게 틀림없다. 거기에 바바리언들의 전업 퀘스트를 대량으로 완수하여 전력적으로도 크게 올라갈 것이다.

이번 싸움은 백해무익.

그것이 바로 구오의 생각이었다.

구오는 뱃속에서 맴돌다 입으로 튀어나오려는 거친 말을 억지로 삼켰다. 덕분에 여전히 진중하고도 예의 바른 기사의 태도를 잃지 않을 수 있었다.

구오는 한숨을 내쉬며 이해한다는 듯이 말했다.

"명예를 아는 오크라면 인간의 제국 전체를 상대로도 물러나지 않을 것입니다. 도쿤이 제국의 그늘에 숨어도 절대로 멈추지 않는 게 싸움에 임한 전사의 마음임을 압니다."

"크루, 그렇다. 오크는 싸우러 왔다. 적이 바뀌었어도 싸움은 멈추지 않는다. 인간 기사, 우리 오크를 아는군."

"그렇다면 좋습니다. 싸우는 것이 좋겠지요. 단, 도쿤과는 안 됩니다. 저희와 싸웁시다."

"콰라라라? 무슨 소리냐?"

"도쿤과 싸우면 도쿤은 제국을 끌어들일 테고, 그러면 우리도 제국과 함께 오크와 싸워야 합니다. 그 과정에서 도쿤은 큰 이익을 얻게 됩니다. 어차피 싸울 거면 애초 목적대로 우리와 싸우는 게 낫습니다."

"크루루, 그건… 정말 우리와 싸울 건가?"

"그렇습니다. 또 도쿤에게 용병 고용비를 받을 수 없게 되었으니 우리가 대신 대금을 지불하겠습니다. 그러니 사소한 은원 관계는 모두 잊고 계약대로 하는 게 좋겠습니다."

"그건 있을 수 없다. 인간 기사에게 돈을 받고 인간 기사와 싸우는 건 뭔가 이상하다."

"전혀 이상할 거 없다니까요. 그게 제가 원하는 거니까요."

"크루루, 진심인가? 우리 오크는 가짜로 싸우는 법이 없다. 무조건 진짜다. 우리와 싸우면 인간 기사 쪽 사람들이 다 죽을 때까지 멈추지 않는다."

"그건 우리도 마찬가지입니다. 일단 싸우면 진짜로 오크를 죽일 겁니다."

구오는 단호하게 말했다. 두 눈에 담긴 의지는 투지의 불꽃이라 눈빛만으로 따지면 구오가 족장 나투쿠보다 더 무서울 정도였다.

잠시 후, 나투쿠는 무겁게 고개를 끄덕였다.

"좋다. 인간 기사가 우리에게 비용을 지불하겠다면 우리는 싸우겠다. 도쿤과의 관계는 일단 접어두겠다. 이번에 우리 오크가 싸울 상대는 그대들이다."

"좋습니다. 그럼 장소를 정해서 화끈하게 싸워봅시다."

싸움이 결정되었다. 구오와 족장 나투쿠는 서로를 노려보다가 만날 날짜와 장소를 정했다.

구오가 그렇게 대화를 끝내고 족장의 막사를 나오니 라시카는 따라 나오지 않고 그냥 족장 나투쿠의 옆에 앉은 채 한숨을 내쉬었다.

이것으로 엘프의 기사를 거절하고 오크와 친분을 맺는 일이나 나싱의 퀘스트도 모두 실패로 끝난 셈이었다.

뿐만 아니라 처음 마키오에 닥친 위기 상황이 조금도 해결되지 않았다.

그래도 일단 군터가 달의 길을 벗어날 때까지는 동행을 해주기로 했다. 하지만 군터도 눈앞의 상대가 앞으로 싸워야 할 적이라는 것을 알고 복잡한 눈빛을 띠었다.

그날 밤, 말없이 뒤를 따르던 나싱이 걱정스러운 얼굴로 구오에게 물었다.

"오라버니, 정말 싸울 거예요?"

"응. 어쩔 수 없잖아. 족장이 직접 오크를 이끌고 나왔는데 싸우지 않고 물러날 수는 없으니까."

"그래도……."

"후훗, 염려 마. 이건 나쁜 일이 아니야. 반대로 아주 좋은 일이거든."

"예?"

나싱은 이해하지 못하겠다는 표정이었다. 큰 눈을 깜박이는 게 열심히 궁리하고 있는 중이긴 한데 아직 구오의 의미심장한 웃음에 담긴 뜻을 짐작할 수는 없는 듯했다.

"참, 그리고 이번 일만 끝나면 사람들하고 인사해라. 이젠 괜찮지?"

"그럴게요."

나싱은 한결 편안한 얼굴로 대답했다. 이제는 정말 일반 유저들과 어울릴 자신이 있는 모양이다.

구오는 그런 나싱과 잠시 이런저런 잡담을 하면서 더욱 그녀의 기분을 좋게 만들어주었다. 방금 전까지 걱정을 시켰던 것이 조금 미안했기 때문이다.

'앞으로는 미리 설명을 조금은 해줘야 하나?'

사실 설명을 해주려고 해도 일이 어떻게 바뀔지 모르기 때문에 단정해서 말하기가 어려웠다. 변화가 워낙 심해서 일일이 설명을 할 수가 없는 것이다.

그래도 나싱을 걱정시키고 싶지는 않았기에 구오는 고민했다.

CHAPTER 04
오크전

WAR
LORD
워로드구오

　구오가 마키오로 돌아오니 해피보이가 와 있었다. 그는 안 절부절못하는 태도로 서서 길드 사무실 안을 이리저리 걸어 다니다가 구오가 들어오자 급히 다가오며 말했다.

"형님, 큰일 났어요."

"뭔데?"

"두쿤이 여길 치려고 해요!"

"어? 너 그걸 어떻게 알았냐?"

"에? 그럼 형님은 이미 알고 계셨어요?"

"그럴지도 모른다는 말을 듣고 오는 중이다."

"그럴지도 모르는 게 아니라, 여기 맞아요. 제 친구가 도쿤

의 공격 부대원하고 아는 사이인데, 어제 술 먹으면서 들었대
요."

"흠, 그러니까 지금 중앙 쪽에서 올라오고 있는 놈들의 목
표가 확실히 우리란 거지?"

"예!"

"근데 그걸 왜 미리 우리에게 알리냐?"

"예?"

"너 도쿤 쪽 사람이잖아."

"에이, 형님도. 저 도쿤 쪽 아니거든요. 전 어디까지나 이
중 첩자라고요. 빼 가는 게 있으면 넣어주는 것도 있어야죠.
아무튼 그게 중요한 게 아니잖아요."

"크크, 그래. 알았다. 일단 회의를 열자."

구오는 사람들에게 일일이 귓말을 넣어 회의 소집을 했다.
그러면서 한편에 앉아 있는 해피보이를 보았다.

'이 녀석이 제대로 된 정보를 줄 줄이야. 그것도 도쿤에서
의도적으로 알린 것도 아니고.'

보면 볼수록 알 수 없는 놈이었다. 묘한 매력도 있었다. 그
러나 그만큼 방심할 수 없는 놈이기도 했다.

"넌 외모로 승부하지 말고 첩자 쪽 재능을 살리면 성공할
것도 같다. 그러니까 앞잡이라던가 그런 거 말이야."

"앞잡이라니요. 전 어디까지나 정치적 교량역이라니까
요."

"그래그래."

"그리고 제 외모가 어때서요. 전 원래 샤방하거든요. 그리고 또 외모 보정 아이템도 있기 때문에 최소한 이 더 지존에서는 남들보다 훨씬 유리한 위치에 서 있다고요."

"외모 보정 아이템? 그런 캐쉬 템도 있었나."

캐쉬 템이란 기본 계정비 이외에 따로 현금을 주고 구입할 수 있는 편리 아이템이다.

구오의 질문에 해피보이는 보란 듯이 씨익 웃으며 고개를 저었다.

"후훗, 캐쉬 템하고는 비교도 할 수 없는 저만의 템이란 말입니다. 아시겠어요? 이건 전 서버에 저밖에 없는 거라고요."

"장난하냐? 니가 무슨 통뼈라고 서버에 하나밖에 없는 템을 써?"

"진짜라니까요. 제가 이래 봬도 서버 오픈 행사에 1등으로 당첨되었다는 거 아닙니까."

"옷, 정말? 무슨 행산데?"

"그게요… 캐릭 생성 때 외모 보정을 가장 많이 한 사람에게 주는 상이거든요. 일본 접속 유저 중에서 가장 외모에 대한 근성을 보인 게 저라고요. 그러니까 제가 이렇게 잘생긴 거 아닙니까?"

"오호, 외모 성형 최다 회수자?"

"옷, 형님도 아시네요? 그거 아는 사람은 많지 않은데."

"아, 좀 알지."

빡!

"억, 갑자기 왜 사람 뒤통수를 치셔요?"

"사내 녀석이 할 일이 없어서 3박 4일 동안 외모 성형만 했냐? 대충 만들고 열렙을 하든지 해야지."

"무슨 말씀이셔요? 외모야말로 제 무긴데! 그리고 3박 4일이 아니라 딱 하룻밤이라고요."

"알았다. 그러니 이만 나가봐."

"저, 그냥 회의 구경하면 안 될까요?"

"왜, 회의 내용 듣고 도쿤 찾아가게?"

"헤헤헤헤. 설마요?"

"설마가 사람 잡겠다. 그만 나가봐라."

"칫, 깍쟁이."

해피보이는 투덜대면서 사무실을 나갔다. 자기 딴에는 기브 앤 테이크를 원했던 모양이다. 그러나 구오는 그럴 기분이 아니었다.

해피보이가 나가자 구오는 소파에 등을 완전히 기대며 한숨을 내쉬었다.

"쩝, 저 녀석이 1등이란 말이지?"

구오는 2등이었다. 그것도 간발의 차이라고 했다. 외모 보정 아이템이 무엇인지 정확히는 몰라도 괜히 탐이 났다.

하지만 보통 이런 식의 아이템은 당첨된 캐릭터 전용으로

주어지고 절대 교환이 안 된다. 얻을 수가 없기에 더욱 입맛
이 썼다.

"앞으로 제대로 괴롭혀 주마. 크크크."

아쉬움은 곧 분노로 변했다. 구오는 해피보이를 괴롭혀 주
고 싶은 욕망이 아랫배 쪽으로부터 무럭무럭 올라옴을 느꼈
다.

*   *   *

"오크와 싸운다고?"

쇼부는 의외라는 듯한 눈으로 구오에게 물었다.

"그래요. 우리 마키오는 전력으로 오크와 싸우기로 했습니
다."

"안 싸우겠다며?"

"안 싸우기 위해서 싸우는 겁니다."

"구오야, 너답지 않게 철학하지 말고 그냥 쉽게 말해라."

"상큼 누님, 그러니까요… 이번에 딱 한 번만 싸우고 다신
안 싸우기로 했어요."

"정말?"

"예, 그래서 오크를 고용하는 돈도 우리가 지불해요. 또 싸
운 다음에는 오크들도 마을을 공격 안 하고 그냥 돌아가거든
요."

"어, 정말? 그럼 괜찮네."

싸워서 한 번 정도 죽는 건 게임을 하다 보면 밥 한 끼 굶는 것보다 자주 있는 일이다. 단지 자존심 상하는 죽음이 있고, 죽기 싫은 죽음이 있다.

그런데 구오의 설명을 들으니 평원에서 정정당당하게 한 번 붙어 싸우고 누가 이기든 둘 다 물러나기로 했다고 한다.

이 정도면 거의 스포츠다.

"이런 거예요. 이런 걸 원했어요. 그렇죠, 오빠?"

링링이 환호하며 당삼의 어깨를 잡아 흔들었다. 싸운다고 하니까 마냥 기분이 좋아진 듯했다. 당삼도 기분이 나쁘지 않은 듯 동생이 매달리는 걸 저지하지 않고 같이 미소를 지었다.

쇼부도 웃지는 않았지만 여유있는 표정으로 말했다.

"그러니까 오크를 상대로 실전 훈련을 해보자는 거군?"

"그런 셈이죠. 상대는 우리보다 강해요. 족장의 레벨부터 우리랑 차원이 다르잖아요. 그러니 그런 강력한 상대에게 어떻게 대처하는지를 이번에 좀 익혀야겠어요."

"하기야, 제대로 한번 싸우면 확실히 전체 무력이 올라가긴 하지. 그런데 지출이 넘 심한 거 아니냐? 오크 고용비를 내려면 우리가 비축한 자금은 다 털어도 조금 모자랄걸?"

"그건 주변 길드에게 빌리기로 했어요. 다크 크로스 길드가 많이 도와주겠대요. 마을만 지킬 수 있으면 어떻게든 갚을 수 있잖아요."

"알았다. 그럼 그렇게 하는 걸로 하자."

쇼부가 납득하자 다른 사람들도 별 이견이 없는 듯했다. 그렇게 회의가 끝나고 회의실에는 구오와 쇼부만 남았다.

구오는 잠시 뜸을 들이다 쇼부에게 말했다.

"형, 이번 전투에 과비크 사람들도 투입해야겠어요."

"응? 갸들은 이번엔 뺀다며."

"비공식적으로 동원해야 돼요."

"뭔가 의도가 있는 거구나?"

"예, 제 생각은요……."

구오는 자신의 구상을 쇼부에게 말했다. 오크와 거래를 한 후에 완전히 계획을 정리할 수 있었다.

"그러니까 우리의 적은 오크가 아니라 도쿤이란 말이잖아요……."

적을 잘못 알아서는 안 된다. 단 하나의 큰 적 이외에는 그 누구도 적으로 삼아서는 안 된다. 그렇지 않으면 전력을 집중하여 큰 승부를 낼 수 없다.

구오의 의도는 이랬다. 하지만 진짜 중요한 것은 그런 게 아니었다. 구오의 구상은 어떻게 도쿤을 상대할 수 있을까에 대한 것이었다.

"푸하하하핫, 확실히 그러면 재미있게 될 거 같은데!"

구오의 설명을 들은 쇼부는 크게 웃었다.

"중요한 것은 보안과 시간이에요. 사람을 선택하는 것도 역시 중요하고요. 제 생각엔 과비크 쪽 사람들하고 쇼부 형네, 그리고 당삼 형과 링링을 비롯한 무투파 사람들 중 레벨이 되고 믿을 수 있는 사람들로 뽑는 게 좋겠어요."

"알았다. 사람 뽑는 건 내가 생각해 보마. 당삼한테도 일단 사실을 알리고 말이야."

"그게 좋겠어요."

"그럼 너도 지금부터 죽어라고 레벨을 올려라."

"그럴게요. 아직 시간이 조금 있으니까요. 적어도 도쿤이 올 때까지는 맞출 수 있을 거예요."

"그래."

쇼부는 대답을 하면서 몸을 일으켰다. 그 역시 마음이 조급해진 모양이었다.

이번 계획은 무엇보다 시간이 중요했다.

썬더도크가 길을 막아준다고 해도 도쿤이 정말로 막힐지 안 막힐지는 그 누구도 알 수 없는 일이었다. 최악의 상황이 발생할 수도 있으니 만전에 만전을 기해야 했다.

그날부터 구오와 쇼부, 당삼 등을 비롯한 마키오의 몇몇 멤버들은 정말 열심히 레벨 업을 했다. 내일 무슨 일이 있더라도 오늘은 일단 레벨을 올려야 하는 상황이다.

*　　　*　　　*

"뭐라고? 썬더도크 놈들이 우리와 싸우려 한다고?"

오자와는 기가 막힌다는 표정으로 샤이나에게 되물었다. 항상 아름답게 미소 짓는 샤이나도 지금은 심각하게 얼굴이 굳어 있었다.

"썬더도크의 도둑 길드에서 우리가 오크와 거래를 했다는 사실을 알아차렸습니다. 또한 우리가 오크를 용병으로 고용하여 개척 마을을 공격하도록 사주했다고 제국에 정식으로 보고를 한 상황입니다."

"으으, 그럴 수가."

최악의 상황이다. 이종족을 고용해서 같은 제국의 다른 마을을 공격하게 했다고 하면 거의 반역이나 다름없는 범죄였다. 개척 마을끼리의 다툼이니 반역은 적용되지 않는다고 해도 치명적인 페널티를 받을 가능성이 아주 크다.

"절대로 그걸 인정해서는 안 돼! 어차피 문서는 없으니 어떻게든 빠져나갈 수 있을 거야."

오자와는 으르렁대는 목소리로 다짐하듯 중얼거렸다. 문제는 그 사실을 시장에게 어떻게 보고해야 할지가 고민이었다. 머리가 지끈지끈 아파왔다.

샤이나가 계속해서 말했다.

"실장님께서 말씀하신 것처럼 이번 사건에 대한 결정적인 증거는 없습니다. 제국에서는 일단 조사단을 파견하여 일의

진상을 밝히겠다고 선언했습니다. 단, 그사이 우리 도쿤 길드
의 병력은 다른 도시에 함부로 이동하지 말라는 지시가 있었
습니다. 어떻게 할까요?"

"어떻게 하다니? 제국에 반역을 할 수는 없으니 길드원들
에게 연락해 당분간 움직이지 말라고 해."

"가장 큰 문제는 북쪽으로 이동 중인 병력입니다."

"그렇지. 소롬 쪽으로 향하던 병력이 문제군."

"되돌릴까요?"

"그건 안 돼. 사장 성격에 절대 허락할 리가 없어. 당분간
인근 도시에서 대기를 시키도록 하지."

"그게 그쪽 일대의 도시에서 일제히 도쿤 길드 사람들의
출입을 금지하겠다고 통보해 왔습니다. 적어도 이번 일이 무
혐의로 밝혀질 때까지는 곤란하다고 하네요."

"이런 젠장, 그러면 평야에서 야영을 해야 한다는 건가?"

오자와는 생각보다 일이 더욱 심각함을 깨달았다. 엔피씨
들이 도쿤 길드 사람들을 거의 제국의 적으로 취급하기 시작
한 모양이었다. 그런데 이상한 일이었다. 이런 일이 어떻게
인근 도시에 그렇게 빨리 알려질 수 있었을까?

오자와가 샤이나를 보며 물으려 하자 샤이나는 눈치 빠르
게 먼저 설명을 했다.

"썬더도크에서 주변 모든 도시에 연락을 취했다고 합니다.
그들은 오크들의 공격 대상이 자기네 도시가 될 것이라고 생

각하는 중인 것 같습니다."

"바보 같은! 오크가 왜 썬더도크를 공격한단 말이야. 오크
는 소롬을 치기로 했잖아."

"그걸 우리가 나서서 말할 수는 없는 일이지요. 그러면 정
말 우리가 오크를 고용했다는 것을 시인하는 게 되니까요."

"끄응."

내가 왜 이럴까.

오자와는 속으로 중얼거렸다. 너무 예상외의 문제가 크게
터져서 당황을 했는지 스스로 생각해도 어리바리했다.

오자와는 심호흡을 하며 마음을 안정시켰다.

실수를 한 것은 한 거다. 책임을 회피할 마음은 없다. 그렇
다면 이제는 냉정하게 최선의 해결책을 생각해야 했다. 마치
자신의 책임이 아닌 것처럼 단호하게 모든 상황을 분석하고
처리하지 않으면 또 다른 더 큰 실수를 불러일으킬 수 있는
것이다.

잠시 후, 오자와는 샤이나에게 지시했다.

"어쩔 수 없다. 계획은 잠시 중단하고 사람들더러 돌아오
라고 해. 그리고 썬더도크 쪽에는 무조건 딱 잡아떼고, 결정
적으로 오크들이 공격을 가할 위치는 썬더도크가 아니니까
나중에는 어떻게든 둘러댈 수 있을 거다."

"그렇게 하겠습니다. 하지만 그럴 경우 우리 회원들의 2차
전직에 차질이 생기게 되는데요? 그냥 인간 진영의 전사로 전

직시킬까요?”

　2차 전직. 이건 아주 중요한 일이었다. 현재 도쿤의 최정예 부대 중에서 전사 쪽으로 키우는 사람들은 대부분 바바리언 종족의 전직 퀘스트를 받은 상황이었다. 하지만 오크와 싸울 수 없다면 바바리언의 전직 퀘스트는 수행할 수가 없었다.

　그렇다면 상식적으로 생각할 때 지금이라도 그쪽 퀘스트를 취소하고 정상적인 반 제국의 인간 진형 전직 퀘스트를 받는 게 낫다.

　하지만 오자와는 샤이나의 질문에 생각할 필요도 없다는 듯 고개를 저었다.

　“아니, 기다리게 해. 이번 오크의 공격에는 우리가 관여할 수 없지만, 다음번에는 공식적으로 우리에게 우선권이 오도록 하는 게 좋겠어. 오해를 풀기 위해 꼭 우리가 오크와 싸워야 한다는 식으로 말이야.”

　“또다시 오크를 고용할 생각이신가요?”

　“그래야지. 이종족 전직이 좋다는 건 아직 우리밖에 모르는 비밀이야. 지금이니까 이렇게 쉽게 전직 퀘스트를 할 수 있지, 나중이 되면 퀘스트 자체도 어려워지고 경쟁이 장난 아닐걸?”

　“그건 그렇습니다만…….”

　샤이나는 순순히 동의했다.

　이종족 전직이란 게 겉으로 보기엔 별것 아닌 듯하지만 잘

따져 보면 여러 가지 이익이 있다는 것은 이미 전략 분석실에서 결과를 낸 바 있었다.

이 여러 가지 이익이란 것이 쓰기에 따라서는 정말 큰 무기가 된다. 무엇보다 종족 특유의 추가 스킬을 얻을 수 있는데, 이것들은 무적은 아니지만 남들에게 잘 알려지지 않아 대비하기가 쉽지 않다.

그렇기 때문에 이종족 전직은 결코 쉽지 않다. 특히 지금은 공식적으로는 불가능하다고 알려져 있다. 심지어는 이종족 전직이 있다는 것조차 대부분 모르고 있는 것이다.

원래 오크와의 접촉은 인간의 개발이 한참 진행된 다음에야 이루어질 터였다.

그때에 비로소 이종족 전직을 할 수 있게 되는데, 이건 뒤에 시작한 사람들에게 어느 정도 이익을 주려는 의도라 할 수 있었다. 혹은 캐릭터를 다시 키우려는 사람에게도 도움이 될 것이었다, 마치 신규 종족이나 신규 직업과도 같은 개념으로.

그런데 의외로 오크 쪽에서 말도 안 되는 무역을 하려 했기에 도쿤은 이를 이용할 수 있었다.

처음 오크와 접촉을 했을 때, 도쿤의 전략 분석실에서는 그야말로 최고의 대박이라고 난리가 났을 정도다.

덕분에 백여 명의 1차 바바리언 전직자들이 탄생했는데, 이들은 정말 크게 만족하고 꼭 2차 전직도 바바리언 진영에서 하기를 희망하고 있었다.

오자와는 스스로에게 다짐하듯 말했다.

"위험 요소는 어디에든 있어. 하지만 오크는 문서를 쓰지 않으니 증거가 남지 않아. 한 번 더 고용하도록. 그 이후에는 어차피 오크와는 원수가 되겠지만 말이야."

"알겠습니다."

오자와의 결정이 내려지자 샤이나는 바로 보고를 끝내고 전략 분석실로 돌아갔다.

*　　*　　*

오크의 침략 예고는 썬더도크를 시작으로 제국의 수뇌부와 인근 도시의 지도자들에게 순식간에 전해졌다. 민감한 사항이라 아직 일반인들에게는 알려지지 않았지만 제국에서는 이걸 상당히 중요하게 생각하고 있었다.

과연 썬더도크의 주장대로 도쿤이란 유저 집단이 오크를 고용해 썬더도크를 공격하려 한 것일까? 썬더도크 측이 제출한 서류에는 결정적인 증거만 없었지, 여러 가지 정황상의 증거는 충분할 정도로 채워져 있었다.

적어도 도쿤이 오크와 거래를 한 것은 틀림없다고 조사관은 확신하게 되었다. 그는 도쿤 쪽 사람들이 바바리언 종족에서 전직 퀘스트를 수행했고, 그 수행 조건이 오크 더블액스라는 사실을 알았기에 썬더도크의 주장의 대부분을 인정했다.

또한 도쿤이 썬더도크 쪽으로 주요 무력 부대를 이동시키고 있다는 점이 의혹의 정점을 찍었다.

하지만 가장 중요한 사건은 아직 벌어지지 않았다. 오크와 밀무역을 한 것과 오크를 고용해 인간을 공격하게 한 것은 사건의 성질 자체가 달랐다.

정말로 오크가 썬더도크를 공격한다면 제국에서는 도쿤을 반역자로 선포하겠다고 선언했고, 도쿤은 절대로 그럴 리 없다고 재차 선언했다.

무엇보다 도쿤이 오크를 공격하면서까지 썬더도크를 공격할 이유를 어디에서도 찾을 수가 없었다. 그 점이 도쿤의 결백 주장을 뒷받침하는 가장 큰 논리였다.

그렇게 사방에 소문이 분분한 가운데 시간이 흘러갔다.

*　　　*　　　*

오크와 싸우기로 약속한 하루 전, 그날은 마키오의 정기 총회가 있는 날이었다. 이번 성기 총회에서는 여러 가지 아이템들을 푸짐하게 상품으로 걸고 자체 이벤트를 하기로 했기에 길드원들 대부분이 참석을 했다.

지금 마키오의 기세는 하늘을 찌를 듯했다. 헬게이트를 사실상 단독으로 싸워 괴멸시켰고, 동맹 내의 모든 길드들이 마키오의 전투력을 최고라고 인정하게 되었다.

사람들은 이번 정기 총회가 그런 점을 축하하는 장소라 생각했다.

그런데 막상 총회가 시작되자마자 길드장인 구오가 올라와 심각한 표정으로 말했다.

"어제 확인한 사실입니다만, 우리 마을 근처에 오크가 출몰하기 시작했습니다."

"오크?"

"오크라면 요즘 도쿤이 거래했다고 하는 그 오크?"

"그놈들이라면 썬더도크를 공격할 거라는 소문 아니었나?"

영문을 모르는 사람들은 뜬금없는 황당한 소식에 머리가 혼란스러운 듯 저마다 주변을 둘러보며 옆 사람에게 이게 뭔 일인가를 물었다.

구오는 재차 말했다.

"믿을 만한 소식통에 의하면, 어쩌면 도쿤이 노린 것은 썬더도크가 아닌 우리 마키오일 수도 있다고 했습니다. 이에 우리 집행부에서 요 며칠간 인근 숲의 경계 지역을 집중 마크한 결과 오크들의 출몰 사실을 알 수 있었습니다. 우려가 사실이 될 듯합니다."

"저런!"

"도쿤이 우리를 노리는 거였어?"

사람들의 동요는 심했다. 길드 세력권 내에 수많은 비매너

들이 나타났을 때보다, 헬게이트와 전면전을 벌였을 때보다
도 심했다.

도쿤은 일본 최대의 세력으로, 현실에서도 기업이니 마키
오처럼 작은 친목 길드가 쉽게 상대할 수 없는 조직이었다.
아무리 마키오가 세력을 키웠다고 해도 말이 되지 않는 일이
었다.

도쿤이 마키오를 노린다고 하면 마키오는 그날로 해체 결
정에 대한 논의를 해야 하는 게 정상이었다.

그런데 왜? 그것도 오크를 고용하면서까지!

사람들은 정말로 영문을 알 수 없다는 표정들이었다. 혹시
이게 길드장의 농담인가 하는 눈빛으로 구오를 쳐다보는 사
람도 있었다.

그러나 구오는 진지했다.

"누군가가 말하길, 헬게이트가 도쿤의 하부 조직이었다고
하더군요. 물론 물증은 없습니다. 하지만 여러분 중에도 이상
하다 생각하고 계신 분들이 있었을 겁니다. 지금까지 우리 영
지 주변에 일어난 사건들 중에는 도저히 헬게이트 정도의 길
드가 단독으로 추진할 수 없는 일들이 있었습니다. 그렇기 때
문에 우리는 따로 조사를 하게 되었고, 그 결과 도쿤이라는
이름이 나왔던 것입니다."

"으으, 그럴 수가."

"그럼 우린 어떻게 되는 거지?"

　구오의 설명에 길드원들은 당황해서 어쩔 줄 몰라 했다. 그제야 구오의 말이 진짜라는 것을 받아들인 사람도 많았다.

　도쿤이 노린다!

　그건 정말 넘기 어려운 시련이라 할 수 있었다.

　"꼭 싸워야만 합니까? 도쿤과 협상을 할 수는 없습니까?"

　누군가가 손을 들고 말했다. 협상이란 곧 항복을 의미하는 것이지만 일단 그렇게 말을 하니 귀가 솔깃할 정도였다. 다른 사람들도 '맞다, 협상!', '그래, 싸우면 안 돼', '저쪽은 프로잖아' 등등 단숨에 협상론에 마음이 기우는 듯했다.

　그러나 구오는 단호하게 말했다.

　"사실은 이전에 도쿤에서 비슷한 제의가 왔었습니다. 헬게이트와 싸우기 전의 일인데, 제가 그 제의를 거절한 바 있습니다."

　"뭐라고요!"

　"아니, 왜요?"

　몇몇 사람들이 더욱 황당하다는 표정으로 소리를 질렀다. 도쿤에서 제의가 왔다면 좋든 싫든 받았어야 하는 게 아니냐는 표정이었다.

　그러나 구오는 강하게 말했다.

　"저는 게임을 즐기고 싶었고, 또 이 지역을 힘으로 통합하여 도쿤에 바치기 싫었기 때문입니다."

　"……"

힘으로 통합하여 도쿤에 바친다.

이 말은 뭔가 함축적으로 있어 보였다. 확실히 도쿤이 이런 작은 길드를 그냥 포섭하려 할 리가 없었다. 어떤 일이든 치사한 음모가 섞여 있을 가능성이 큰 것이다.

길드원들은 입을 다물고 구오의 말이 이어지기를 기다렸다.

구오는 잠시 뜸을 들였다가 주먹을 쥐어 단상을 탕! 하고 내려쳤다.

"그러고 나서 바로 헬게이트 길드의 도발이 있었습니다. 알고 보니 도쿤은 이미 헬게이트란 자신들의 산하 길드를 이곳에 배치했으면서도 그것을 숨기고 우리 길드에게 제의를 했던 것입니다!"

"으으, 그럴 수가."

"완전히 이용하다가 버리겠다는 속셈이잖아."

"맞아. 도쿤이 그런 짓 잘해."

그제야 사람들은 일의 전후를 알겠다는 듯이 저마다 고개를 끄덕였다. 그것이 진실과 얼마나 부합되는지는 몰라도 적어도 도쿤의 평소 행태로 보아 그들에게는 확신을 줄 만한 일이었다.

"더러운 놈들."

"내참, 게임 속에서도 그런 놈들 땜에 우리가 고생을 해야 한다니. 세상 더럽네."

"차라리 게임 접을까?"

곧 대부분의 사람들은 분통을 터뜨리기 시작했다. 자신들이 잘못한 게 전혀 없는데 거대한 조직의 세력 확장 욕심에 희생되어야 하니, 이보다 더 기분이 더러울 수는 없었다.

즐겁게 놀자고 하는 게임 속에서 현실보다 더한 냉혹함을 맛보게 된 셈이다. 짜증이 날 대로 났다. 방금 전까지 전혀 예상치 못했던 대사건이라 황당함과 더불어 암울함까지 쌍으로 밀려온 듯했다.

이제 분위기는 무르익었다. 구오가 원하는 분위기는 바로 이것이었다. 상대가 강하니 이쪽은 분노로 무장해야 했다.

구오는 아랫배에 힘을 주고 강한 목소리로 외쳤다.

"저는 이런 식으로 일방적으로 당할 바에야 게임을 접을 것입니다. 하지만 그냥 접고 싶지는 않습니다. 앉아서 당하다가 울면서 피하는 것은 제 성격으로는 절대로 할 수 없는 일입니다. 죽을 각오를 하면 의외로 해야 할 일은 간단합니다. 그냥 순서대로 하면 됩니다. 먼저 오크가 공격해 오면 오크와 싸우고, 그다음에는 정식으로 도쿤과 싸울 것입니다."

"도쿤과 싸운다고?"

"그게 게임이 되나요?"

"말이 안 되지 않나?"

아무리 화가 나도 역시 상식은 살아 있다. 도쿤과 싸운다는 말에 사람들은 다시 망설였다.

구오는 사람들의 망설임에 항의라도 하듯 단호하게 선언
했다.

"제가 언제 싸울 때 이기고 지고를 따졌습니까? 여기는 현
실이 아닙니다. 게임 속입니다. 지면 게임을 접으면 그뿐입니
다. 지금 아니면 언제 저런 커다란 악과 대항해 싸워보겠습니
까? 그렇기에 저는 싸우기로 했습니다. 적어도 제가 게임을
하는 동안 도쿤이 이 지역에 들어오지는 못하게 하려고 합니
다."

"오옷!"

"맞아. 지면 지는 거지."

"거대한 악! 오빠 완전 멋져요."

"지금부터 탈퇴 신청을 받겠습니다. 또 레벨 50이 안 되는
분들은 무조건 길드를 나가주시기 바랍니다. 이제는 마키오
란 이름이 여러분을 보호할 수 없을 겁니다. 오히려 마키오란
이름을 등에 걸고 있으려면 스스로 싸워서 생존해야 할지도
모릅니다."

서레벨들의 강제 방출. 이것은 미래를 생각하지 않고 싸우
겠다는 강한 의지였다. 하기야 도쿤과 싸울 때 저레벨들은 그
다지 큰 힘이 되지 못한다. 오히려 큰 짐이 될 수도 있었다.

매너와는 담을 쌓은 도쿤이기에 싸움이 시작되면 암살단
을 가동시켜 필드 전 지역에서 마키오 길드원들에 대한 무차
별 학살을 감행할지도 모르는 상황인 것이다.

구오는 더 이상 자신들이 저레벨들을 보호할 여력이 없다는 것을 솔직하게 말했다. 다른 연합 길드들이 탈퇴한 길드원들을 받아주기로 했다는 말도 했다.

마지막으로 구오는 정말 비장한 어조로 선언했다.

"이제 마키오는 완벽한 싸움 조직으로 거듭날 것입니다. 앞뒤 생각하지 않고 한번 끝까지 싸워보고 싶은 분, 세상이 모두 적이라도 좋다는 분들만 남아주시기 바랍니다. 한 분이 남으면 그 한 분과 함께 싸우고, 열 분이 남으면 열 명과 함께 싸울 뿐입니다. 이상입니다."

"좋아. 한번 제대로 싸워보지."

"흐흐흐, 난 이런 점이 좋아서 마키오에 든 거거든."

"내 싸움을 좋아하는 건 아니지만 길드가 위험에 빠졌는데 그냥 나갈 수는 없지. 나가도 싸움이 끝나고 나가야지."

"도쿤하고 죽기 살기라고? 그게 말이 되는지 참 궁금하네. 어쨌든 한번 엮어라도 본다고 하니 같이 놀아야지."

대부분의 사람들은 구오의 말에 할 마음이 생긴 듯 전의를 불태웠다.

이들 중 상당수는 현실에서도 무술을 하는 자들로, 싸움에 앞서 물러나지 않는다는 것을 뼛속에 새긴 사람들이었다. 현실이라면 하나뿐인 목숨과 인생을 걸어야 하니 더러워도 참을 수밖에 없지만 여기는 어디까지나 게임. 갈 데까지 가보자란 마음이 생긴 것이다.

　그만큼 앞에 구오가 깔아놨던 도쿤의 더러운 음모가 그들의 기분을 상하게 했다.

　그날로 마키오는 전 길드원들이 전투 조직 체제에 들어섰다. 탈퇴한 회원들도 있었고, 저레벨들은 구오가 말한 대로 강제로 탈퇴를 시켰지만, 전력이 약화되었다기보다는 정예화되었다고 해야 맞을 것이다.

　구오는 당장 눈앞으로 닥쳐온 오크와의 일전에서 가능한 한 모든 길드원들이 나아가 맞서 싸우기로 하고, 다른 동맹 길드들에게도 지원을 요청했다.

　이에 동맹 길드들 중 몇몇은 도쿤이란 이름에 겁을 먹고 지원을 거절했지만 오히려 그쪽 길드원들 중에서 도쿤을 별로 안 좋아하는 길드원들이 제멋대로 길드를 옮겨 마키오에 들어오는 일이 벌어졌다.

　그렇게 반 제국의 서북 지역은 도쿤과 싸울 자와 싸우지 않을 자로 나뉘고, 싸울 자들은 모두 마키오로 몰려들었다.

＊　　　＊　　　＊

　천여 명이 넘는 오크들이 숲 안쪽으로부터 걸어나오는 모습은 생각보다 훨씬 위협적이었다. 해가 질 무렵이라 하늘이 붉고 숲 안쪽은 이미 어둠이 드리워져 있었다.

　오크들은 소리를 지르거나 진군용 북을 두드리지 않았다.

심지어는 발자국 소리도 거의 나지 않았다. 그저 그들이 내뿜는 거친 숨소리만이 오크들의 접근과 더불어 더욱 선명하게 들려올 뿐이었다.

오크와 싸우기 위해 마키오에 모인 사람들의 수는 약 육백여 명, 이들 중 대부분이 오크를 처음 보았다. 더 지존의 오크는 사람보다 오히려 체격이 약간 커 보이고 온몸이 근육질로, 확실히 박력이 있어 보였다.

대열을 맞춰 병진을 형성한 것은 아니지만 하나하나가 싸움에 익숙한 듯 전의가 왕성했다.

이에 비해 마키오의 길드원들은 오크들의 모습에 약간 기세가 위축된 모습이었다. 그나마 전에 헬게이트와의 싸움을 경험했기에 집단전이 생소하지는 않은 점이 다행이었다.

진형을 구축하고, 지휘에 따라 움직인다. 싸우는 것보다 진형을 유지하는 게 먼저다. 진형이 깨지면 다 죽는다.

지휘 능력이 가장 뛰어난 사람은 당삼이다. 그래서 당삼이 중앙을 지휘하고, 쇼부가 우익을, 구오가 좌익을 맡았다.

피앙 공주가 후위의 마법사와 원거리 격수들을 지휘했다. 피앙이 아무리 급해도 차분하고 부드러운 목소리를 유지할 수 있다는 걸 안 후에 사람들은 항상 그녀에게 마법사를 지휘하도록 부탁했다.

진형이 완성되자 구오는 쇼부에게 귓말로 말했다.

[형, 오크족의 좌측이 좀 약해 보여요.]

상대의 기세를 읽고 약점을 찾는 데에는 구오만큼 뛰어난 사람이 없었다. 쇼부가 보기엔 좌측이나 우측이나 다 비슷해 보였지만 구오에게는 다르게 보인 모양이었다.

[그래? 그럼 네가 뚫고 내가 막아야 하는 거지?]

[예. 하지만 일단 뒤로 뺄 만큼 뺀 후에 밀어붙여야 해요.]

[그거야 작전대로 해야지.]

결코 먼저 공격을 해서는 안 된다. 수비형 진형을 유지하다 결정적인 순간에 반격을 가하는 게 마키오의 전술이었다.

그러나 이게 말처럼 쉽지는 않을 것 같았다. 오크족의 돌격은 무척 거셌다. 나싱이 보여준 사냥 동영상을 보면 오크들은 정말 광전사나 다름없었다.

결국 오크들의 힘이 빠질 때까지 진형을 유지할 수 있는가가 이 전투의 관건이라고 할 수 있었다.

구오는 한시도 오크들에게서 시선을 떼지 않고 쉴 새 없이 이쪽저쪽과 귓말을 주고받았다.

어느 순간, 구오가 손을 번쩍 들며 외쳤다.

"북을 쳐요!"

둥, 둥, 둥!

마키오의 진형 후미에 있던 악단이 일제히 북을 쳤다. 그 소리에 오크들이 움찔하며 잠시 걸음을 멈췄다.

그러자 진형 사이사이에서 악기를 든 사람들이 나와 요란하게 연주를 시작했다. 동시에 이십여 명의 무희가 춤을 추었다.

방금 전까지 살기와 전의로 가득 찼던 공간에 뜬금없이 무도회가 벌어진 듯한 광경이었다.

영문을 모르는 마키오 길드원들은 허탈한 표정으로 무기를 쥔 손에 힘을 뺐다.

"저거 뭐야?"

"몰라. 완전 미친 거 같아."

"나, 이 길드에 들어온 걸 처음으로 부끄럽게 생각하는 중이야."

"작전인가?"

"작전이긴 하겠지. 하지만 꼭 이래야 하나?"

분명히 이 전투는 동영상으로 촬영되고 있을 것이다. 그리고 그건 나중에 더 지존.넷에 등록되어 서비스를 하게 될 터. 그런데 전투 직전에 이런 광경이 섞여 있으면 보는 사람이 얼마나 황당해할까? 생각만 해도 얼굴이 붉어지는 일이었다.

당황한 건 인간뿐만이 아니다.

오크들도 멍하니 서서 입을 벌리고 침을 흘렸다.

"꾸에엑, 저건 뭐냐?"

"애들이 나와 막 소리를 지른다. 추."

"저거, 죽여야 하나?"

"정말 내 도끼에 저것들 피를 묻혀야 하는 건가?"

싸움에 임한 오크들은 앞에 무엇이 나타나든 전진을 멈추

지 않는다. 그런데 이번에는 너무 황당해서 멈출 수밖에 없었
다.

구오는 그걸 보면서 입가에 미소를 지었다.

"작전대로군. 오크들이 김이 빠졌어."

쇼부와 당삼의 축하 귓말이 들려왔다. 이게 보기엔 좀 그렇
지만 의외로 효과적일 거라고 구오가 주장했을 때에는 다들
확신을 못했지만 실제로 효과가 나타나니 상당히 기쁜 모양
이었다.

이판은 사판이다. 조금이라도 오크의 기세를 꺾을 수 있다
면 남의 눈 따위는 신경 쓰지 않기로 했다.

그때,

꾸오오오오오!

오크 단 한 명의 목소리가 북과 다른 악기의 연주 소리를
눌렀다. 바로 족장이었다.

귀가 얼얼할 정도로 엄청난 목소리였다.

멍하니 댄서들의 춤과 연기를 구경하던 오크들은 화들짝
놀라 다시 무기를 들어 자세를 취하고는 같이 소리를 질러댔
다.

구오의 귓가에 나싱의 목소리가 들려왔다. 그녀는 전투에
는 참여하지 않았지만 실시간 동영상으로 상황을 구경하고
있는 중이었다.

[오라버니, 족장이 방금 다 죽이라고 했어요.]

[어, 그래?]

이쪽엔 오크 말을 아는 사람이 있는 것이다. 반대로 오크 쪽에도 인간어를 아는 오크가 있기는 하지만 이쪽은 암호와 신호로 명령을 내리니 상관없었다. 급할 때에는 귓말도 쓸 수 있으니 최소한 명령 계통의 보안은 이쪽이 유리했다.

구오는 얼른 손을 들어 신호했다.

"다 빼세요. 수고하셨습니다."

퇴각 명령이 떨어지자 지금까지 열심히 공연을 하던 댄서들이 얼른 진형 뒤쪽으로 도망쳤다.

"와, 정말 무서웠어."

"나 이제 무대 위에서도 긴장하지 않고 춤을 출 수 있을 것 같아."

그들에게는 이번 경험이 꽤 도움이 된 듯했다. 싸우려는 두 집단 사이에서 돌발 공연을 성공시켰다는 자부심이 가슴속에 가득 찼다.

댄서들이 빠진 것과 거의 동시에 오크들이 다시 움직였다. 이번에는 천천히 걸어오는 게 아니라 거의 뛰다시피 했다.

총 돌격의 분위기였다.

"방어 준비!"

중앙의 당삼이 외치자 전열에 선 전사들이 방패를 들어 벽처럼 만들었다. 이 전사들은 오늘을 위해 특별히 팔랑스라는 스킬을 장착하고 왔기에 좌우에 방패를 든 동료가 있을 경우 방어력이 기하급수적으로 올라가고 마법이나 상태 이상에 대한 저항력도 생긴다.

그러나 오크들은 방패에 의한 방어진 따위는 눈에 차지도 않는다는 듯 콧방귀를 뀌었다.

그들이 쓰는 무기는 대부분 도끼와 같은 무거운 병기. 방패로 막아도 충격은 전달이 되기에 방패진은 이들에게 있어 큰 부담이 아니었다.

"우어어어!"

오크 히어로 한 명이 크게 함성을 지르자 오크들은 일제히 전력으로 돌진하기 시작했다. 힘으로 방패진을 부수겠다는 의지가 불똥처럼 그들의 눈동자에서 튀었다.

그러나 막상 그들이 방패진의 앞쪽까지 접근했을 때 이변이 일어났다.

그곳은 전투 시작 전에 댄서들이 춤을 춘 곳이었다.

파파파팍—

"꾸에에엑!"

그것은 함정이었다. 주로 마법의 덩굴이 순식간에 성장하여 오크들의 발을 묶었다. 대미지보다는 상대의 이동을 불가능하게 만드는 함정이지만 이처럼 대규모 돌진을 하는 앞쪽에 설치가 되니 생각보다 더 성과가 있었다.

앞쪽이 덩굴에 걸려 넘어지니 뒤쪽은 당황해서 속도를 줄이려 했지만 그보다 더 뒤쪽에서 밀어붙이는 형국이다.

걸려 넘어지고, 밀려 넘어지고, 다시 밀려서 밟힌다.

밟힌 오크들의 비명 소리가 함성 소리를 덮었다.

하지만 좌측이나 우측까지 광범위하게 함정을 설치한 게 아니라 중앙에 집중적으로 심었기에 이미 좌우측 진영은 오크의 도끼와 방패가 부딪치는 소리로 요란했다.

"훗, 걸렸군. 댄서들이 춤을 춘 건 함정을 설치하는 걸 숨기려는 거였다는 말씀."

링링이 웃으며 중얼거렸다. 이 아이디어는 링링이 낸 것이다. 링링 역시 방패를 들고 중앙의 전열에 서 있었다. 그런 그녀의 앞쪽에 위치한 오크들은 넘어져 혼란에 빠진 상태였다.

링링은 즉시 방패를 버리고 할버드를 양손으로 들었다. 링링의 주변에 있던 전사들 역시 이미 전투 무기로 바꿔 들고 있었다.

"돌격!"

마키오 최고의 여성 돌격대장을 꿈꾸는 링링이 목청껏 외쳤다. 링링을 선두로 한 돌격 부대가 튀어나가자 후열의 전사들이 얼른 앞으로 나와 방패를 들어 다시 벽을 만들었다.

"마구 돌리기!"

링링은 오크들의 한가운데로 뛰어들어 할버드 창끝을 두 손을 잡고 단숨에 대여섯 바퀴를 회전시켰다. 이것은 스킬이 아닌, 그냥 평타였다. 그것도 아무짝에도 쓸모없는 정말 모양뿐인 동작이었다.

그러나 오크들은 링링의 허세에 걸려 허둥지둥 링링의 공격을 피했다.

링링이 노리는 건 서 있는 오크가 아니라 덩굴에 걸려 넘어진 오크였다. 아무래도 서 있는 오크보다 넘어진 오크를 때려잡는 게 더 편했다.

"내려찍기!"

빡—

"꾸어억!"

"계속 찍기!"

빡—

"꺼어억!"

"점프 찍기!"

"……"

"어? 계속 찍기에서 죽었던 거였네?"

링링은 자신이 잠시 흥분했음을 알고 겸연쩍은 미소를 지었다. 그리고는 곧 또 다른 넘어진 오크에게 링링 스페셜 찍기 삼단 콤보를 시전했다.

그사이 다른 전사들은 링링에게 달려들려는 오크를 막았다. 링링이 넘어진 오크를 수확하는 걸 적극적으로 도와주려는 동료애였다.

이윽고 링링이 뒤로 물러나며 외쳤다.

"저 끝났어요!"

"오키, 그럼 이제 내 차례군."

링링과 다른 전사가 자리를 바꿨다. 이제 링링은 더 이상 쓰러진 오크에게 결정타를 먹이려 하지 않았다. 철저하게 방어 위주의 싸움을 했다.

그렇다. 그들은 퀘스트 중이었다. 전쟁이야말로 공을 세울 가장 큰 기회라고 하지 않는가. 더 지존에서도 마찬가지다. 공훈은 곧 퀘스트. 중앙에 위치한 돌격대들은 모두 100레벨을 눈앞에 두고 바바리언 전직 퀘스트를 수행하기로 한 마키오 길드의 최정예였다.

그들은 함정에 빠진 오크들을 상대로 열심히, 그리고 체계적으로 퀘스트를 해내는 중이었다.

그러나 전체적으로는 별로 상황이 좋지 못했다.

"으음, 생각보다 오크가 더 세네."

구오는 심각한 표정으로 중얼거렸다.

확실히 마키오의 열세였다. 좌우 모두 가까스로 진형을 유지하고 있는데, 그것마저도 곧 깨어질 것 같았다.

단지 중앙의 돌격대만이 국지적 우위를 점하고 있지만 오크 족장이 거느리고 있는 부대 하나가 이동하려 하는 모습으로 보아 그것도 얼마 안 있어 끝날 것 같았다.

[구오야. 이대로는 1차 목표 시간까지 못 버틸 것 같다.]

그 순간 당삼의 귓말이 들려왔다.

[형, 족장 부대가 들어올 때 돌격대 빼세요. 그때까진 좌우

버티고요.]

[알았어.]

약간 무리가 있는 명령이었다. 하지만 이것도 못 버틴다면 정말 싸움이 되지 않을 터였다.

사방에서 싸우는 소리가 들려 귀가 먹먹할 지경이었다. 감도를 낮추면 좋겠지만 구오는 그러지 않았다. 이대로 예민한 감각을 유지하여 빠르게 대처하길 원했다.

쿠오, 쿼, 쿼, 쿼!

다시 족장이 뭐라고 소리를 질렀다.

[오라버니, 족장이 친위 부대에게 중앙을 신속히 정리하라고 외쳤어요.]

나싱의 해석이 바로 들어왔다.

족장의 친위 부대는 모두 셋. 백 명으로 구성되어 있으며, 오크 히어로가 지휘를 한다.

"중앙 빼세요! 작전 2번, 실행합니다."

오크의 장점이 투지라 한다면 인간의 장점은 바로 전술이라 할 수 있었다.

모든 게 작전대로였다. 구오는 아직까지는 잘되어가고 있다고 생각했다.

중앙 돌격대가 싸움을 멈추고 뒤를 돌아 달렸다. 이미 퀘스트를 완수한 사람들은 가장 뒤에서 오크의 추격을 막았다. 그들은 이제 죽어도 후회가 없는 몸이라 동료들을 위해 기꺼이 목숨을 바칠 수 있었다.

돌아온 돌격대를 방패 방벽 부대들은 따뜻한 미소로 맞이했다.

"수고하셨습니다."

"형, 정말 잘 싸우시던데요."

확실히 고수들이 앞에 나가 한번 싸워주니 다른 길드원들도 보는 눈이 즐거웠나 보다. 부대의 사기가 올라가는 것이 느껴졌다.

그사이 족장 친위대가 덩굴 함정 지대에 도착했다.

"후루카! 쉑!"

친위대 중에 주술사가 섞여 있었던 듯 덩굴 지역에 불길이 확 일어나 모든 함정을 태우기 시작했다.

친위대들은 망설임없이 불길 속으로 걸어들어 갔다. 그러자 그들의 몸에 불이 옮겨 붙어 곧 전신이 활활 타올랐다. 그런데도 오크들은 전혀 괴롭지 않은 모양이다.

[화염 전사! 오라버니, 저건 오크들의 전쟁용 주술이에요. 싸우면 불꽃이 튀어 이쪽에 옮겨 붙어요. 근접전은 위험할 거예요.]

"쩝, 처음부터 세게 나오네."

나싱의 설명에 구오는 혀를 차며 당삼에게 그 말을 전했다. 그에 당삼은 즉시 명령을 내렸다.

"불똥이 튀는 마법입니다. 방패로 막고 가능한 한 반격하지 마세요!"

중앙의 병력은 공격을 포기하고는 방패를 최대한 이용해 오크들의 도끼와 불똥을 막았다.

"이제 우리 차롄가?"

쇼부가 중앙의 변화를 살펴보다가 중얼거렸다. 그가 맡은 우측은 이미 방패 방벽진이 깨어지고 있었다.

"가자!"

쇼부가 직접 나서자 그와 함께 있던 사람들이 움직였다. 확실히 쇼부네 팀은 움직임이 좋았다. 격렬하고 화려하게 공격을 하면서도 조금만 위험할 것 같으면 미련없이 뒤로 빠졌다.

맞기 시작하면 늦는다. 적이 이쪽을 타깃한 듯싶을 때 뒤로 빠져야 살아남을 수 있다. 그것이 고 레벨 전력을 상대로 싸울 때의 요령이었다.

공격은 항상 삼위일체. 죽일 수 있는 놈부터 확실히 죽인다.

"쿠와아아아!"

우측을 지휘하던 오크 히어로가 괴성을 지르며 쇼부 쪽으로 달려왔다. 쇼부를 노리는 게 확실했다.

우군의 지휘관인 쇼부를 지키기 위해 방패 부대가 몸으로 오크 히어로를 막았다. 쿵! 하는 소리와 함께 오크와 사람이 부딪쳤다.

"저놈, 레벨 무지 높아 보이지?"

“몰러, 그래도 100레벨은 확실히 넘네.”

오크 히어로의 도끼에서 붉은 오러가 활활 타올랐다. 100레벨이 넘어야 쓸 수 있다는 오러의 힘을 쓰니 저레벨로서는 감당하기 어려웠다.

도끼가 한 번 휘둘러지면 방패가 깨어지고 사람이 튕겨 나갔다.

쇼부가 표창을 꺼내 오크 히어로에게 던졌지만, 도끼를 한 번 크게 휘두르자 바람의 압력에 표창은 맥없이 튕겨 나갔다.

“저거, 무슨 스킬이지? 장거리 공격을 막아주나 본데?”

“몰러. 100레벨 이상 스킬은 공개가 안 됐자너.”

“젠장.”

구경하던 사람들이 그걸 보고 웅성대는 사이 오크 히어로는 사람들의 방어를 뚫고 쇼부의 앞까지 도착했다. 그리고 돌진하는 힘을 이용해 더블액스로 쇼부의 머리를 노리고 내리찍었다.

퍽!

“아아악!”

쇼부는 미처 피하지 못하고 도끼에 제대로 맞았다. 평소의 그답지 못한 몸놀림이었다. 도끼에 맞은 쇼부의 몸이 붕 떠올라 뒤쪽으로 날아갔다. 바닥에 떨어진 쇼부는 그 힘을 이용하여 땅바닥을 공처럼 굴러 다시 몇 미터 물러났다.

“이 자식, 나 아직 안 죽었다!”

쇼부는 벌떡 일어나며 손에 든 검을 던졌다.

"무기 던지기!"

슈욱, 퍽!

이번에는 오크 히어로의 몸에 꽂혔다. 오크 히어로는 자신이 맘먹고 친 놈이 한 방에 가지 않고 바로 반격을 하는 것이 기분 나쁜 듯 다시 크게 괴성을 질렀다.

쇼부는 굴하지 않고 허리에서 단검을 뽑아 들고 허리를 낮추어 전투 자세를 취했다.

"와라!"

"쿠아아아!"

난전 속에서 둘의 결투가 시작되었다. 하지만 쇼부는 처음 기세와는 달리 방어와 회피에 주력하며 최대한 시간을 끌었다.

평타는 맞아도 상대가 강력한 기술을 쓸 때에는 회피 스킬로 대응했다. 오늘 쇼부의 역할은 상대를 죽이는 게 아니라 오크 히어로를 상대하는 것이기 때문에 사용하는 스킬 중 태반은 회피나 방어용이었다.

그럼에도 불구하고 쇼부는 죽을 고비를 몇 번이나 더 넘겼다. 뒤쪽에서 힐러 두 명이 적극적으로 쇼부를 지원하고 있기에 그나마 겨우겨우 버틸 수 있었다.

"씨바, 이거 장난 아니네. 100레벨을 분기점으로 캐릭이 달라진다고 하더니, 정말이잖아."

공격력이 강해도 너무 강했다. 쇼부도 어디 가서 공격이 빠지는 캐릭은 아닌데 오크 히어로에 비하면 두 배 이상의 차이가 있는 것 같다.

그래도 지금은 우는소리 할 때가 아니었다. 쇼부가 죽으면 좌측은 오래 버티지 못할 것이 분명했다.

"크와, 크와!"

드디어 오크 히어로가 완전히 광분해 버렸다. 눈빛이 붉다 못해 하얗게 변했다. 그는 쇼부가 왜 좀비처럼 죽지 않는지 깨달은 듯 쇼부를 내버려 두고 그를 지원하던 힐러를 향해 뛰었다.

"꺄아, 이놈이 비겁하게 힐러를 쳐요!"

힐러 한 명이 고발성 비명과 함께 한 방에 죽었다. 옆에 있던 힐러는 바로 뒤로 돌아 뛰려 했지만 역시 오크 히어로의 분노를 피할 수 없었다.

"쿠카카카카!"

오크 히어로는 웃었다. 귀찮은 힐러를 모두 죽였으니 이제 원래 표적이었던 적 지휘관을 잡을 차례였다. 오크 히어로는 고개를 돌려 쇼부를 찾았다.

쇼부는 어느새 무리 안쪽으로 도망가고 있었다. 그는 힐러가 죽는 순간 더 이상 싸울 의욕을 잃은 듯했다.

"쿠오옹!"

오크 히어로는 절대 도망가지 못한다고 외치면서 더블액

스를 풍차처럼 돌리며 쇼부를 향해 일직선으로 돌진했다. 이미 이곳은 방패를 든 전사들의 방패 방벽진 안쪽이었기에 오크 히어로의 무작정 돌진을 저지할 자가 없었다.

쇼부도 필사적으로 도망갔지만 곧 따라잡혔다.

위잉, 퍽!

"끄아아악!"

도망가는 적의 등에 더블액스를 박아 넣는 기분은 오크가 아니면 모르리라. 오크 히어로는 비명과 함께 회색으로 변해 튕겨져 나가는 쇼부를 보며 다시금 웃었다.

적의 지휘관을 잡았으니 이제는 이겼다.

오크 히어로는 그렇게 판단하고 안쪽에서부터 방패 방벽진을 부수겠다고 마음먹었다.

그런데 그 순간, 막 몸을 돌리려던 오크 히어로를 누군가 불렀다.

"어이, 나 아직 안 죽었거든?"

"꾸오?"

쇼부였다. 회색으로 변해 튕겨 나갔던 쇼부가 어느새 멀쩡한 모습으로 서서 손가락을 좌우로 까닥거리고 있었다. 짝다리를 짚고 한쪽 다리를 덜덜 떠는 모습이, 완벽한 도발이다.

"너네 동네는 죽은 척이라는 스킬이 없나 보지? 인간 헌터에겐 필수 스킬인데."

"커, 커어어어!"

있다. 오크 동네에도 죽은 척 스킬은 존재한다. 그래서 순찰자 계열의 적을 상대할 때에는 죽어서 회색이 된 시체라도 다시 한 번 찍는 성의를 보여야 한다. 이건 명확하게 말해 오크 히어로의 실수였다.

"쿠아앙!"

실수는 바로잡으면 된다. 오크 히어로는 마음속으로 굳게 다짐하고 다시 쇼부를 향해 돌진했다.

당연히 쇼부는 뒤로 물러났다. 돌진하는 적의 앞을 막아서는 건 바보짓이다.

소용없다. 돌진의 속도는 말이 달리는 것과 같다. 오크 히어로는 속으로 쇼부를 비웃었다.

그런데 막 쇼부의 등을 더블액스로 때리려는 순간, 오크 히어로의 발아래에서 무엇인가가 터졌다.

퍼퍼퍼퍼펑!

한두 개가 아니었다. 열 개가 넘는 함정, 그것도 대미지용 상급 폭발 함정이 일거에 작동한 것이었다. 오크 히어로는 전사 계급인지라 쇼부처럼 고양이 걸음 스킬이 없어 함정을 밟으면 터질 수밖에 없다.

"크카카카카카카! 걸렸다. 다들 쳐요!"

"와! 형, 정말 적 대빵을 여기까지 유인해 올 수 있다니 놀라워요."

"오빠, 도발 능력 짱이에요."

"훗, 오빠만 믿으라니까."

쇼부가 신호를 하자 은신해 있던 암살조들이 모두 튀어나와 오크 히어로를 집중적으로 공격했다.

애초에 쇼부가 맡은 임무는 오크 히어로를 상대하는 것. 상대한다는 건 곧 때려죽이는 걸 말하지 그냥 버티다가 죽는 건 너무 비참하다고 쇼부는 좋아하지 않는다. 그래서 쇼부는 아군 진형 한가운데에 함정 지대를 만들어놓고 오크 히어로를 유인하는 작전을 짰다.

적 지휘관이 홀로 이런 곳까지 올 거라고는 아무도 믿지 않았지만 쇼부는 확고하게 말했다.

"오크잖아. 내가 오크를 무시하는 건 아니지만, 그놈들이 열 받으면 눈이 뒤집힌다는 건 이 게임에서도 변하지 않나 보더라."

쇼부의 예측은 맞았다. 그래도 오크 히어로의 눈이 뒤집히게 만드는 쇼부의 실력은 보는 사람을 감탄하게 만드는 구석이 있었다.

퍼퍼퍼퍼퍽, 슈슈슈슈슉!

칼날이 날아들고, 마법사들의 화염 마법이 쏟아졌다.

십시일반이라, 아무리 오크 히어로가 레벨이 높고 강하다 해도 함정까지 동원한 완벽한 다굴에는 정신을 차릴 수가 없었다.

또 저레벨이라도 여럿이서 치니 상태 이상 기능이 있는 스킬도 가끔씩은 먹혀들어 갔다. 오크 히어로는 굴하지 않고 큰 스킬을 쓰려다 기술이 끊기고는 좌절의 신음성을 흘렸다.

그러면서도 오크 히어로는 쇼부를 죽이고야 말겠다는 결심을 바꾸지 않았다. 사방의 적들에게 범위 공격을 하면서도 큰 단일 공격은 무조건 쇼부한테 퍼부었다.

맞는 것도 기술이다. 아군의 힐 역량을 정확하게 알고 그걸 최대한 이용해야 한다.

쇼부는 고수였다. 탱커 계열도 아닌 격수인 헌터로서 고 레벨 네임드 몬스터의 탱킹 역할을 해낼 수 있다는 게 그걸 증명했다.

죽을 듯 죽을 듯 죽지 않는 점이 오크 히어로의 눈을 더욱 뒤집히게 만들었다.

"쿠오오오오오!"

오크 히어로의 함성. 그것엔 주변 모든 오크를 상급 광전사로 만드는 힘이 있다. 물론 본인도 포함해서다. 오크 히어로는 도망을 가려 하지 않았다. 순식간에 공격력이 30% 이상 강해져 한순간 쇼부도 죽을 뻔했다.

그러나 그만큼 방어력이 낮아져 오크 히어로의 피가 빠르게 빠졌다.

30%.

20%.

10%.

"꾸어어어억!"

억울하다는 감정이 담긴 비명이었다. 일대일로는 상대도 안 되는 놈들한테 당했다. 1대 10으로도 자신있었는데, 오크 히어로는 이를 갈면서 회색이 되었다.

"아싸, 히어로 킬 득."

막타는 쇼부가 아닌 다른 전사가 쳤다. 이로써 그 전사도 바바리언 퀘스트를 완료한 셈이었다.

"우쿠쿠쿠쿠!"

"켁?"

지휘관인 오크 히어로가 죽자 앞쪽에 있던 오크들의 기세가 눈에 띄게 줄어들었다. 방패 방벽은 깨어진 지 오래라 난전 상태였는데 적절하게 적의 힘이 약해져 그나마 아군의 피해가 확 줄어들었다.

"좋아, 이대로 방어. 방어! 방패 방어진을 재편성해요."

쇼부는 다시 차분한 목소리로 지휘를 하며 사방의 위험에 처한 사람들을 구하러 뛰어다녔다.

CHAPTER 05
잘 지면 크게 남는다

WAR LORD 워로드구오

　우측의 유저들이 쇼부의 활약으로 오크 히어로를 잡고 형
세도 대등해질 무렵, 구오가 지휘하는 좌측은 그야말로 붕괴
의 나락으로 떨어지기 직전이었다.

　이쪽의 지휘관 오크 히어로는 우측에 비해 신중한 성격인
듯했다. 방패 방어신이 무너실 때까지 나서지 않다가 길이 뚫
리자 그제야 네 명의 부하 오크를 대동하고 전면에 나섰다.

　좌우로 한 명씩, 그리고 뒤쪽에 두 명을 달고 전진을 해오
는 오크 히어로는 정말 무서운 속도로 마키오의 유저들을 도
륙했다.

　오크 히어로는 자기가 모든 적을 다 죽이려 하지 않고 강한

힘을 이용해 상대를 넘어뜨리고는 뒤처리는 부하들에게 맡겼다.

마키오가 오크를 잡는 기본 방식과 거의 비슷한데, 네 명의 부하가 죽어라고 뒤처리를 해야 할 만큼 많은 인간을 잡았다.

인간은 오크를 잡지만, 오크는 인간을 잡는다. 이미 오크 히어로에게 죽은 인간이 20명도 넘었다.

그래도 구오는 앞으로 나서지 않았다. 이미 쇼부가 우측을 정리할 때까지는 나서지 않기로 했다. 당장에라도 뛰어나가 오크 히어로와 죽고살기를 하고 싶었지만, 심호흡을 하며 마음을 안정시켰다.

피해가 점점 심각해져 이제는 구오의 앞쪽으로 단 하나의 방어 라인만이 남았다. 이들은 구오를 보호하기 위해 특별히 조직된 방어조로, 오크들이 다가오자 장비창에서 대형 방패를 꺼내 즉석에서 방패 방어진을 짰다.

"쿼쿼쿼쿼!"

오크 히어로가 웃기지도 않는다는 듯 콧소리를 내며 연신 공격을 가했다. 그러나 이번에는 유저 쪽의 방어력도 만만치 않았다.

"아직인가?"

구오는 이를 악문 채 중얼거렸다. 방금 오크 히어로와 눈이 마주쳤다. 도발적인 눈빛이었다. 구오 따위는 단숨에 날려 보낼 수 있다는 자신감과 흉포함이 오크 히어로의 눈에 비쳐졌다.

일분일초가 너무나도 느리게 흘러갔다.

그런데 그때 쇼부의 귓말이 들렸다.

[잡았다. 이제 부대 빼라.]

[우와, 정말 기다리느라 미치는 줄 알았어요.]

구오는 얼른 대답을 하고 검을 뽑아 들었다. 동시에 옆에 있던 기수가 대장의 깃발을 높이 세웠다.

띠링, 부대의 대장이 필드에 나타났습니다. 부대원 전체의 사기가 오르고 능력치 상승 효과를 받습니다.

단, 대장이 죽으면 전군의 사기가 떨어지고 모든 공격과 회복의 효과가 절반으로 떨어집니다.

대규모 필드전에서의 이벤트인 대장 출현이 발생했다. 이것은 길드장만의 특권인데, 일종의 모험과도 같다. 대장만 살아 있으면 전력 증가의 효과가 있지만 죽으면 정말 민폐도 그런 민폐가 없는 것이다.

그런데 구오는 적의 공격이 바로 눈앞에 보이는 상황에서 대장 출현 선언을 한 것이다.

"좌군, 후퇴합니다. 진형을 유지한 채 뒤로 물러서세요."

당연한 소리다. 이제 좌군의 생존은 전체 부대의 생존과 직결된다. 그것이 대장 출현의 의미였다.

"쿠에에!"

오크 히어로는 이게 웬 떡이냐는 눈빛이었다. 구오의 전신에서 은은히 뿜어져 나오는 황금빛 광휘는 바로 대장의 표식인 것이다.

이놈만 죽이면 전투는 완승으로 끝난다. 그리고 대장을 죽인 오크는 최고의 영웅이 된다.

최고의 전공 대상이 바로 눈앞에 있다. 오크 히어로가 미칠 만도 했다.

오크 히어로뿐만 아니라 다른 오크들의 눈도 완전히 구오에게 고정되었다.

심지어는 중앙군과 싸우던 오크들도 구오 쪽을 바라보았다. 그들은 왜 중앙군이 아닌 좌군에서 대장이 출현하는지 이해할 수 없다는 표정이었다.

모름지기 대장이라면 중앙군의 후위에 위치하는 게 정석 아니겠는가. 그건 오크에게도 상식이었다.

중앙군의 전력은 최강이다. 우군은 재수가 좋아서인지 잘 버티고 있지만 전력적으로 중앙군에는 못 미쳤다.

좌군은 말할 것도 없다. 이미 붕괴 중인 최약 부대다. 그런데 그곳에서 대장이 나왔으니 전쟁을 이기려고 하는 건지 지려고 하는 건지 구분이 안 갈 정도였다.

상식적으로 볼 때 이런 상황이라면 길드장은 이벤트를 발생시키지 않고 그냥 얌전히 죽어줘야 하는 것이다.

거기에 한술 더 떠서 구오는 앞으로 달려나갔다. 모르는 사람이 봤다면 길드장이 적의 스파이라고 했을 만한 행위였다.

그래도 여전히 구오는 꿋꿋하게 방어조와 어깨를 나란히 하고 방패 방어진에 합류하여 오크 히어로의 주의를 끌었다.

"쿠워어억!"

오크 히어로가 기합성과 함께 매서운 일격을 가했다. 그러자 단숨에 구오의 피가 3분의 1정도 빠져 버렸다.

"으, 이거, 장난 아니네. 예상보다 아픈데."

쇼부는 헌터면서 이걸 버텼단 말인가. 구오는 쇼부의 불가사의한 능력에 다시금 경외감이 들었다. 그러나 어쨌든 구오도 버틸 만은 하다는 결론을 내렸다.

뒤쪽에서 힐러들이 열심히 힐을 시전하는 소리가 그의 판단을 뒷받침해 주었다. 오크 히어로와 일반 오크 전사 하나나 둘 정도까지는 버틸 수 있을 것 같았다.

"계속 물러나요. 우리가 무너지면 전투 끝입니다!"

구오가 외치자 좌우의 방어조원들이 이를 악물고 방패로 몸을 가렸다. 그들은 공격은 거의 포기하고 방어에 전념하면서 호흡을 맞추어 한 걸음씩 뒤로 물러났다.

"으싸, 으싸! 철벽 사수!"

"으싸, 으싸! 절대방어!"

호령에 맞추어 한 걸음씩 물러나는데, 이게 의외로 느리지 않았다. 그러면서 구오는 다른 사람에 비해 조금씩 빠르게 뒤로 빠졌다. 어느새 일자 진형이 브이 자 진형으로 바뀌고 가장 안쪽에 구오가 위치했다.

구오의 앞에서는 오크 히어로가 입에 거품을 물고 공격을 해대고 있었다. 그리고 그 뒤쪽으로도 구오만 보고 달려드는 오크들이 줄을 섰다.

상대적으로 다른 방어조들은 처음에 비해 훨씬 적은 공격만을 받았다.

"쿠오오오오오!"

다시 족장의 호령이 터졌다.

중앙군에 투입되었던 친위 부대 중 하나가 좌측에 합류했다. 오크족의 특성은 적의 약점을 집요하게 노리는 데에 있다. 곧 무너질 것 같은 좌측에 대장이 출현하니 중앙군이 눈에 들어올 리가 없었다.

문제는 증원된 오크들이 낄 자리가 없다는 점이었다. 앞에 있는 오크들이 자리를 내주지 않았다. 이미 상대는 약해질 만큼 약해진 상태. 기존의 병력으로도 충분히 제압할 수 있는 상황에서의 증원은 명확한 실수라 할 수 있었다.

결국 증원군은 뒤쪽에서 버벅댈 수밖에 없었다.

상대가 열 명이든 백 명이든 구오는 전혀 동요하지 않았다. 일부러 좌측군의 열세를 만들 때보다 지금이 훨씬 편했다.

'위기를 만들어야 돼. 하지만 위기가 패배로 연결되면 안 돼. 위기 상황을 유지하는 것, 그게 우리 작전이야.'

쇼부의 말이 아직도 머릿속에 선명히 남아 있다.

"넌 절대로 죽지 않는다고 했으니 그 말 한번 믿어보자. 적어도 족장이 직접 나오기 전까진 죽지 마. 너만 안 죽으면 우린 버틸 수 있어."

쇼부는 구오의 실력을 인정했다.

구오가 오크 히어로를 비롯한 수많은 오크를 상대로 질기게 살아남아 버틸 것이라고 믿었다. 이 모든 작전은 그걸 전제로 한 것이었다.

미끼는 미끼인데 절대로 따먹히지 않는 미끼다.

쇼부는 오크 히어로 하나를 유인했지만 구오는 오크 전체를 유인해야 했다.

'훗, 염려 마요. 이 정도 진형이면 정말 충분히 버틸 수 있어요.'

지금 진형은 예술이다. 구오는 노출되어 있지만 그건 정면 뿐이다. 일자 진형도 아닌 브이 자 진형의 가장 안쪽이니 한 번에 한 명만 상대하면 됐다.

노리는 건 수백인데, 정작 손을 쓸 수 있는 건 단 하나다. 그런데도 오크들은 구오에게서 시선을 떼지 못했다.

오크는 역시 오크인가? 아니다. 욕심의 힘이다. 명예와 전공은 오크의 모든 것. 손만 뻗으면 얻을 수 있는 최고의 상품을 포기할 정도로 욕심없는 오크는 없다.

구오는 비단 방어만 하지도 않았다. 틈틈이 반격도 했다. 반격 대상은 오크 히어로가 아니었다. 가끔씩 무리를 해서 오크 히어로의 다리 사이나 옆으로 끼어들어 공격하려는 오크가 있곤 했다.

그런데 그런 오크는 십중팔구 오크 히어로의 신경질적인 범위 공격에 휘말려 들었다. 윗사람의 먹이를 가로채려는 미친 오크는 죽어도 싸다는 듯한 움직임이었다.

구오는 그런 오크들에게 한 칼 더 하는 성의를 보였다. 잘만 때리면 죽일 수 있는 기회이니 틈틈이 적의 수를 줄였다.

그사이 구오가 이끄는 좌측 부대는 계속해서 뒤로 물러났다. 이제는 거의 숲의 끝부분까지 물러나 더 이상은 갈 데가 없을 정도였다.

"콰라, 콰라!"

오크들은 더욱 흥분했다. 숲으로 들어가면 나무 때문에 방패 방벽진을 유지하기 어려워 어떻게든 빈틈이 생긴다.

계속 밀어!

오크들은 그렇게 외쳤다.

그런데 좌측 부대는 그런 오크의 심정을 비웃기라도 하듯 살짝 옆으로 방향을 틀었다. 그리고 그들은 중앙군을 끼고 돌기를 시도했다. 마치 스케이트 선수가 매끄럽게 트랙을 도는 것처럼, 진형을 유지한 채 뒷걸음질로 방향을 바꾸는 데에도 진형이 깨어지지 않았다.

동시에 중앙군의 옆면에서 함성과 함께 화살과 마법이 날아왔다.

슈슈슈슝, 퍼퍼펑!

"꾸억, 꾸억!"

옆구리를 찔리면 누구라도 아프다. 오크들은 당황했다. 구오에게 너무 신경을 쓰느라 중앙군에 대한 방비를 소홀히 했다.

"캬캬캬, 앞만 보고 달리면 그렇게 당할 수도 있거든. 이봐, 똑똑한 오크 히어로. 혼자 공 세우려 하지 말고 뒤로 물러나 지휘를 하는 건 어때?"

구오는 의도적으로 건방진 웃음을 지으며 오크 히어로에게 빈정댔다. 인간의 언어를 아는지 모르는지는 몰라도 적어도 분위기는 전달되리라.

"캬, 인간, 죽인다."

"오, 너도 인간 말 배웠냐? 정말 똑똑한 오크였네."

도발을 하면서도 여전히 몸은 뒤로 물러서는 중이다. 그러는 사이 마침내 구오는 중앙군을 끼고 반 바퀴 돌아서 우군의 후미 쪽과 합류했다. 구오는 얄미운 표정으로 혀를 한 번 쑥 내밀고는 우군 속으로 완전히 들어가 버렸다.

동시에 우군은 중앙군 속으로 파고들듯 합류하니, 이제 마키오는 중앙군 하나로 합쳐져 방어형 원형진을 구축했다.

난전 중에 부대의 합류, 진형의 변형을 성공적으로 해내는 것은 거의 예술에 가까운 행위였다. 그러나 현실과는 달리 더 지존에서는 부대원 개개인에게 귓말을 날릴 수 있기에 훨씬 할 만했다.

이렇게 되니 오크들은 마키오를 거의 완전히 포위한 형태가 되었다. 구오를 쫓던 오크 히어로는 그야말로 닭 쫓던 개 꼴이 되어 길길이 날뛰었다.

상식적으로 현실에서의 전투라면 절대 해서는 안 되는 포진이었다. 배수의 진도 아니고, 퇴로를 스스로 끊고 사방팔방으로 포위되었다. 이렇게 되면 그야말로 전멸밖에는 답이 없다. 오크들도 그걸 알기에 이해하기 어렵다는 반응이었다.

하지만 마키오는 오늘 전멸을 당하기 위해 나왔다. 도망갈 생각은 추호도 없었다.

완전 포위를 당하면 딱 하나 좋은 점이 있다. 원형진의 중앙에 마법사와 궁수들이 포진된다는 점이다.

모든 장거리 격수의 힘을 하나로 모을 수 있다. 그들은 집중사로 고 레벨 몬스터인 오크 히어로를 하나씩 상대했다.

"일반 오크 열 명보다 오크 히어로 하나를 잡아요. 무조건 일점 집중해요! 아군이 좀 맞아도 되니까 막 갈겨요."

"호호호, 염려 마. 진형 깨지기 전까지 최대한 성과를 낼 테니까."

피앙 공주가 웃으면서 대답했다. 마법 난사를 하면서도 대화를 할 여유가 있는 걸 보니 그녀도 이제 어느 정도 게임을 할 만큼 했나 보다.

구오는 일단 방어진 안으로 들어갔다가 적의 공격이 약한 쪽으로 나와 싸웠다. 그러면 주변의 강자들이 구오를 향해 몰려들어 결과적으로 밀리는 쪽의 지원 효과가 났다.

"하하하. 이거, 좋은데요? 딱 내 취향이에요."

구오는 다시 진형 속으로 들어가며 말했다. 잽싸게 한 마리나 두 마리를 공격하고 미련없이 뒤로 빠지면 구오를 잡으려고 온 놈들은 분노의 괴성을 질렀다. 그러나 괴성만으로는 구오를 죽일 수 없다. 그저 그들은 진형을 유지하는 다른 유저들에게 화풀이를 할 수밖에 없었다.

대장 역할이 이렇게 재미있는 줄 예전엔 미처 몰랐다. 중앙에 멍하니 서서 지휘를 하는 것보다 이렇게 움직이는 것이 구오에게 맞았다.

구오 대신 지휘를 하는 것은 당삼이었다. 당삼은 구오의 움직임에 맞추어 국지적인 우위를 하나라도 더 만들기 위해 노력했다.

이 싸움은 엘리전이다.

엘리전이란 서로 상대를 죽여 먼저 다 죽이는 쪽이 이기는 완전 소모전을 말한다.

그런데 어차피 마키오가 이길 확률은 없다. 그게 쇼부를 비롯한 간부들의 판단이었다.

그렇다면? 조금이라도 더 오크를 죽이는 게 이 전투의 목적이었다. 그것도 필요한 사람이 필요한 만큼 죽여야 한다.

시간이 지날수록 마키오의 원형진은 점점 작아졌다. 방어진을 형성한 사람이 죽으면 규모를 줄여 방어력을 유지했다.

그만큼 내부가 좁아지니 격수들 중 퀘스트 달성을 위해 충분히 오크를 잡은 유저들은 별동대가 되어 돌파를 감행했다. 무모한 돌파 시도는 결국 전멸로 이어지지만 그들의 역할이 바로 몸 바쳐 시간 끌기인만큼 끝까지 자신의 역할을 수행한 셈이다.

그렇게 사람들 태반이 죽었는데도 구오는 아직까지 살아 있었다. 쇼부도 살아 있었다.

이제 두 사람은 서로 어깨를 나란히 하고 작전을 수행했다. 쇼부는 구오를 보며 씨익 웃으며 말했다.

"너도 참 질기다. 정말 살아남는 데는 천부적인 재능이 있나 보네."

"안 죽는 게 강한 거라고 배워서요."

"그 말이 진리지."

말을 하면서도 칼질은 멈추지 않았다. 둘의 호흡이 거의 십 년간 손발을 맞춘 사람과도 같았다.

처음에는 쇼부가 구오의 움직임에 맞췄다. 실제로는 어떻든 간에 게임 내에서는 쇼부가 더 고수라 할 수 있기에 스킬과 평타의 조화가 놀라웠다.

그러나 점점 구오가 쇼부의 움직임에 적응하고, 그 위에 자신의 실력을 더하니 이제는 쇼부의 움직임에 따라 구오가 맞추게 되었다.

"괴물 같은 놈."

"하하하, 전 빨리 배운다니까요."

드디어 구오는 게임에 적응했다. 스스로 그런 생각이 들었다.

부우우우웅!

갑자기 뿔고등 소리가 공기를 진동시켰다.

구오가 본능적인 긴장감에 시선을 옮기니 오크 샤먼 하나가 목에 걸린 고동을 불고, 족장이 천천히 자리에서 일어나고 있었다.

"젠장, 나오네."

"저쪽도 대장 출현인가."

"그럼 족장만 잡으면 우리가 이기는 거네요."

"잡을 수 있으면."

"저걸 어떻게 잡아요? 족장 혼자 남은 사람 다 죽일 수 있을 것 같은데."

"아무래도 그렇겠지?"

구오는 이제 싸움을 끝낼 때가 되었음을 느꼈다. 아직도 중앙에서 지휘에 전념하던 당삼도 같은 생각이었는지 즉시 명령을 내렸다.

"전원 남쪽으로 강행 돌파합니다. 방어조는 후미에서 조금이라도 버텨주세요."

"와아아, 끝까지 싸우자!"

"와아아아아!"

링링이 발악적으로 함성을 지르자 주변의 동료들도 같이 동조했다.

구오, 당삼, 쇼부는 나란히 앞에 섰다. 이제는 죽을 때까지 가는 수밖에 없다. 북쪽으로부터 족장이 오니 남쪽으로 도망가면서 최후까지 전과를 올린다.

"가자!"

구오를 선두로, 쇼부와 당삼이 좌우를 받쳤다. 옆쪽에 있던 오크 히어로들의 사이를 교묘히 뚫고 둘러싼 오크 무리 안으로 들어가 닥치는 대로 주변의 오크들을 공격했다.

"앞으로, 앞으로! 멈추면 저 죽어요!"

구오는 연신 외쳤다. 좌우로 오크 히어로들이 따라붙으려 하는 걸 뿌리쳐야 했다.

그러는 사이 족장이 뒤에서부터 밀고 들어오기 시작했다.

불도저도 이런 불도저가 없었다. 족장의 더블액스에 걸린 유저는 끽소리도 못하고 회색이 된 채 몸이 하늘로 날아올랐다. 아무도 족장의 전진을 막지 못했다.

곧 족장의 더블액스로부터 하얀 유령과도 같은 것들이 생겨나 진짜 토네이도처럼 족장의 주위를 맴돌았다. 그 유령들은 피하려는 유저들의 몸을 붙잡아 액스의 사정권 안으로 끌고 들어갔다.

[저건 무슨 스킬이지?]

[족장의 전용 스킬인 고스트 토네이도예요. 족장은 저 스킬로 부족원들의 복종을 얻었다고 했어요. 저도 말로만 들었는데.]

나싱의 대답을 듣고 보니 과연 회오리바람이라고 할 만했다. 사람들이 자꾸 빨려들어 가 죽는 상황이었다.

"전사 계급에게 저런 무식한 스킬이 있을 수도 있구나. 쩝, 생각과는 많이 다른데?"

지금까지 구오가 익힌 스킬이라는 게 대부분 현실의 공격에 강제 보정을 붙인 것처럼 평타에 비해 크게 유리한 건 없었다.

그렇기 때문에 구오는 공격 스킬보다는 평타 위주로 싸우고, 스킬들은 대부분 방어 능력을 올려주는 걸로 쓰려고 마음먹고 있었다.

그런데 고 레벨 스킬을 보니 자신의 판단이 틀렸음을 깨달았다.

오크 히어로도 그렇고, 지금 족장이 쓰는 스킬 같으면 단순한 몸놀림으로는 절대 피하거나 막을 수 없다.

세상에, 유령이 몸을 강제해서 도끼날 앞에 데리고 가는 스킬이라니!

족장이 더블액스를 그냥 풍차처럼 돌리고 있으면 상대가 알아서 죽어주는 것이다.

"그러고 보니 100레벨 이후의 스킬은 거의 알려진 게 없지. 공개도 안 됐고 말이야."

구오는 이 부분을 잘 생각해야겠다고 마음먹었다.

그렇게 칼질을 하면서 생각까지 하니 시간이 잘 갔다. 결국 구오 일행은 족장에게 따라잡히고 말았다.

구오는 마지막 순간에 몸을 돌려 족장에게 한 칼을 먹여보려 했지만 유령이 구오의 몸을 붙잡았다. 알고 보니 유령이 방어적인 역할도 하는 모양이다.

"으윽! 이거, 정말 사기 스킬이네. 도대체 몇 레벨 스킬인 거야!"

구오는 그렇게 외치며 회색이 되었다. 하얗게 변하는 시야 속에 족장의 무표정한 얼굴이 남았다가 흩어졌다.

그걸로 전투는 끝이 났다. 마키오 쪽 사람은 단 한 사람도 살아남지 못했지만 그래도 족장이 직접 나설 때까지 버티며 오크들을 3분의 1 이상 죽였다.

휘유우우우우.

바람이 세차게 불었다.

회색의 시체만이 남은 벌판. 오크들은 땅에 떨어진 유저들의 물품을 회수하며 정렬했다.

간혹 가다가 좋은 아이템들도 있었지만 대부분 잡템이나

다름없는 것들이었다. 일부러 지러 나온 싸움에 좋은 아이템을 끼고 온 사람이 몇이나 될까?

그래도 오크들은 별로 불만이 없는 모양이었다. 정렬이 끝나자 족장이 더블액스를 머리 위로 치켜올리며 승리의 함성을 질렀다.

"우오오오오!"

"우오오오오!"

모든 오크들이 승리를 하늘과 대지에 알렸다. 그것으로 족장의 권위는 지켜졌다.

"쿠룩, 돌아간다."

족장의 나직한 한마디에 오크들은 미련없이 그들이 걸어 나온 숲으로 다시 들어갔다.

얼마 후, 마키오 쪽 사람들이 다시 살아나 정리를 했다.

"휴, 겨우 끝났군."

구오가 한숨을 내쉬자 상큼청춘이 웃으며 말했다.

"얘, 그래도 화면은 최고였어. 덕분에 또 한 번 히트를 치겠다."

"하하하, 누님도 수고하셨어요. 이번에 누님의 동영상이 정말 중요하니 잘 좀 편집해 주세요."

"어머, 염려 말라니까. 이건 원래 그림이 좋아서 편집이고 뭐고 그냥 뜨게 되어 있어. 물론 내 편집이 최고긴 하지만."

"그럼요. 아무튼 이제 사람들한테 보상해 주고 끝을 내요.

접속 시간 다 된 사람도 많을 거예요.”

“그러자.”

패배한 전투의 보상은 괴롭다. 얻은 건 별로 없이 잃은 물건을 보상해 주어야 하기 때문이다. 보상을 안 해주고 입을 씻을 수도 있지만 그러면 나중에 두고두고 욕을 먹을 것이 뻔했다.

마키오는 이번 전투로 정말 남은 자금을 탈탈 털었다. 뿐만 아니라 다른 길드로부터 적지 않은 빚까지 졌다.

그럼에도 구오는 큰 걱정을 하지 않았다.

“이걸로 투자는 끝났다. 이제 수확을 할 차례지. 훗.”

구오는 의미심장한 한마디를 남긴 채 접속을 끊었다.

*　　　*　　　*

상큼청춘이 올린 ‘오크와의 전쟁’ 동영상은 예상대로 대히트를 쳤다.

무엇보다 상큼청춘이 편집을 하면서 곁들인 내레이션이 사람의 마음을 움직였다.

오크들의 무리는 너무나도 갑작스럽게 나타났습니다.

그들이 노리는 것이 우리 마을이라는 걸 알았을 땐 절망을 느낄 수밖에 없었지요.

그러나 아무리 적이 강하다 해도 싸우지 않고 도망갈 수는 없습니다. 우리는 마을을 지키는 용병단이니까요.

접속 가능한 모든 마키오 길드원이 모였습니다. 다행히도 인근 마을의 길드에서도 지원군이 왔습니다. 시간이 없어서 수는 많지 않았지만 고마웠습니다.

우리는 끝까지 싸우기로 했습니다.

고심해서 작전을 짜고, 열심히 싸웠습니다.

단 한 사람도 도망가지 않은 것이 자랑스럽습니다.

우리는 패했지만, 오크들에게도 적지 않은 피해를 입힐 수 있었습니다.

그 때문인지 오크들은 마을을 공격하지 않고 일단 물러났습니다. 정말 다행한 일이 아닐 수 없습니다.

한 번 죽는 건 큰일이 아니지만, 마을이 쓸렸다면 두고두고 괴로운 기억이 되었을 테니까요.

상큼청춘은 미리 구오와 상의를 해서 편집 컨셉을 맞추었기에 가능한 한 비장한 모습으로 마키오를 묘사했다. 그건 하나의 예술이라 할 만큼 사람들을 감동시킬 동영상이었다.

순식간에 폭풍과도 같은 조회 수 증가가 일어났다. 유료 서비스로 등록했는데도 전체 조회 수 1위를 기록할 기세였다.

여기서 벌어들인 돈은 마키오의 전쟁 자금으로 쓰일 것이었다. 생각보다 수익이 커서 빚쟁이 길드 신세에서 금세 벗어날 수 있을 것 같았다.

하지만 그걸로 끝이 아니었다.

곧 또 다른 동영상이 올라왔다.

그것은 일종의 기록 동영상으로, 바로 마키오에서 일어난 비매너들의 문제를 꾸준히 영상으로 담아 편집한 일종의 다큐멘터리 영상이었다.

척살조와 방어조의 활약에 이어 헬게이트의 급작스러운 침략까지, 간략하면서도 중요한 부분을 잘 알 수 있도록 심혈을 기울여 편집한 것들이다.

그리고 마지막 내레이션에는 이 일의 배후에 대한 의혹이 담겼다.

헬게이트의 말도 안 되는 침략으로 볼 때, 비매너들의 비정상적인 증가에 그들이 어떻게든 관계되어 있다고 우리는 생각했습니다. 그러나 헬게이트의 규모로 볼 때, 그들 혼자만의 힘으로는 결코 백 명이 넘는 비매너들을 동원할 수 없습니다.

그렇다면?

배후가 있을 것입니다.

만약 정말로 배후가 있다면 누구일까요?

또 이번 오크 침략도 사실은 이해하기 어려운 부분이 있습니다. 과연 오크의 침략은 자연적인 일일까요?

이런저런 생각을 하다 보면 우리 길드원들은 미래를 알 수 없는 불안감에 잠을 이루기 어렵습니다.

　그래도 우리는 좌절하지 않습니다.

　어려운 시련도 게임의 한 요소, 비매너가 오면 척살조로 상대하고 오크가 오면 전 길드원이 나서서 목숨을 걸고 막을 뿐입니다.

　배후에 대한 추측 따위는 단 한 마디도 없었다. 그러나 이 동영상을 본 사람들은 모두 짐작할 수 있었다. 아니, 확신할 수 있었다.

　"도쿤, 그 개새끼들이 또 치사한 짓을 하는구만."

　"정말 도쿤일까?"

　"썬더도크 시티에서 도쿤이 오크랑 접촉하는 걸 확인했다고 했잖아. 오크가 공격을 해온다고 제국에 도쿤을 고소했다니까."

　"그런데 오크가 공격하려 했던 건 썬더도크가 아니고 마키오 길드 쪽 마을이었던 거구나?"

　"그렇지. 그 부분에서 오해가 있었딘 거지."

　"그럼 도쿤 맞네."

　"진짜 나쁜 놈들이네. 비매너도 그렇지만 어떻게 오크까지 동원하나?"

　"띠꺼우면 그냥 치지. 왜 오크까지 써야 돼?"

　"군대가 가는 중이었대. 이건 내 생각인데, 마키오가 쓸리

면 도쿤이 치고 들어가 구해주면서 지역 인심을 한 번에 장악
하려 했던 거 아닐까?"

"오호, 그런 수가 있었군."

의혹의 씨앗을 심어주니 그게 바로 싹을 틔워 개화해 버렸
다. 사람들의 예상은 거의 틀리지 않았는데, 단지 도쿤에서는
오크와 싸울 이유를 마키오 해체에 이용했다는 점만 몰랐다.

사람들은 이것으로 도쿤이 쫄딱 망하리라 예측했다. 도쿤
이 이종족과 거래해서 제국의 마을을 습격하게 사주를 했으
니 제국 내에서 반역죄로 몰릴 가능성이 아주 큰 것이다.

구오나 쇼부 역시 이걸 노렸다. 한 방에 적을 몰락시킬 수
있는 기회라 여기고 오크와 싸웠던 것이다.

그러나 세상일은 오묘했다.

도쿤은 이 일에 대해 강력하게 부인했다.

"오크가 공격을 한 건 썬더도크가 아니라 북서쪽의 작은
개척 마을입니다. 우린 분명히 오크가 썬더도크를 공격하면
스스로 반역죄를 인정하고 모든 배상을 하겠다고 맹세한 바
있습니다. 오해가 있지만 우린 오크에게 사주를 하지 않았습
니다. 그걸 입증할 자료는 없습니다."

눈 가리고 아웅이었다. 그러나 앞서 한 맹세는 분명히 썬더
도크가 오크의 공격 목표인 걸로 되어 있었다. 썬더도크에서

도 그걸 주장했다.

작은 차이였지만 도쿤은 필사적으로 이 부분을 물고 늘어
졌다. 그들도 살아남기 위해 죽어라고 노력했다.

입증 자료는 없다. 오직 정황 증거뿐인데, 이게 살짝 어긋
나 버려서 고발을 한 썬더도크 쪽도 더 이상 추궁하기가 애매
해져 버렸다. 사실은 자기네 일이 아니니 추궁할 필요가 없는
점도 있었다.

결국 도쿤은 살아남았다. 제국 행정부에 요주의 징표가 찍
혔고, 반역죄까지는 아니더라도 거래를 한 부분까지는 이미
인정했기에 길드 공적치와 벌금 등 상당한 페널티를 받기는
했다. 그러나 그 정도는 2, 3개월 정도면 복구할 수 있는 공적
치였다.

반면, 마키오는 완전히 횡재를 해버렸다.

우선 마키오는 오크의 침략으로부터 마을을 구한 영웅적
인 길드가 되었다. 제국에서는 이걸 정식 공적치로 인정했다.
이로 인해 받은 공적치는 다름 아닌 도쿤에게 깎은 공적치만
큼이었다.

상금도 받았다. 바로 도쿤이 제국에 낸 벌금과 같은 액수였
다.

한마디로, 제국 행정부는 도쿤에게서 빼앗은 걸 마키오에
게 그대로 전해준 셈이었다.

"이거, 싸움 붙이는 건가?"

구오는 고개를 갸웃하며 중얼거렸다. 도쿤으로서는 마키오에게 약탈을 당한 기분일 것이다. 그걸 생각하니 저절로 미소가 지어졌다.

"어쨌든 이걸로 도쿤은 당분간 근신해야 되는 상황이란 말이지? 후후훗."

쇼부가 웃으며 말했다. 근신이라는 게 의외로 큰 벌이라는 걸 도쿤은 알까?

근신 기간 중에는 공적치 행사가 불가능하다. 이게 무슨 소리냐 하면 전업 퀘스트를 수행하기가 힘들어진다는 뜻이다.

100레벨 전업 퀘스트를 위해서는 대부분 해당 기관의 공적치가 필요하다. 퀘스트 자체도 힘들지만 이 공적치를 쌓는 게 또 쉽지 않다.

그래서 대규모 길드가 좋은 것이다. 길드에서 공동으로 쌓을 공적치로 중요 길드원들에게 나누어 줄 수 있기에 길드원들의 전업 퀘스트 기간을 확 줄여주는 결과가 된다.

그런데 이제 도쿤의 길드원들은 자력으로 따로 모은 공적치만 써야 하니 완전히 자다가 침대가 무너지는 경우라 할 수 있었다.

"반대로 우리 마키오는 공적치를 길드원들에게 퍼 줄 수 있다는 말씀."

구오는 의미심장한 미소를 지으며 당삼에게 말했다.

"형, 아시죠? 선착순이에요. 100레벨을 찍은 사람에겐 무조건 모자란 공적치를 꽉꽉 채우고 다른 퀘스트도 최대한 지원해서 빨리 끝내게 하는 거예요."

"물론이지."

"적어도 앞으로 일 개월 내에 고 레벨들은 전부 전직을 해야 돼요. 암살자 전직자는 썬더도크에서 최대한 관대하게 퀘스트를 수행해 주기로 미리 이야기가 되어 있고요. 오크 퀘충족한 전사들은 무조건 바바리언 쪽으로 보내요."

"그럼 우리 마법사들은?"

피앙이 묻자 구오는 자기만 믿으라는 듯한 표정으로 대답했다.

"제가 피지 무구 상점에 부탁을 했는데 그쪽에서 마법사들은 제국 마탑에 소개를 해주겠대요. 공간 이동 비용 드릴 테니까 레벨 되신 분들은 수도로 가세요."

"와, 그럼 우리 모두 제국 소속 정규 마법사 되는 거네?"

"그렇죠. 힐러 계열도 대부분 그쪽에서 전업을 해야 될 거예요. 아무튼 우린 이번에 꽤 명성을 얻어서 대부분 호의적으로 대해주더라고요."

"호호호호, 그거 잘됐다."

피앙은 정말 기뻐했다. 얼마 전까지 해체다 뭐다 다들 불안해했는데 이렇게 전업을 전폭적으로 지원해 주면 할 마음이 생길 수밖에 없다.

구오는 갑자기 정색을 하고 말했다.

"잊지 마세요. 우린 지금 도쿤과 전쟁을 해야 해요. 그걸 위한 빠른 전업이니까요."

"알았어. 긴장하고 있을게."

옆에서 상큼청춘도 고개를 끄덕였다.

"이렇게 되면 가볼 때까지 가는 거지 뭐. 질 땐 지더라도 전업을 해보고 싸워야지."

"상큼 누님은 아직 멀었잖아요. 하하하."

"칫, 이럴 줄 알았으면 나도 광렙할걸."

"누님은 싸우는 거보다 촬영이 더 어울려요. 촬영도 누군가는 해야 하니 누님이 맡아주세요."

"히히, 나도 싸우는 거보단 구경하는 게 더 좋아."

"하하하하, 그래도 레벨은 올리세요. 누님이 살아남아야 동영상도 끝까지 찍죠."

"응."

그날부터 구오를 중심으로 한 마키오의 주요 길드원들은 죽자살자 레벨을 올렸다. 오크들과 싸우면서 느낀 점 중 하나는 고 레벨이 되면 굉장히 강해진다는 사실이었다. 아무래도 100레벨 전업을 하면 지금까지와는 전혀 다른 강함을 느낄 수 있다는 소문이 사실인 듯했다.

하루라도 빨리 전업을 하고 싶은 마음은 대부분의 유저들이 같은데, 공적치를 마구 푼다고 공표를 하니 다들 눈이 벌게졌다. 그야말로 화장실 갈 시간도 아까워하며 레벨 업을 한다는 말을 실제로 실천하는 분위기였다.

한편 도쿤은 음으로 양으로 이 사태를 해결하기 위해 길드 전체가 미친듯이 뛰었다. 가까스로 길드 해체는 막았지만 아직 골치 아픈 일이 첩첩으로 쌓여 있었다.

이 모든 사건의 원흉은 바로 마키오다!

도쿤은 그렇게 생각했다.

"내 그놈들을 흔적도 남기지 않고 없애 버리겠다!"

마침내 사장인 키리칸이 직접 나섰다. 오자와는 근신 처분을 받았다.

그날부터 마키오는 도쿤의 제거 대상 1순위가 되었다. 마키오에 대한 정보는 사장실로 직접 전송되어 키리칸이 직접 확인했다.

"사태가 조금 진정되면 무조건 병력을 그쪽으로 보낸다. 마을을 완전히 초토화시키고 그 위에 새로운 도시를 건설하도록."

대규모 공격 계획이 세워지기 시작했다. 그러면서도 마키오가 어떻게 움직이는지 면밀히 관찰했다.

하지만 겉으로 보기에 마키오는 별다른 움직임이 없었다. 오크와 싸우던 날 한차례 선동을 한 이후에는 그저 길드 전체가 레벨 업만 하는 분위기였다.

마키오에 잠입한 첩자는 해피보이뿐만이 아니었다. 주요

멤버는 아니지만 일반 회원들 중에 몇 명은 도쿤에 마키오의
분위기를 계속 보고하고 있는 상황이다.

　이들의 보고는 '평소와 다름없음' 이었기에 도쿤에서는 마
키오가 자신들의 계획을 전혀 눈치 못 채고 있다고 생각했다.
하기야 알아차릴 리가 없었다. 모든 일은 어둠 속에서 행해지
고, 내부 사람들 중에서도 아는 사람이 많지 않으니까.

　"대책이 있을 리 없지. 압도적인 힘 앞에 그놈들이 무엇을
할 수 있겠어?"

　키리칸은 마키오가 조금이라도 반항을 하기를 기대했다.
적어도 찍소리라도 내면서 죽어야 밟아서 짓이기는 기분이
나지 않겠는가.

　그렇게 평온한 듯 보이는 시간이 흘러갔다.

CHAPTER 06
전업

WAR 워로드구오
LORD

구오는 정말 필사적이었다.

"휴, 드디어 92레벨이다. 이제 8레벨만 더 올리면 전업을 할 수 있어."

접속 한계가 가까워 온 구오는 사냥터에서 벗어난 한적한 숲속의 공터로 이동하며 중얼거렸다. 남들보다 몇 배나 많은 접속 시간을 가진 구오였지만 요즘은 정말 1분이라도 더 게임을 하고 싶었다.

옆에 있던 나싱이 미소를 지으며 말했다.

"오라버니, 수고하셨어요. 이제는 저 혼자 사냥을 하고 있을게요."

"응, 정말 니가 고생이 많네."

"아녀요. 전 사냥이 재미있어요."

나싱은 보통 여성 유저와는 다르게 정말로 사냥을 좋아했다. 제조나 채집 같은 것도 조금씩 하기는 했지만 필요한 걸 얻는 수준으로 그걸로 끝을 보려는 생각은 없는 듯했다.

특히 요즘은 무엇보다 레벨을 올려야 하는 시기라 아예 다른 모든 일을 제쳐 두고 하루 종일 사냥만 했다.

나싱은 유령이다. 하루 24시간 접속을 해도 비씨피 수치가 전혀 떨어지지 않는 것이다. 더해서 지치지 않는 근성과 뛰어난 집중력으로 사냥에 올인을 하니 보통 사람은 상상하기도 어려운 속도로 경험치가 쌓였다.

그래서 지금 두 사람은 다른 사람을 파티원에 넣지 않고 오직 둘이서만 사냥을 하고 있다. 구오가 나가면 나싱 혼자 했다.

덕분에 구오 역시 미친 듯한 레벨 업을 경험하고 있는 중이었다. 구오와 나싱은 서로 경험치를 공유하는 커플 서비스 등록을 했다. 나싱이 1레벨을 올리면 구오도 1레벨이 오른다.

요즘 구오의 레벨 업 속도에는 쇼부를 비롯한 모든 사람이 경악하고 있었다.

구오는 이게 모두 자신이 남들보다 훨씬 많은 접속 시간을 가지고 사냥을 하기 때문이라고 주장했다. 그것도 틀린 말은 아니지만, 사실은 나싱이란 비정상적인 요소가 있기에 더욱 말도 안 되는 레벨 업이 가능했다.

93, 94, 95…….

레벨은 끊임없이 올랐다.

*　　　*　　　*

> 띠링, 100레벨이 되었습니다.
> 이제 전직을 하지 않으면 더 이상 레벨이 오르지 않으니 전직 퀘스트를 하시기 바랍니다.

"휴, 겨우 100레벨을 찍었네."

기다리던 메시지 소리에 구오는 한숨을 내쉬며 중얼거렸다. 거의 보름 동안 한눈팔지 않고 사냥만 하다 보니 이제는 몬스터만 봐도 구토가 나올 지경이었다.

"저도요. 헤헤헤."

나싱도 동시에 레벨 업이 되었기에 같이 기뻐했다. 이제는 사냥을 해도 소용이 없으니 상급직 퀘스트를 완료해야 할 차례였다.

원래 100레벨이 되면 경험치를 얻을 수 없기 때문에 90레벨 정도 되었을 때부터 전직 퀘스트를 진행하면서 레벨을 올리는 게 효율적이라고 알려져 있다. 하지만 이럴 경우 평상

시보다 레벨 업 속도가 현격히 줄어든다. 그래도 100레벨을 찍고 퀘스트를 진행하는 것보다는 경험치 손실이 적다고 한다.

그래서인지 아직까지 100레벨을 찍고 전업을 한 유저는 거의 없었다.

"드디어 최고 레벨군을 따라잡았군. 후후훗."

"그렇죠. 우린 이미 퀘스트도 끝낸 거니까요."

"암, 그렇지. 넌 오크 부락으로 가야지?"

"예."

"그럼 일단 여기서 헤어졌다가 전직을 하고 다시 만나자."

"그런데 스킬은 뭘 찍을까요?"

"몰라. 어차피 정보도 없으니 되는대로 찍어. 일단은 인간족 스킬 리스트에 없는 종족 특성 스킬을 찍는 게 좋을 것 같아. 아무튼 가능한 한 다 배워두라고."

"그러죠, 뭐."

어차피 스킬은 얼마든지 배울 수 있다. 단지 스킬 활성창에 넣을 수 있는 수가 정해져 있을 뿐이다.

나싱이 50레벨 때 오크 헌터로 전직한 후 알게 된 것이지만, 오크족의 스킬은 돈을 주고 살 수 없는 것이었다. 돈도 필요하지만 오크 업적도라는 것이 추가로 들어갔다.

어쨌든 지금 나싱은 오크 업적도도 충분하고, 또 전직 퀘스트의 마지막 미션이라고 할 수 있는 인간족과의 용병 계약도 성공했다.

구오 역시 엘븐 나이트의 상급직이 될 수 있다. 엘프 업적도는 광고로 인해 충분히 쌓였다.

이제는 퀘스트 완결과 스킬 선택만 하면 된다.

구오는 나싱과 헤어져 그 길로 제국의 수도로 향했다.

피지 무구 상점 본점으로 가야만 엘프의 영역으로 갈 수 있다. 그곳은 안내가 없으면 아예 들어갈 수도 없는 곳이다.

이동을 하면서 구오는 전업에 대한 정보를 찾아보았다.

더 지존을 만든 세기창조사에서는 게임 오픈과 함께 100레벨까지의 정보를 유저에게 제공한 바 있다.

그때 그들은 말했다.

100레벨까지의 캐릭터와 100레벨 이후의 캐릭터는 아주 큰 차이가 있을 것이다. 왜냐하면 100레벨이 넘은 유저는 오러의 힘과 상급 마법을 쓸 수 있기 때문이다.

특히 물리력을 강화하는 오러는 전사나 순찰자들에게 새로운 세계를 맛보게 해줄 것이다.

오러는 현실 세계의 물리현상으로는 불가능한 일을 가능하게 하는 힘이다.

근력을 강화하거나 방어력을 비이상적으로 높일 수도 있고, 근접 병기로 멀리 있는 적을 공격할 수도 있다.

심지어는 마법과 같은 힘을 발휘하기도 한다.

이전까지의 스킬이 현실의 기술과 비슷한 것이라면 100레벨 이후의 스킬들은 초인의 힘이라고도 할 수 있다.

"흠, 그러니까 뭐를 찍으란 거지?"

구오는 유저들의 직업 게시판을 뒤졌다. 기사 전직을 한 사람은 다른 직업에 비해 적은 편이지만 애정을 가지고 키우는 사람들이 꽤 있었다.

그들은 벌써부터 여러 가지 정보를 조합해 상상한 스킬 조합법을 게시판에 올려놓았다. 확실히 그것들 중에서는 '이런 좋은 아이디어가!' 하고 감탄할 만한 것들이 다수 있었다.

구오는 이것저것들을 살펴보다가 피식 웃으며 말했다.

"기사 스킬만 봐서는 아무래도 유저를 상대로 싸울 때 불리하지."

지금 구오에게 필요한 것은 사냥용 기술이 아니라 전투용 기술이었다. 전쟁이 바로 눈앞으로 다가왔기 때문이다.

구오는 다시 다른 직업 게시판을 열심히 읽어보기 시작했다. 그러면서 머릿속으로 가상 전투를 벌였다.

문제는 아직까지 100레벨 스킬을 본 적조차 없다는 것이었다. 설명에 쓰여 있는 것과 실제 쓰이는 데에는 큰 차이가 있을 수 있다. 그래도 자꾸 상상력을 발휘하다 보니 대충 감이 왔다.

"좋아, 이렇게 가자."

구오는 고심 끝에 일단 하나를 선택했다.

Skill

기공

제한:100레벨. 전사 계열, 순찰자 계열. 3차 전직 퀘스트 완료

시전 시간:쿨타임 계속

기공은 몸 안에 내재된 신비로운 힘을 뜻한다. 기공을 수련한 자는 그 힘을 근력이나 체력에 더할 수 있는데, 근력 강화를 할 경우 공격력 상승의 효과가 있고, 체력 강화를 하면 모든 공격으로부터 받는 대미지가 감소된다.

레벨에 따라 기공 수치가 늘어나고, 그걸 자신이 원하는 비율로 공수에 분배를 할 수 있다.

대미지 증가, 방어력 증가, 마법 저항력 증가.

이건 100레벨이 되면 거의 필수적으로 찍어야 한다는 스킬이다. 대부분의 고급 스킬의 전제조건으로 기공이 들어가고, 이 스킬 자체로도 무지하게 강하다.

기공의 경우, 100레벨에 기공을 전부 공격으로 돌리면 기존의 두 배에 달하는 공격력을 얻을 수 있다고 했다. 반대로 방어에 집중하면 방어력이 두 배가 된다.

만렙이 200이라고 하는데, 그때는 얼마나 강해지는지 아직 알려진 바가 없다. 대체적으로 다섯 배 정도의 강화 능력일

거라는 분석이 나온 바 있다.

마법사나 치유사들은 기공을 배울 수 없다. 대신 상급 마법을 배운다.

어쨌든 기공은 좋다.

사냥 시에는 공격 몰빵을 하겠지만, 유사시엔 방어 몰빵을 한다. 그러면 구오의 미칠 듯한 방어력과 생명력이 더욱 상대를 환장하게 만들 것이다.

"다른 건 엘프 종족 스킬 중에서 골라야지."

엘프의 종족 스킬은 구오 이외에는 아예 고를 수 있는 사람이 없으니 구오가 직접 듣고 골라야 했다.

일단 엘프의 도시로 간 구오는 여왕을 만나 전직의 의식을 행했다.

> 띠링, 구오님께서 엘븐 캐벌리어로 전직하셨습니다.
> 각종 능력치 증가와 직업 특화 능력인 '수풀의 작은 도움' 효과를 얻으셨습니다.

"응? 수풀의 작은 도움? 이건 뭐지?"

인간 기사에게는 없는 능력이다. 인간 기사는 기사의 권위라는 효과를 얻는다고 했다. 그것은 바로 귀족의 대우를 받을 수 있는 표식이다.

그런데 엘프는 기사의 권위 대신 수풀의 작은 도움이라는 걸 준다. 구오는 얼른 상태창을 열어 효과를 확인했다.

Skill

수풀의 작은 도움

엘프의 기사 전직자의 특화 능력.
숲의 종족인 엘프는 전투 시 근처의 수풀로부터 응원을 받는다. 엘프나 엘프의 가호를 받는 자는 주변에 풀이나 나무가 많으면 많을수록 자동적으로 체력과 마력이 조금씩 회복되는데, 특히 숲속에서는 그 힘이 극대화된다. 이로 인해 엘프는 숲에서 싸울 경우 상당히 유리하다.

"오호, 숲에서 자동 회복 효과."

이거 좋다. 구오는 느낌이 팍 왔다. 실제로 얼마나 효과가 있는지 몰라도 힐러가 없어도 힐이 된다는 건 상당한 이점이었다. 특히 헌터인 나싱과 둘이 사냥을 할 때에 도움이 될 터였다.

"흠, 그러고 보니 대규모 전투에서 대장의 역할은 결국 살아남는 거지."

오크와의 싸움에서 그걸 느꼈다. 그런데 엘프 기사의 특성을 보니 그 부분이 다시 가슴에 와 닿았다.

"그래, 공격형 스킬도 좋지만 일단은 생존으로 가자."

결론을 내린 구오는 과감하게 하나의 스킬을 선택했다.

Skill

검의 노래

　제한:100레벨, 엘프 전직자. 기공

　엘프의 검법은 우아함을 중시한다. 그것은 동작뿐만 아니라 검이 바람을 가르며 일으키는 소리에도 적용된다. 엘프의 우아함은 곧 강함이니, 맑은 검의 소리에도 마력이 있다.

　효과:검을 휘두를 때마다 검에서 노랫소리와 같은 맑은 울림이 일어난다. 이것은 시전자에게 가해지는 각종 공격 마법의 위력을 감소시키고 치명적인 공격의 확률을 저하시킨다.

　기공의 방어적 능력 비율을 높이면 검의 노래의 성능도 같이 올라간다.

　기공 강화 중. 마법 저항 중. 치명 저항 중.

“후훗, 이러면 마법 방어도 확실하게 올라가는 거지.”

　전사와 기사가 가장 경계해야 하는 부분이 바로 마법에 집중적으로 얻어맞는 경우다. 근접 전투자들은 대열의 선두에 서기 때문에 마법의 사정거리에 쉽게 노출이 되는 것이다.

　이제 새로운 스킬로 마법 방어가 강화되고 또 치명타도 덜 맞게 되었으니 방어면으로는 구오를 따를 자가 없으리라.

　“도쿤 놈들, 이제 날 죽이려면 고생 좀 해야 할 거다.”

　구오는 당면한 적인 도쿤에게 애도의 웃음을 지어 보였다.

　기공과 검의 노래.

이 두 가지가 있으면 아무리 강한 상대라도 버틸 수 있을 것 같았다. 특히 숲에서 싸우면 엘프 기사의 특성의 효과도 있으니 절대 죽지 않을 자신이 있었다.

살아 있으면, 죽지만 않으면 끝까지 싸울 수 있다. 집단전의 최고 요령은 바로 생존이 아니겠는가.

특히 구오처럼 대장의 지위에 있는 사람의 경우 적들이 벌떼처럼 달려들어 공격을 가해올 것이니, 구오가 살아 있기만 한다면 그만큼 다른 길드원들이 안전하게 되는 셈이다.

구오가 스킬을 다 구입하니 엘프의 장로 중 한 명이 다가와 말했다.

"전에도 말했지만 구오 경은 우리 엘프의 대표 광고 모델이오. 그러니 이 검을 받고 계속해서 선전을 해주기 바라오."

"오옷, 정말로 빌려주시는 겁니까? 100레벨 유니크 검을!"

"우리 엘프는 약속한 것을 지키오."

장로의 말은 구오의 귓속으로 들어오지 못했다. 구오의 의식이 장로의 손에 들린 엘븐 롱 소드에 집중되어 있었기 때문이다.

구오는 얼른 검을 받아 들고 그 자리에서 검의 상태창을 열었다.

Item

윈드 레이지

등급:유니크　　　　　　형태:엘븐 롱소드
제한:100레벨　　　　　　직업:전사, 순찰자
기본 대미지:300—550　　기본 치명도:90
부가 옵션:대미지 150 증가. 치명도 150 증가. 힘 50, 민첩 50증가, 엘프의 종족 스킬 사용 시 효과 증가.

엘프는 결코 평화를 사랑하는 순한 종족은 아니다. 이 검은 엘프의 호전성을 증명하는 강력한 무구로, 버서커 엘프란 이명으로 불리던 엘븐 캐벌리어 아드리안의 애검이다.

아드리안은 이 검을 사용해 수많은 적을 물리쳤는데, 너무 살상을 많이 하여 말년에 스스로 엘븐 캐벌리어의 직위를 버리고 일반 전사의 길로 들어섰다. 이것은 아드리안이 장기로 삼는 기사 전용 기술을 봉인하는 효과가 있어 스스로 힘을 많이 제어하는 일이라 할 수 있는데, 아드리안은 오히려 일반 전사가 된 이후로 더욱 강한 힘을 보인다. 아드리안에게 있어 진정한 힘의 제어는 기사라는 굴레였지, 스킬이 아니라는 뜻이다.

"바람의 분노와 함께라면 적을 치는 데 스킬은 필요없다."

아드리안은 항상 그렇게 말해 이 검의 강함을 자랑하곤 했다.

"흐, 정말 좋은 검이군요."

"사실 이런 검을 타 종족에게 맡길 수는 없지만, 이 윈드 레이지는 일반 캐벌리어가 사용하기엔 피가 너무 많이 묻었소. 소유한 물건으로부터 정신적인 영향을 많이 받는 우리 엘프들에게는 위험한 마검이나 다름없는 것이오. 그러니 이건 인간인 구오 경이 쓰는 게 좋다는 게 우리들의 결론이오. 하지

만 구오 경도 이 검에 너무 피를 많이 묻히지는 않았으면 하
는 게 내 솔직한 바람이오.”

“최소한 쓸데없는 피를 묻히지는 않겠습니다.”

구오의 성의 어린 답변에 장로는 웃었다.

“또한 여왕 폐하의 특별한 명으로 구오 경이 원한다면 엘
븐 캐벌리어 전용의 전신 갑주 세트를 제작해 드리겠소.”

“헛, 전신 갑주란 말이죠?”

“원래 인간에게는 허용되지 않는 아이템이지만 최초의 캐
벌리어가 약하면 안 된다는 게 여왕 폐하의 판단이니 잘 생각
하시길 바라오. 물론 공짜는 아니오.”

“구입하겠습니다. 가격은 상관없습니다. 그걸 입을 수 있
다는 게 영광인데 어찌 돈을 논하겠습니까?”

“껄껄껄, 잘 생각하셨소. 그럼 장인을 불러 제작을 하라고
해야겠군.”

이것이야말로 대박이다. 전업에 스킬에 무기에 방어구까
지 한 방에 해결이 됐다.

최초라는 게 이렇게 좋을 줄은 몰랐다. 아마 세월이 흘러
다른 엘븐 캐벌리어가 탄생해도 구오가 받은 것처럼 전폭적
인 지원은 받지 못할 것이다.

구오는 장로에게 거듭 고맙다고 인사를 하다가 혹시나 하
는 마음으로 물었다.

“저, 혹시 장신구 종류는 이곳에서 구할 수 없을까요? 반지

나 목걸이 같은 거 말입니다.”

무기와 방어구가 갖춰지니 이제 남은 건 장신구였다. 엘프들 특유의 장신구가 있을지도 모른다는 생각이 구오의 뇌리를 스쳤다.

장로는 당연히 있다는 듯이 미소를 지었다.

“있기는 하오이다. 구오 경이라면 자유롭게 구입할 수 있소. 그런데 우리가 피지 무구 상점을 경영하면서 인간족의 장비와 비교를 해보니 마법 효능이 있는 장신구라면 몰라도 기사들이 쓸 만한 장신구는 오히려 인간족 쪽이 더 좋다는 결론을 내렸소. 그러니 가능하면 인간족이 만든 것을 쓰는 게 나을 것이오.”

“그런가요?”

“사실 방어구도 꼭 우리 것이 좋다고는 볼 수 없다오. 단지 가볍고 움직임이 편하다는 것, 마법적인 방어 능력이 추가로 붙어 있다는 것이 좋은 점이지요. 하지만 물리 방어력은 인간 기사의 것이 조금 더 좋다오.”

“일장일단이 있군요.”

구오는 이해했다는 듯이 고개를 끄덕였다. 지금 건네받은 엘븐 롱 소드만 해도 구오니까 썼지, 다른 사람들은 대부분 거추장스러워 잘 못 쓴다. 무기가 길다고 꼭 좋은 것만은 아닌 것이다.

“참, 실례가 안 된다면 한 가지 더 물어봐도 될까요?”

"물어보시오."

구오는 조심스럽게 물었다.

"드워프라는 종족은 이 세계에는 없나요?"

엘프가 있고, 오크도 있다. 그러니 드워프가 없으면 이상하지 않은가. 드워프는 타고난 장인이라는 게 기본적인 판타지 상식인만큼 만약 그들도 더 지존에 산다면 얼른 찾아내서 친분을 쌓고 싶었다.

"아, 드워프. 있었지."

장로의 말에 구오는 속으로 왔구나 하고 소리를 질렀다.

"어디 있습니까? 혹시 엘프족과 사이가 나쁜가요?"

"아니, 별로 드워프와 사이가 나쁜 적은 없소. 오히려 친밀한 감이 있었지. 적의 적은 친구라고, 드워프들은 우리보다 더 오크를 싫어했으니까."

"아항, 그것 잘되었군요. 그러면 드워프가 있는 곳을 좀 가르쳐 주시겠습니까?"

"지금은 없소."

"예?"

"드워프 일족은 용맹하기로 이름 높은 명예로운 종족이지만, 싸움에 있어서 물러서는 법을 배우지 못했다오."

"멸족했나요?"

"더 지존에 종족의 멸족은 없소. 죽어도 다시 살아나니까 말이오."

“그렇지요. 그럼 어떻게 됐습니까?”

“대륙 중앙으로 돌격해 들어갔다오.”

“흑, 중앙으로 말입니까?”

“옛날에 대륙 중앙으로부터 마족들이 나온 적이 있었는데, 드워프족은 그들과 싸웠소. 그 후 우리 엘프족이나 오크족은 적당히 대륙 외곽으로 나와 평화를 얻었지만 드워프족은 끝까지 마족과 싸우면서 그들을 쫓아갔다오.”

“일족 전체가 말입니까?”

“그렇소. 부락을 계속 안쪽으로 이동시키며 쉬지 않고 싸우더군. 원래 드워프들의 고집은 무서운 데가 있어서 한번 잘못 건드리면 정말 죽기 살기로 끝장을 보는데, 마족도 만만치 않게 드워프들을 괴롭히니 싸움이 끝나지 않을 수밖에.”

“그렇군요.”

장로의 말에 의하면, 드워프들은 엘프나 오크들보다도 훨씬 대륙 안쪽에 위치한 모양이었다. 과연 인간이 그곳까지 개척해 들어갈 수 있을까?

‘훗, 아직 멀었지. 사실 달의 길이 아니면 엘프도 만날 수 없었을 테니까.’

지금도 오크나 엘프는 인간 쪽으로 올 수 있지만 인간은 마음대로 엘프 쪽으로 갈 수 없다.

대륙 외곽으로 나가는 것은 쉽지만 안으로 들어가는 것은 어려운 것이다. 그렇게 생각하면 엘프가 현재의 인간보다 더 강한 종족이라 할 수 있었다.

구오는 일단 장로에게 인사를 하고 장신구 판매점으로 가서 마법사용 장신구를 구입했다.

"마법사들에게 선물을 해야지. 피앙 누님이 좋아하시겠네."

전업도 하고 쇼핑도 했다. 전신 갑주는 맞춤형 제작이라 나중에 배달을 해주겠다고 한다. 구오로서는 그날이 기대되었다.

*　　　*　　　*

나싱 역시 전직을 하기 위해 오크 부락으로 향했다. 오크 부락은 엘프 도시보다 상대적으로 가까이 위치했고, 또 이번에는 달의 길도 때맞춰 열렸기에 생각보다 빨리 도착할 수 있었다.

나싱은 족장 나투쿠로부터 직접 전직 허락을 받고 바로 오크 레인저가 되었다. 동시에 오크 히어로의 자격을 얻어 그녀가 차고 있는 필찌에 자신의 이름을 세겨 넣을 수 있게 되었다.

이로써 나싱은 전쟁에서 오크들을 지휘할 수 있는 오크 히어로가 된 것이다.

"쿠쿡, 순수 오크가 아닌 다른 종족이 오크 히어로가 된 건 처음이다."

"그래요?"

군터의 말에 나싱은 의외라는 듯한 표정을 지었다. 나투쿠
는 전혀 그런 말을 하지 않았다.

"레인저가 되는 건 몰라도, 히어로 직위는 정말 아무나 주
지 않는다. 다른 종족에게 주면 히어로 못 된 우리 종족 오크
가 싫어한다."

"아, 그렇군요. 오크 히어로의 수는 정해져 있는 거죠?"

"그렇다. 그런데 나싱이 히어로가 된 건, 다른 오크들이 모
두 나싱을 좋아한다는 뜻이다."

"어머, 호호호호. 그건 정말 영광이네요."

오크라고는 해도 모두 자신을 좋아한다는 말에 나싱은 웃
었다.

"그런데 어떤 스킬을 쓰는 게 나을까요? 일단 기공은 넣었
는데, 또 하나는 오크족의 스킬을 넣고 싶거든요."

모르면 물어보는 게 최고다. 나싱은 군터에게 솔직하게 질
문했다.

"글쎄, 난 파열격을 넣었다. 기공의 힘을 한 방에 터뜨리는
건데, 순간 대미지는 이게 최고다. 단지 한 번 쓰면 기공의 힘
이 사라져 버려 다시 회복이 될 때까지는 약하다."

"그것도 나쁘진 않네요. 음, 하지만 저는 오라버니와 단둘
이서 사냥을 할 때가 많으니까 페널티가 있는 스킬은 좀 그

래요."

"하기야 파열격은 무리 사냥 때 쓰기 좋지, 소수일 땐 약점이 드러나서 힘들다. 그렇다면 오크 러시는 어떤가?"

"아, 그게 좋겠네요."

오크 러시라는 스킬은 나싱도 알고 있는데, 군터의 말을 듣고 보니 확실히 마음이 당겼다.

나싱은 곧 자신의 새로운 스킬창에 오크 러시를 넣었다.

Skill

오크 러시

제한·100레벨, 기공, 오크 헌터, 전사

오크의 심장은 인간에 비해 훨씬 튼튼하다. 심장이 튼튼하다는 것은 숨도 안 쉬고 연속 공격을 할 수 있다는 뜻으로, 실제로 오크들은 강력한 연속 공격을 장기로 하는 경우가 많다. 오크 러시는 기공을 배운 오크가 자신의 심장을 더욱 강화하는 것으로, 모든 필살기의 시전 속도가 줄어드는 효과가 있다.

기공의 힘이 강화될수록 더욱 빠른 스킬의 연사가 가능해지기 때문에, 나중에는 스킬만으로 폭풍과도 같은 연속기를 퍼부을 수 있다.

효과 스킬 시전 쿨 타임 30% 감소. 기공 숙련도에 따라 최대 70%까지 감소.

이건 직접적인 공격 스킬은 아니다. 하지만 다른 모든 스킬을 빠르게 발동시킬 수 있어 실질적으로 엄청난 공격력 향상을 가져온다.

오크들은 대부분 일격계와 연격계로 나뉘는데, 연격계는 주로 오크 러시를 기준으로 스킬을 쓴다. 나싱은 일격계보다는 연격계를 선호했기에 군터의 제안에 따르기로 했다.

"그런데 정말 그 엘프 기사와 같이 다닐 거냐?"

군터가 살짝 인상을 찡그리며 물었다.

"헤헤, 어쩔 수 없어요. 저는 오라버니랑 있어야 되거든요."

"그자는 오크를 죽였다. 이번 싸움에서 많이 죽였다."

"그건, 서로 싸운 거니까……."

"다른 인간들은 상관없다. 나싱 말대로 싸움이었으니까. 그러나 엘프의 기사가 된 자는 다르다. 오크의 피 냄새가 몸에 붙어 떨어지지 않는다. 우리 오크는 엘프의 기사를 용서할 수 없다."

"그런 건가요?"

"군터는 나싱 좋아한다. 같이 사냥하고 싶다. 하지만 나싱이 그자와 같이 있으면 군터는 같이 못 있는다. 있으면 싸워야 한다."

"하아, 군터의 입장도 이해해요. 하지만 인간은 그런 걸 따지지 않아요. 죄송해요."

"죄송할 건 없다. 나싱 이해한다."

군터는 약간 우울한 말투로 말한 뒤에 몸을 돌려 자신의 숙소로 돌아갔다. 더 이상 나싱을 말릴 수 없다고 생각한 듯했다.

나싱은 잠시 군터의 등을 보다가 다시 한 번 한숨을 쉬고는 오크 주술사의 구역으로 향했다.

그곳에서는 주술사장이자 족장의 제일부인인 라시카가 나싱을 기다리고 있었다.

"저는 이만 떠날게요. 당분간은 못 돌아올 거예요. 도쿤과 싸워야 하거든요."

"그런가요? 나싱이 그리울 거예요."

"죄송해요. 결국 저는 진심으로 오크족을 위해 일하진 못했어요."

"괜찮아요. 나싱은 충분히 우리 오크족에 도움을 줬어요."

"참, 그런데 오라버니가 한 가지 물어봐 달라고 했어요."

"뭔가요?"

"저 말고 또 다른 사람이 오크 부족의 전직을 할 수 있나요?"

"불가능한 건 아니지만 족장께서는 아직 그러기엔 이르다고 말씀하셨어요. 인간족과 접촉하는 건 큰 모험이랍니다."

"저도 알아요. 그럼 지금은 안 되는 거군요."

"예, 나중에 때가 되면, 그러니까 우리 오크들이 인간들을 정식으로 받아들일 날이 오게 되면 먼저 알려 드릴게요."

"헤헤헤, 감사합니다."

"참, 이걸 드릴게요."

라시카는 그녀가 들고 있던 해골이 주렁주렁 달린 창에서 창날과 해골을 빼내고 창대였던 막대기 부분을 내밀었다.

"이건 뭔가요?"

"마계의 혈죽이에요. 옛날에 마족들이 썼던 무기에서 추출한 건데, 굉장히 질기고 탄탄해서 창대로는 최고로 치는 거예요."

"아, 이런 걸……."

"나싱의 무기는 특이하기 때문에 대장장이에게 특별히 주문을 해야 하죠? 그걸 재료로 쓰면 좋은 무기를 만들 수 있을 거예요."

나싱은 창대의 양쪽에 칼날을 매단 무기를 썼다. 양날 창도 아닌 양날 도이기 때문에 주문 제작도 쉽지 않다. 그나마 오크 쪽이 더블액스를 비롯한 양날 무기 제작에 어느 정도 노하우가 있기에 이곳에서는 제작이 되었다.

라시카는 그걸 알기에 나싱에게 창대를 선물한 것이다. 족장의 부인이 선물한 창대로 무기를 만든다고 한다면 오크 대장장이들이 알아서 좋은 물건을 만들어줄 것이었다.

"고마워요, 라시카. 이제 갈게요."

"또다시 기회가 되면 그대와 같이 외출을 하고 싶네요.

사실 족장 부인이라는 신분이 좀 답답하긴 하거든요. 호호
호."
　라시카가 웃었다. 오크의 웃음이지만 나싱에게는 결코 이
상하게 보이지 않았다. 정말 친밀한 웃음이었다.

CHAPTER 07
전쟁의 시대

WAR
LORD
워로드구오

더 지존의 2차 대규모 패치가 다가왔다.

이번 패치로 유저들은 정식으로 개척 마을이나 도시를 소유할 수 있게 된다.

그것은 다시 말하면 다른 유저 소유의 마을을 빼앗을 수 있다는 것을 뜻한다.

이른비 공성전!

이제 유저에게는 몬스터들과 싸워 마경을 개척하는 것 이외에도 자신들의 세력을 늘리는 또 한 가지 방법이 생겨났다.

개척보다는 전쟁에 의한 영토 확장.

이것이야말로 인간이란 종족의 숙명이 아닐까?

구오가 전직을 하고 온 후 며칠 뒤, 정식으로 더 지존의 2차 패치 일정과 날짜가 발표됐다.

이번 패치에서 가장 중요한 내용은 바로 개척 마을이나 도시의 경우 소유권이 해당 마을의 가장 큰 공헌을 한 길드장에게 완전히 돌아간다는 점이다.

동시에 길드 간 공헌도 이전이 어느 정도 자유로워졌기에 합법적인 소유권 이전이 가능해졌고, 전쟁을 통한 무력 점령도 인정된다.

마키오는 그동안 음으로 양으로 도쿤에게 가할 수 있는 모든 압력을 행사했다.

추가 배상 재판을 걸고, 게시판에 도쿤의 악행을 성토하면서 도쿤 고발 게시판을 따로 만들어 운영했다.

이런 면에서 상큼청춘이 일당백이라는 게 이번 일로 명확히 밝혀졌다. 상큼청춘 혼자 도쿤의 그 많은 언론플레이 알바들을 상대했는데, 어떤 억지도 상큼하게 되받아쳐서 일반 유저들의 인기를 한 몸에 모았다.

도쿤에서 변명을 하든 반박을 하든 결과는 계속 그들에게 불리하게 돌아갔다. 그들로서는 족보에도 없는 상큼청춘의 언론플레이에 자신들의 권위가 완벽하게 흔들리는 셈이니 미칠 지경이었을 것이다.

"우와, 누님이야말로 진정한 절대고수셨네요."

구오는 엄지손가락을 치켜올리며 감탄했다.

쇼부 역시 동의한다는 듯 고개를 끄덕이며 '이러니까 내가 항상 휘말리지' 하고 스스로 납득했다.

"오호호홋. 뭐, 이런 걸 가지고. 솔직히 난 게임하는 것보다 게시판에 글이나 동영상 올리며 노는 게 더 재밌더라."

"그래도 어떻게 도쿤을 누를 수 있어요? 전 이번에 학교에 가장 존경하는 사람에 언니 이름을 적었다니까요."

링링도 아부 전선에 뛰어들었다. 상큼청춘은 더욱 기가 살아서 자신만의 비결을 털어놓았다.

"그게 말이야… 많은 사람들이 착각을 하는 게, 언론플레이를 하면 진실을 왜곡하고 잘못한 것도 잘한 걸로 바꾸거나 이쪽의 잘못을 저쪽 잘못이라고 완전히 거꾸로 뒤집어씌울 수 있다고 믿는 경우가 많거든. 그런데 그건 당하는 쪽이 어리바리할 경우에만 그렇게 되는 거야."

"오홍!"

"우리 같은 선수끼리는 아주 간단하게 결판이 나는데, 바로 요점은 사필귀정이거든. 이쪽이 잘했을 땐 상대가 뭐라고 하면 할수록 점점 디 좋아. 미리 인증해 놓은 걸 하나씩 까서 보이면서 사건을 점점 키우고 이슈화할 수 있으니까. 반대로 이쪽이 잘못했을 땐 변명이 필요없어. 무조건 잘못했다고 해야 돼. 그러면 잘한 쪽에서 여러 말 하면 할수록 오히려 동정표가 이쪽으로 모여."

“그런 거군요.”

“그래서 선수끼리는 서로 싸울 일이 별로 없고, 일단 싸움
이 일어났다 하면 사실은 대부분 한쪽의 일방적인 린치라 할
수 있는 거지. 어리바리한 쪽이 물정 모르고 대들다가 망하는
거니까. 아니면 둘 다 어리바리해서 그냥 막싸움을 하는 경우
도 많고.”

“오홍.”

“그런데 지금 도쿤은 무조건 잘못했다고 할 수 있는 처지
가 아니잖아. 이건 완전히 저쪽에서 죽여달라고 사정하는 꼴
이야. 언플할 때 이렇게 좋은 기회가 몇 번이나 있겠니? 철저
하게 밟아줘야지. 오호호호호.”

“언니, 왠지 무서워요.”

인정사정 볼 것 없다. 상큼청춘의 마녀 취향 웃음소리엔 그
런 결심이 숨어 있어 아부하던 링링이 몸을 부르르 떨 정도였
다.

“어쨌든 우리 쪽에도 누님 같은 고수가 있어 다행이에요.”

구오가 적당히 끝을 맺자 쇼부가 화제를 바꿨다.

“그런데 문제는 도쿤에겐 힘이 있다는 건데 말이야. 언플
이고 뭐고 그놈들 패치 끝나면 바로 쳐들어올걸.”

“……”

쇼부의 말에 모두 입을 다물었다. 그들도 그건 짐작하고 있
었다. 하지만 분위기상 꺼내기가 힘든 말이어서 차마 입 밖으

로 내놓지 못하고 있던 터였다.

"이제 어떻게 할 거냐? 전에 길드원들의 정리는 했지만 정말로 싸우게 되면 또 이탈자가 나올 가능성이 크다."

"이탈자뿐이겠어요? 배신하는 사람들도 꽤 나오겠죠. 애초부터 스파이도 많을 거고요."

구오가 태연하게 대답하자 쇼부는 피식 웃으며 다시 구오에게 물었다.

"그래도 싸울 거지?"

"구오 오빠, 어떻게 싸울 거예요? 게릴라전?"

"하기야 우리가 있는 이곳은 어느 정도 거리가 있고, 중간에 썬더도크를 비롯한 여러 영지들도 도쿤에게 비협조적이니 방어는 가능할 것도 같은데."

링링이 게릴라전이라고 말하자 다른 사람들도 그쪽이라면 어느 정도 싸울 만하다고 제각기 의견을 내놓았다.

공삼방일이라는 말이 있다.

지리적 이점과 엔피씨들과의 친분을 최대한 이용하면 아무리 도쿤이라고 해도 쉽게 마키오를 무너뜨릴 수 없으리라. 무너뜨린다고 해도 도쿤의 피해가 너무 커서 손익을 생각하면 결국 협상을 할 수밖에 없다.

생각하면 할수록 낙관적인 판단이 들었다. 사람들은 점점 긴장을 풀었다.

그런데 구오가 입가의 미소를 지우고 진지한 표정으로 사람들에게 물었다.

"이번 전투를 제 마음대로 해도 돼요?"

"왜? 무슨 좋은 생각이 있어?"

"그냥 우리 쪽에서 쳐들어가서 도쿤을 쓸어버리려고요."

"커컥!"

"구오야, 고래가 새우를 삼킬 수는 있어도 새우가 고래를 삼킬 수는 없잖니."

"맞아요. 방어도 아니고, 우리고 공격하면 절대 승산이 없다고 봐요."

역시 다들 반대했다. 오직 쇼부만이 조용히 있을 뿐이다.

구오는 다시 말했다.

"방어는 안 돼요. 앞으로 두 달 이내에 마키오는 세상에서 사라집니다."

"윽, 그럼 공격은 되고?"

"공격을 하면 한 달 이내에 사라질 가능성이 크죠."

"그럼 더 나쁘잖아."

"나쁜 건 없죠. 두 달 버티다 그냥 죽는 거하고 한번 제대로 싸우고 한 달 만에 죽는 것의 차이인데."

"그 정도로 승산이 없니?"

상큼청춘이 슬픈 얼굴로 물었다. 그녀는 여태까지 구오가 자신없는 얼굴로 무조건 진다고 선언하는 걸 본 적이 없다.

다른 사람들이 다 불가능하다고 말해도 구오는 근거없는

자신감을 보였다. 그리고 시간이 지나면 구오의 자신감은 다 현실로 보답을 받았다.

그런데 이번에 구오는 방어는 두 달, 공격은 한 달이라고 했다.

"쳇, 그러려면 오크와는 왜 싸웠는데?"

링링도 김이 빠지는 모양이다.

그러자 구오는 다시 미소를 지으면서 말했다.

"내가 하고 싶은 말은, 방어를 하면 무조건 두 달 후에는 망하지만 공격을 하면 한 달 이내에 망할 가능성이 커도 이길 가능성도 있다는 거야. 오크와 싸우고 상큼 누님이 언플을 해주고 그래서 그런 가능성이 생긴 거거든."

"정말요?"

"그래. 꼭 이긴다고는 할 수 없지만 적어도 대의명분이 이쪽에 있고 또 지금은 일시적이지만 전력적으로 싸울 만하거든. 하지만 전력 차이는 시간이 지나면 점점 벌어지니 싸우려면 당장 공격해 들어가야 해."

"으음, 구오가 말하는 것도 일리는 있어."

당삼이 고심을 하다가 겨우 말을 꺼냈다. 그는 구오가 하고 싶은 말을 이해한 듯했다.

"구오 말대로 난 싸우겠다. 패치가 끝난 바로 다음에 쳐들어가는 게 좋겠어."

"당삼 오빠가 그렇게 말한다면 나도 이견없음."

“호호호, 이기든 지든 최소한 그림은 나오겠네.”

“좋아요. 그럼 지금부터 선전포고를 하는 방향으로 가죠. 최대한 널리 알리고 정정당당하게 싸운다는 느낌을 다른 사람들에게 심어줘야 합니다.”

구오가 선언하자 사람들은 일제히 대답을 하고 자리에서 일어났다. 이제 전쟁은 시작된 것이나 마찬가지였다.

*　　　*　　　*

구오는 회의실에서 나온 후 해피보이를 불렀다.

“형, 부르셨어요?”

“그래, 방금 간부 회의를 했는데 말이야.”

“네.”

“이번 패치 끝나면 마키오는 도쿤과 영지전을 하기로 했다.”

“예에? 그럼 도쿤이 바로 쳐들어오는 건가요?”

“아니, 우리가 가는 거야.”

“예에에에? 그게 무슨 말도 안 되는 농담이세요?”

“농담 아니다. 이번 주말에 정식 선전포고를 할 거니까, 그 전에 도쿤에 네가 미리 알려라.”

“어, 지금 저에게 정보를 주시는 거예요?”

“그런 거지. 어차피 숨길 일도 아니니까 큰 정보는 못 되어도 그래도 며칠 빠르게 알리면 네 체면을 차리는 게 되겠지?"

"그럼요. 헤헤헤, 고맙습니다. 그런데 정말 웬만하면 그냥 협상 쪽으로 가는 게 어떨까요?"

"협상? 항복이겠지."

"사실상 그런 거긴 하죠. 그래도 항복도 이쪽이 유리하니까 받아주는 거죠. 저쪽이 지금 공적치 문제 때문에 골치가 아픈데, 피해자인 마키오가 협조를 해주면 훨씬 일이 쉬우니까요."

"그렇게 숙이고 들어가면 처음엔 몰라도 나중에 쓸모가 없어지는 순간 진짜 비참하게 될걸? 넌 그렇게 생각 안 하냐?"

"쩝, 제가 아는 도쿤이라면 당연히 그렇겠죠."

"너, 그걸 짐작하면서 나한테 항복을 권한 거냐?"

"그거야… 그렇게 되면 제가 확실하게 공을 세우는 거니까요. 억! 형, 때리지 마세요. 농담이에요, 농담이라니까요."

"눈이 진심을 말하는데 입으로 농담이라고 한다고 되나? 악덕 스파이, 죽어라. 내 너를 전쟁의 첫 전과물로 삼겠다."

"저 도쿤 아니라니까요. 엄연한 마키오예요. 억, 발로 차서 벽에 붙이는 건 학대라고요."

해피보이는 도망을 가려고 했지만 구오의 발을 벗어날 수는 없다. 구오는 열심히 밟으면서 이놈은 역시 믿을 수 없다고 속으로 중얼거렸다. 방금 전 협상을 권할 때 약간 느껴졌던 해피보이의 진정은 착각이라 생각하고 무시하기로 했다.

＊　　　＊　　　＊

구오의 의도와는 약간 다르게 일이 진행되었다.

도쿤 쪽에서 먼저 정식 영주전 선포를 한 것이다.

일시적으로 마키오를 포섭하여 평판 작업을 하는 것보다 오히려 강하게 마키오를 눌러 힘을 보이려는 모양이다.

제국 쪽에서 받은 페널티는 시간을 들여 복구하고, 대신 유저들을 장악하려는 것이니 이 또한 그쪽으로서는 나쁜 결정이 아니라고 쇼부가 설명했다.

"어쨌거나 선수를 당한 거네요. 하하하."

구오는 웃었다. 그리고는 곧바로 이쪽에서도 영주전 선포를 했다.

도쿤은 마키오의 거점을 점령하겠다고 했고, 마키오는 도쿤의 최대 거점인 체롯 성채 도시를 점령하겠다고 했다.

맞바꾸기!

방어만 해도 벅찰 마키오가 맞공격을 하겠다는 건 방어를 포기하겠다는 소리다. 그야말로 길드 전체가 특공대가 되어 새로운 터전을 확보하겠다는 것.

그러나 냉정히 판단해 볼 때 마키오가 아무리 발악을 해도 체롯 성채 도시를 함락시킬 가능성은 거의 없다.

그래도 사람들은 이 놀라운 마키오의 특공에 관심을 기울였다.

기적은 일어나는가.

기대와 흥미가 하늘 높이 치솟으면서 드디어 패치가 이루어졌다.

구오를 비롯해 마키오의 주요 멤버들은 패치 전부터 모두 접속해서 부대를 정렬했다. 곧 패치가 끝났다는 시스템 메시지가 들려왔다.

그것은 전쟁 시작의 알림이나 마찬가지.

"가요."

구오가 타고 있는 전투마를 이동시키자 그 뒤에 대장의 깃발이 높이 올라갔다. 처음부터 대장 출현 상태로 싸우겠다는 의지였다. 그 뒤를 따라 마키오의 결사대가 이동을 시작했다.

도쿤 쪽에서도 이미 1천이 넘는 정예를 진군시켰다.

도쿤 최강의 정예 부대라는 평을 듣는 티케이 부대가 이들의 중심에 섰다.

이들은 이전에 북상을 하다가 썬더노그의 서시로 인해 일단 물러섰던 적이 있기에 이번에야말로 마키오를 비롯한 제국 서북부의 군소 세력들을 모두 쓸어 도쿤의 위엄을 세우겠다고 다짐하고 있었다.

양군은 결국 샤논 평원에서 만났다.

넓은 숲지대 한가운데에 생긴 공터와도 같은 모양의 평지인데, 대규모는 몰라도 천 명, 2천 명이 싸우기에는 꽤 넓었다.

이미 예상하고 있던 지점이었다. 다른 일반 유저들도 여기일 거라고 생각했는지 상당수의 구경꾼이 평원 한쪽에 모여 있었다.

그들의 관심사는 오직 하나, 마키오가 과연 도쿤에게 저항할 정도의 힘이 있는가 하는 점이었다.

"상대가 될까?"

"일단 숫자로 봐서 상대가 안 되잖아. 절반 정도밖에 안 돼."

"숫자도 숫자지만, 도쿤의 본대는 티케이잖아. 프로라고."

"아무래도 힘들겠어."

"그래도 이렇게 당당하게 나온 걸 봐서 마키오도 결심이 대단해."

"그러게. 게릴라전도 아니고 평원에서 붙을 줄이야. 잘하면 방어는 할 수 있지 않을까?"

"오, 방어만 할 수 있어도 훌륭하지."

아직 정식 영주전의 개시가 되지 않았기에 점령이니 뭐니 하는 건 없지만 이곳에서 이긴 쪽은 그대로 진군을 하여 공격을 하게 되고, 지면 물러나서 방어를 해야 하는 건 미루어 짐작할 수 있었다.

그렇기에 설령 마키오가 진다고 해도 어느 정도 전력을 보이면 방어는 가능하다고 볼 수 있었다. 그렇다면 도쿤은 몇

달에 거쳐 서북쪽 지방에 거점을 마련하고 장기적인 공략을
해야 한다.

그야말로 골치 아픈 일이 아닐 수 없다.

사실 유저들 대부분은 도쿤에게 별로 좋지 못한 감정이 있
기 때문에 그들은 마키오가 선전해서 도쿤을 충분히 골탕 먹
이기를 원하고 있었다.

"크크크, 멍청한 놈들."

도쿤의 지휘관은 비달이라는 마법사였다. 티케이를 최정
예의 위치로 끌어올린 경력의 소유자로, 마법사답게 항상 냉
정하고 효율적인 판단을 하기로 유명했다.

비달은 평원 맞은편에 포진한 마키오를 비웃었다. 옆에 서
있는 피엔드가 얼른 맞장구를 쳤다.

"확실히 멍청한 놈들이죠. 헤헤헤."

"입 다물고 있어라. 네놈이 뻘짓을 하는 바람에 우리가 이
렇게 고생을 하는 거니까."

"옛, 죄송합니다."

피엔드는 급히 입을 다물었다. 서북쪽 지형에 익숙하냐는
이유로 참모로서 참가를 했지만 다른 지휘관들은 모두 피엔
드를 멍청이 취급했다.

호미로 막을 일을 가래로 막는다고, 도쿤의 최정예인 티케
이가 이렇게 장기 행군을 해서 제국 구석까지 올 일이 생긴
건 모두 피엔드가 멍청해서라고 그들은 생각했다.

작전 참모부에서는 완벽한 분석과 전략을 통해 충분한 전력을 투입했는데 피엔드가 그걸 잘못 운용한 것이다.

작전 참모부로서는 그렇게라도 평가를 내려야 자신들이 할 말이 있기에 정말 열심히 피엔드에게 모든 것을 뒤집어씌웠다. 원래 인망이 없는 피엔드였기에 지금은 왕따나 다름없는 신세였다.

피엔드는 고개를 숙인 채 속으로 중얼거렸다.

'두고 보자. 내 뒤엔 오자와 실장이 있다. 네놈들이 아무리 날 무시해도 이번 일이 끝나고 서북 지역을 총괄하는 건 바로 나다.'

미리 오자와에게 약속을 받아놨다. 그렇기에 다른 자들의 냉대를 받으면서도 태연할 수 있었다.

일단 한 지역을 맡으면 티케이의 지휘관인 비달과 동급이 된다. 세력만 잘 키우면 더 윗줄이 될 수도 있다. 세력을 키우는 건 자신있는 피엔드였기에 지금은 훗날을 기약하기로 했다.

비달은 원래부터 냉정한 성격이었다. 피엔드를 냉대하는 건 하는 거고 그가 마키오와 실제로 싸워봤다는 것까지 무시하지는 않았다.

"저놈이 구오냐?"

"그렇습니다."

"앞쪽에 있는 놈도 상당히 강해 보이는데?"

"그놈은 쇼부란 놈입니다. 본사에서 한 번 스카웃을 하려 했는데 거절했습니다."

"흠, 스카웃 대상이었단 말이지? 그럼 일단 저쪽부터 조져야겠군."

척 보기에도 쇼부 주변에 모인 자들이 전력의 핵심이었다. 고 레벨들을 한군데로 모아 대장인 구오의 좌측에 진열시킨 것이다.

"대장, 일단 좌군을 막고 적장부터 치는 게 낫지 않겠습니까?"

옆에서 부관 참모인 마카시가 의견을 냈다. 마키오 측은 길드 마스터가 직접 출전을 해서 처음부터 대장 출현 이벤트를 발생시킨 상황, 전 부대원들에게 사기 증가와 스탯 보너스 효과가 있으니 일단 대장부터 잡는 게 정석이었다.

대장만 잡으면 전쟁은 끝났다고 봐야 하니 구오를 집중적으로 노리는 게 좋아 보였다.

그러나 비달은 마카시의 의견을 기각했다.

"저번에 오크와 싸운 동영상을 보니까 저 구오란 놈은 도망가는 데 이력이 난 놈이다. 지금 저놈들 포진은 구오란 놈이 우리 전력을 유인하는 동안 쇼부 놈의 부대로 공격을 가해 최대한 피해를 입히겠다는 의도인 것 같다."

"흐, 그건 오크전하고 거의 비슷한 전술이군요."

"그렇지. 그런 식으로 어떻게든 대등하게 싸운 것처럼 보여 방어전을 유리하게 끌어갈 생각일 거다."

"하하하, 과연 대장의 의견이 확실한 것 같습니다."

"흥, 저런 인원으로 체롯에 영주전 신청을 해? 체롯의 지역 방어 시설도 못 뚫을 거다. 결론은 다 허세고 어떻게든 방어전을 조금이라도 유리하게 끌어가려는 속셈이다."

"그렇겠지요."

"우리는 단순히 이기기만 해서는 안 된다. 최대한 전력 차를 보여 저놈들에게 현실을 알려주는 거다. 저쪽의 가장 강한 부분부터 차례로 깨부수면서 이쪽의 피해는 최소화한다. 시간이 걸려도 좋다. 완전히 갈아버린다."

"그렇게 하지요."

"싸움이 벌어지면 도망가는 놈들도 나올 거다. 피엔드는 별동대를 끌고 뒤로 돌아가서 도망가는 놈들을 처리해라. 한 놈도 도망가지 못하게 해야 한다."

"크크크, 그렇게 하지요."

패잔병 처리 부대를 지휘하는 건 별로 기분 좋은 일이 못 된다. 보통 부대라면 몰라도 이런 정예 부대에 소속되어 있으면서 하이에나 역할이나 한다면 남들에게 멋있는 모습을 보일 기회를 한 번 잃는 것과 같다.

그래도 피엔드는 아무 말 없이 명령을 따랐다.

피엔드가 뒤쪽으로 빠지자 다른 부대들도 천천히 전진을 시작했다. 정말 제대로 훈련받은 정예병처럼 서두르는 법 없

이 발자국 소리마저 맞춰서 이동하는 도쿤의 부대는 구경꾼
들에게 시작부터 전율감을 느끼게 할 정도였다.

＊　　　　＊　　　　＊

"오는데?"

"음, 직접 보니까 진짜 세 보이네요."

"야, 구오. 니가 그런 약한 소리를 하면 어떻게 하냐? 지금
와서 판을 물릴 수는 없잖아."

"판을 물리기는요. 저렇게 센 놈들을 확 밀면 우리가 얼마
나 세 보일까 하고 상상하는 중이었어요."

구오의 호언에 당삼이 피식 웃었다. 그러면서 다시 도쿤의
움직임을 보며 말했다.

"이쪽은 무시하려는 모양이다. 중앙에 있는 애들이 쇼부
쪽을 노려보고 있어."

"오호, 그러니까 대장인 나를 무시하고 주력부터 까겠다는
기네요."

"그래, 대장 출현 이펙트는 그냥 핸디로 주려나 보다."

"인심 좋네요. 그럼 한번 핸디받고 제대로 붙어보죠."

구오는 말을 끝냄과 동시에 무리의 가장 앞으로 나섰다. 당
삼이 그 옆에 섰다. 나싱은 그 뒤쪽이다.

기사인 구오와 전사인 당삼이 앞을 막으니 나싱은 거의 모

습도 보이지 않았다. 하지만 가장 강력한 공격력을 보유한 것
은 나싱이었다.

"그럼 모두 갑니다. 진형 유지하세요."

구오가 크게 외치니 사람들이 일제히 도쿤을 향해 나아갔
다. 대장과 지휘관이 모두 선두에 서니 따로 지휘를 할 사람
이 없어 보이는데도 그들은 별로 신경 쓰지 않았다.

도쿤 쪽에서는 설마 했다가 정말로 적 대장인 구오가 가장
선두에 서자 약간 당황한 모양이었다. 그러나 구오와 대치하
고 있던 적의 참모인 마카시는 냉정한 목소리로 외쳤다.

"신경 쓰지 말고 작전대로 간다. 전진, 전진!"

마카시의 말에 다시 도쿤 쪽은 구오를 무시했다. 마치 구오
가 일반 유저인 것처럼 걸리면 싸우고 아니면 신경 쓰지 않겠
다는 분위기였다.

"호오, 그럼 나야 좋지."

구오는 적의 살기가 자신에게 집중되지 않고 있는 걸 느끼
고는 더욱 기분이 좋아졌다. 이렇게 되면 정말 죽을 일이 없
어지는 것이다.

드디어 양 진영이 거의 닿을 정도까지 접근했다. 서로 전술
없이 힘겨루기로 싸우겠다는 의지가 작용했는지 그 흔한 사
전 장거리 공격조차 없었다.

보기 드문 아주 정직한 대전이라 할 만했다.

졸지에 일반 병졸 대우가 된 구오는 앞에 마주 선 적 하나

에게 시범적 평타를 가했다.

펑!

"어, 막네?"

"펜싱 스크류!"

대답 대신 스킬이 날아왔다. 방어가 높은 상대에게 가장 효과적인 스킬이었다. 구오는 이크! 하고 얼른 피했다.

"어, 그걸 피해?"

전신 갑옷에 방패를 든 기사가 방어가 아닌 회피를 하는 건 아주 드문 경우였다. 상대는 약간 당황한 표정으로 중얼거렸다.

"훗, 꼭 어쌔신이나 헌터만 회피하란 법 있냐? 난 회피 기동이 특기인 민첩 기사다. 빅 스윙!"

위잉, 뻑!

구오는 되는대로 지껄이며 상대를 향해 돌진하듯 나아가 범위 스킬을 사용했다. 기공을 공격 쪽 만땅으로 설정해 놓고 쓰는 스킬이라 순식간에 주변에 있던 세 명의 피가 주욱 빠졌다. 그 뒤를 이어 당삼도 범위 스킬인 힐링 액스를 썼다.

바바바박!

"커억, 이놈들 전직자다!"

연속 범위 공격 두 번에 목숨이 간당간당해진 적들은 비틀거리며 뒤로 물러났다. 그러나 나싱은 그런 적들을 놓치지 않았다.

“오크 러시!”

나싱의 몸에서 붉은 잔상이 일어났다. 공격 스킬의 시전 속도가 비약적으로 빨라지는 오크 특유의 스킬이었다.

“뒤치기, 연타, 내려찍기!”

“커억, 어떻게 한 번에 세 가지 스킬을!”

비명도 못 지르고 회색이 된 동료들을 보면서 아직 살아남은 도쿤의 전사가 외쳤다. 이건 물리적으로 있을 수 없는 빠르기가 아닌가.

그러나 나싱은 미소를 지으며 별것 아니라는 듯 다음 스킬을 발휘했다.

“중급 함정.”

좌좌좌좍!

범위형 발목 묶기 함정을 거의 한순간에 설치하는 것만 봐도 이건 문제가 있었다. 밸런스를 파괴하는 움직임이란 생각이 사람들의 뇌리에 스쳤다.

그러나 나싱은 오크 마을에서 경쟁적인 사냥으로 경험치를 올린 캐릭터다.

엔피씨와의 사냥은 파티에 대한 경험치 분할 개념 없이 많이 때릴수록 경험치를 많이 먹기 때문에 순간 대미지 뽑기나 빠른 행동에 있어서 나싱은 남다른 경지에 올랐다 할 수 있었다.

그 위에 오크 러시까지 사용하니 정말 스킬들이 한 번에 두 세 개씩 나가는 듯한 느낌이 들었다.

"와우, 나싱 대단한데? 전에는 이렇게까지 빠르진 않았잖아."

"그땐 전업 전이잖아요. 스킬 빠르게 나가는 스킬을 익혔어요."

"허걱, 그건 사기야!"

"그러게요. 써보니까 정말 좋네요. 호호호."

예상보다 훨씬 좋은 효과에 나싱은 아주 기분이 좋았다.

사실 나싱은 기공의 힘을 가속으로 바꾸었기에 스킬 하나하나의 대미지는 그렇게까지 크진 않았다. 그러나 구오와 당삼을 비롯한 주변 사람들이 쓸고 지나간 자리에 결정타를 주로 날리는 나싱의 입장으로 볼 때, 대미지보다는 스피드가 중요했다.

다른 사람들이 보기에도 나싱이 수많은 적들을 파파파팍! 하고 쓸어버리는 것으로 보여 굉장히 화려한 광경이었다.

구오 일행에 의한 돌파력이 생각보다 대단해서 도쿤의 진형에 큰 구멍이 뚫렸다. 일단 진형을 파고든 다음에는 좌우로 흔들어 점점 균열을 크게 하는 방법을 쓰니 중앙 쪽의 전투의 우열이 확연하게 마키오 쪽으로 기울었다.

구오 주변에는 전업자들이 꽤 많이 배치되어 있었다.

100레벨을 넘겨 전업을 한 캐릭터와 그렇지 않은 캐릭터 사이에는 큰 차이가 있는데, 이걸 하나로 모아 전력을 강화했으니 도쿤 입장에서는 한 번 깨어진 진형을 회복하기가 쉽지 않았다.

하물며 구오가 이미 대장 출현 이벤트를 발동시켰기 때문에 동 레벨, 동 장비라면 이쪽이 약 10% 정도 강했다.

또한 도쿤 쪽에서는 마키오를 어중이떠중이의 집합체로 보고 자신들을 잘 훈련된 정예 부대로 생각했지만, 이것 또한 착오가 있었다.

반복된 전투로 마키오 사람들은 집단 전투 훈련을 상당한 강도로 경험했다.

마키오의 전투 부대란 현실에서의 무술가들과 원래부터 싸움을 좋아하는 유저들 중에 엄선한 사람들을 따로 훈련시킨 것이기 때문에 핵심 전력의 정예도로 볼 때 도쿤에게 크게 뒤떨어지지는 않았다.

어쩌면 더 지존 내에서의 전투 경험은 마키오 쪽이 더 많을 수도 있었다.

이런 착오들이 겹쳐 예상외의 결과를 내고 있었다.

쇼부 쪽을 노린 도쿤의 정예들은 생각보다 거센 쇼부 일행의 저항에 마키오의 진형을 깨지 못하고 지지부진한 상태를 유지했고, 반대로 무시하려 했던 구오 쪽 부대가 도쿤을 계속해서 밀어붙이는 상황이었다.

하지만 도쿤 쪽 지휘관인 비달은 결코 무능한 자가 아니었다. 자신의 판단대로 일이 진행되지 않음에도 당황하지 않고 차분하게 구오 쪽을 관찰했다.

"잘하는군. 무모한 짓을 할 정도의 실력은 돼."

"어떻게 할까요?"

"살살 유인해라. 조금만 더 들어오면 작전을 바꿔 적의 머리를 먼저 따고 나머지를 섬멸하는 방식으로 간다."

"옛."

보좌관은 비달의 명에 내심 놀라면서도 깍듯하게 대답했다. 비달이 처음 작전을 변경하는 경우는 아주 드문 일로서 상대를 어느 정도 인정했다는 소리다.

어쨌든 이것으로 비달은 마키오를 경시하지 않고 최고 효율을 노리겠다는 뜻이다. 보좌관은 얼른 귓말로 연락병에게 비달의 명을 전했다.

*　　　*　　　*

사람은 가만히 서 있어도 마음만은 절대로 멈추지 않고 움직인다고 한다.

눈을 부릅뜨고 앞을 보는 사람도 알고 보면 의식을 집중하는 행위를 오래 유지할 수 없어 어느 순간 눈동자는 앞을 보지만 의식은 딴곳으로 향하게 되는 이치도 여기에서 비롯한다.

보통 사람은 다른 사람의 의식이 움직이는 것을 느낄 수 없다. 하지만 오랜 세월 동안 무술을 수련해 감각이 극도로 발전된 사람은 상대의 마음과 의식 속에 생긴 빈틈을 감지하고 그곳을 공격할 수 있게 된다. 그런 고수의 공격은 막을 수도 없고 피할 수도 없는 것이다.

구오 역시 그런 경지에 이르러 있었다.

구오는 진형의 선두에 서서 격렬하게 싸우는 와중에서도 또 다른 의식의 눈으로 사방을 냉정하게 살피고 있었다. 그러던 중 어느 순간 상대의 움직임이 조금 달라졌다는 것을 깨달았다.

구오는 당삼과 나싱에게 귓말을 보냈다.

[애들이 나를 조금 더 끌어당기고 싶어하네요.]

[그래?]

[그러면 오라버니를 유인해서 잡겠다는 소리잖아요.]

[그런 거지.]

[어떻게 해요?]

[어떻게 하긴, 작전대로 하는 거지.]

구오는 상대의 움직임에 맞춰 더욱 격렬하게 공격을 가했다. 적들이 맞서 싸우는 것 같아도 막아서는 것과 유인하는 것은 단단함이 다르다. 덕분에 훨씬 움직임의 폭을 넓힐 수 있었다.

동시에 구오는 자신의 기공 수치를 서서히 변화시키기 시작했다.

이렇게 수치를 조정하면서도 움직임에 전혀 지장을 받지 않는 것도 쉽지는 않은 일이지만 구오는 이곳까지 오면서 이 연습을 꽤 정성들여 한 바 있다.

아직 순간적인 전환은 힘들지만 움직임에 지장이 있을 정도는 아니었다.

공격력이 약해지는 것과 비례해 방어력이 강해지는 것이 기공이란 스킬의 법칙이었다.

약해지는 구오의 공격력을 당삼과 나싱이 최대한 표 안 나게 보완했다.

한 걸음씩 앞으로 나아갈 때마다 적들의 숨겨진 표정 속으로 희열의 감정이 엿보였다. 작전을 성공적으로 수행하는 자의 눈빛, 낚시에 성공해서 월척을 낚았을 때의 호흡이다.

"그래, 숙일 수 있으면 숙여보아라."

구오는 피식 웃으며 중얼거렸다. 수가 뻔히 보이는 자들을 상대로 넘어가 주는 척하는 것도 편한 일은 아니었다.

뒤쪽으로부터 마법사들이 살금살금 거리를 좁혀오는 게 보였다. 떡대 전사들에 숨어서 접근하면 모를 거라 생각한 모양이다.

암살자들도 은신과 고양이 걸음을 써서 모여들기 시작했다. 이들은 주로 구오가 도망가려 할 때에 치명적인 공격을 하려는 듯 구오를 지나쳐 마키오의 진형 바로 앞까지 전진했다.

구오는 속으로 셋을 세었다.

상대도 선수인만큼 어느만큼 구오가 나왔을 때에 이빨을 드러낼지를 이미 결정해 놓고 있을 터, 그것이 자신의 판단과 어느 정도 차이가 있는지를 알아야 했다.

"셋, 둘, 하나. 지금!"

부웅!

마치 구오가 명령을 내린 것처럼 뿔고둥 신호가 울렸다. 소리를 메시지로 바꾸어 아군 전체에 전하는 바드들의 특수 연주였다.

"신호다. 죽여!"

"이쉑, 허접한 놈이 세상 무서운 줄 모르고 앞으로 나왔지!"

모두가 구오를 노렸다. 순식간에 살기가 급등하고 뒤쪽으로부터 마법을 시전하는 소리가 은은하게 들려왔다.

이런 난전 지역에서 한 사람만을 노리고 마법을 쓰는 것은 거의 불가능하지만 마법사들은 신경 쓰지 않았다. 오히려 대부분 범위 마법을 시전하여 아군이 죽든 살든 구오 하나를 확실히 잡겠다는 의지를 보였다.

구오는 급히 허리를 낮추어 거의 앉다시피 하며 방패로 전신을 가렸다. 거북이가 등껍질 속에 숨는 것처럼 구오의 몸이 방패 아래로 쏙 들어갔다.

그런 자세에서도 구오는 옆으로 미끄러지듯 이동하며 상대의 무릎 아래쪽으로 검을 휘두를 수 있었다.

"방패 막기! 검의 노래!"

시리리리링.

구오가 휘두르는 검으로부터 페어리가 뿌리는 빛나는 가루 같은 것이 흩날리며 맑은 울림이 일어났다.

카카카카카카캉, 파파파팟!

사방에서 들어오는 공격이 모두 방패에 막혔다. 또한 구오를 노리고 마법사들이 던진 공격 마법은 빛의 가루에 닿자마자 폭발해 버렸다.

대미지가 아예 없을 수는 없지만 검의 노래에 의한 마법 저항력이 엘프의 스킬에 대한 시너지 효과를 지원하는 윈드 레이지의 힘에 의해 놀라운 효과를 발휘했다.

당삼과 나싱은 구오가 숫자를 세는 걸 듣고 있었기 때문에 지금하고 외치는 순간 몸을 뒤로 뺐다. 그리고 구오가 어떻게 움직이든 상관하지 않고 미리 약속한 대로 처음 구오가 있던 곳의 우측 5미터 지점으로 이동했다.

구오는 축구 선수가 페인트 모션을 쓰듯 빨랐다가 느리게 좌로 가려다가 우로 가는 등 순식간에 둘러싼 자들의 틈을 만들어 당삼, 나싱과 합류했다.

방패를 뒤집어쓴 채 오리걸음으로 상대의 발만 보고 움직이는 구오의 모습을 비유하자면 솥뚜껑을 뒤집어쓴 늑대라 할 수 있었다.

"크크큭, 이것이 바로 보법이란 거다. 니들이 보법을 알아?"

당삼과 나싱의 발을 확인하자 구오는 몸을 일으켜 그들 뒤로 숨으며 회복 물약을 꺼내 마셨다.

피가 반도 줄지 않았지만 일단 물약을 마셔주는 퍼포먼스를 취해야 상대가 거의 잡았는데 하고 아까워하지 않겠는가.

"제기랄, 바퀴벌레 같은 놈. 진짜 안 죽네."

"저 새끼 꼭 조져."

드디어 상대가 흥분하기 시작했다.

원래 프로는 욕을 하지 않는 법. 상대가 멋진 플레이를 보이면 박수를 쳐주는 아량과 여유도 필요하다.

하지만 전쟁 중에 표적이 빨빨대고 돌아다니면서도 신기하게 안 죽고 버티니 프로고 뭐고 욕부터 나왔다.

"크크큭, 욕 많이 해라. 니들이 내 수명을 늘려주는구나."

구오는 지금 욕을 많이 먹으면 오래 산다는 옛말을 굳게 믿기로 했다. 그는 쉬지 않고 움직이며 적을 애먹였다.

"컨퓨즈 애로!"

"어스 스턴!"

뒤쪽에서 아군 마법사들의 마비와 혼란 마법이 날아왔다. 적을 죽이기보다는 구오에 대한 공격 집중을 조금이라도 느슨하게 하는 것이 그들의 임무였다. 혼란 마법은 그걸 위한 최고의 선택이라 할 만했다.

"이런, 내 몸이 마음대로 안 움직여."

"억, 이게 뭐야!"

구오를 노리던 자들 중 몇 명이 비명을 지르며 이상한 행동을 하자 전사 쪽의 고참 하나가 화가 나서 아는 마법사에게 항의 귓말을 보냈다.

[우리도 저런 걸 써야지. 범위 마법 말고 상태 이상 마법으로 저놈을 잡으란 말이야. 마법사를 당구 쳐서 따냈냐?]

[이런 무식한 놈아, 저놈은 필드전 대장이란 말이다. 이벤트 유닛은 상태 이상 공격 면역이란 거 몰라?]

[으, 그런가?]

[잔말 말고 몸으로 막고 칼로 긁어. 아니면 다리를 붙잡고 늘어지기라도 하던가. 그래도 네놈들이 전사냐?]

[크큭, 저놈이 워낙 미꾸라지 같아서 잡으려고 해도 안 잡힌다. 씨벌.]

"빅 스윙!"

빠바바박!

구오는 상대가 자기 때문에 귓말로 싸우든 말든 다시 적진을 파고들며 검으로 범위 스킬을 썼다.

범위 스킬 쿨 타임이 돌아오면 귀신같이 적진의 빈틈을 찾아 뛰어드는 구오의 몸놀림은 사람이 아닌 귀신의 그것이었다.

당삼은 미처 반응하지 못하고 구오가 다시 돌아올 자리를 만들기 위해 적을 위협했고, 나싱은 구오가 지나간 자리를 메우듯 따라붙으며 넘어진 적에게 기술을 집중시켜 결정타를 먹였다.

구오는 힐끗 뒤를 돌아보며 나싱에게 말했다.

"흐, 저번에 가상 대련할 때에도 느꼈지만, 넌 정말 몸이 빠르네."

"흐읍. 오라버니, 죄송요. 지금 제가 대화를 할 여유가 없네요. 오라버니야말로 너무 빨라요."

지금 이 자리에서 구오의 움직임이 얼마나 대단한지 가장 잘 느끼는 사람은 바로 나싱이었다. 그녀는 이를 악물고 필사적으로 보조를 맞추고 있었지만 그것 역시 쉽지 않았다.

눈도 깜박하지 못하고 숨을 내쉬는 시간까지 아껴야 겨우 구오의 발뒤꿈치를 놓치지 않을 수 있었다.

그 와중에 쓰러진 적을 공격하기까지 해야 하니 정말 숨 쉴 여유도 없었다.

어떤 수련도 이보다 더 어려운 건 없었던 것 같다고 나싱은 속으로 중얼거렸다.

지금까지 구오와 같이 플레이를 해왔지만 이런 움직임은

처음이다. 어쩌면 여태까지 구오는 나싱을 배려해 그녀의 템포에 맞춰왔는지도 모른다는 생각이 들었다.

"이게 구오 오라버니의 진짜 실력인가?"

그에 대한 해답은 알 수 없었다.

"놓칠 순 없어. 앞으로도 오라버니와 같이하려면."

발뒤꿈치!

나싱은 오로지 구오의 발뒤꿈치만 보고 뛰었다.

*　　　*　　　*

"허참, 정말 대단하군."

비달이 감탄하니 옆에 있던 참모들도 동감이라는 듯 고개를 끄덕였다.

"정보보다 훨씬 무섭습니다. 실전 무예의 대가라는 말을 무시한 게 잘못이었나 봅니다."

실전에 강한 사람은 그걸 의식해 게임에서 오히려 한계를 가지게 되는 경우가 많다. 그런데 비달이 보니 구오란 놈은 실전 무예를 게임에 훌륭하게 적응시킨 것 같았다.

"그래, 스킬과 움직임이 완벽하게 조화를 이루고 있다. 적만 아니면 공격 대장으로 스카웃하고 싶을 정도군."

거의 선두에서 싸우면서 집중 공격을 버텨낸다는 것은 고수 중에서도 고수나 할 수 있는 일이 아닌가.

장비가 좋고 나쁘고는 말할 필요가 없다. 최고의 장비가 아니면 저 자리에 서서 1초도 버틸 수 없었을 테니까.

"어떻게 할까요? 생각보다 저쪽에 전업자가 많습니다. 설마 마키오가 전업자를 이렇게 많이 보유하고 있을 줄은 본사에서도 예상하지 못한 일입니다만."

참모가 살펴보니 전업자들의 수만을 놓고 따지면 아군보다 적군인 마키오 쪽에 조금 더 많았다. 그 때문에 수적으로 우위인 우군이 쉽게 적의 진형을 깨뜨리지 못하고 있는 것이었다.

이대로라면 이겨도 문제가 된다. 확실하게 대승을 못하고 고전한 것만으로도 티케이라는 이름에 먹칠을 하는 셈이었다.

비달은 잠시 침묵하다가 결론을 내린 듯 말했다.

"어쩔 수 없지. 이대로 유지하다가 피엔드 놈에게 뒤를 치게 한다. 그때 우리 지휘부도 적극적으로 움직여 최대한 빨리 끝장을 내도록 하지."

"옛."

"칫, 피엔드 놈에게 공이 돌아가겠군."

비달은 그게 못마땅했다. 원래 피엔드에게는 뒤쪽으로 돌아 퇴로를 막고 도망치는 잔당을 사냥하는 일을 맡겼다.

하이에나의 시체 파먹기 역할로, 악명은 쌓여도 공적은 거의 인정을 받지 못하게 하려는 의도였다.

그런데 현재 예상대로 마키오를 붕괴시키지 못하고 있으니 작전을 바꾸어 피엔드에게 후방 기습의 명을 내려야 했다.

이 경우 승부를 결정짓는 요인이 피엔드에게 가는 셈이라 최고의 공적 역시 피엔드의 것이 되게 생겼다.

티케이가 독점해도 모자랄 공적을 외인 부대에게 양보해야 한다, 그것도 가장 맛있는 부분을.

"그래도 이겨야 한다."

비달은 마음을 비우려는 듯 작은 목소리로 중얼거렸다.

*   *   *

"크크크, 그렇단 말이지? 과연 마키오야. 내가 당할 만하다니까."

피엔드는 연락을 받고 참을 수 없다는 듯 웃음을 터뜨렸다. 그토록 증오했던 구오가 지금 이 순간만큼은 아군처럼 생각되기도 했다.

"그놈은 강하다. 강하다니까."

"그래도 뒤통수를 까면 이길 수 있지요."

"크하하하하하하! 맞아. 앞통수를 못 까면 뒤통수라도 까야지."

트윈도스가 맞장구를 치니 피엔드는 다시 한 번 크게 웃었다. 그러더니 곧 인상을 굳히고 살기 띤 눈으로 앞쪽을 바라보며 말했다.

"가자. 승리는 우리 것이다."

피엔드가 이끄는 부대는 숲 안쪽을 돌아 마키오의 후방에 접근한 상태.

기습 효과를 최대한 살리기 위해 탐지 방어 마법과 소리 차단벽을 쳤다. 헌터와 암살자들이 앞쪽에서 혹시 있을지 모를 함정이나 정탐병을 찾았다.

곧 숲이 끝나고 평지가 드러났다. 마키오가 바로 앞에 있었다. 먹음직한 뒤통수 수백 개가 그들의 두 눈 가득 들어찼다.

"까라!"

피엔드가 크게 외치며 앞장서서 달려나가자 수하들도 일제히 함성을 지르며 따랐다. 완벽한 기습이라고 그들 스스로 평가했다.

"앗, 뒤쪽에 기습이다!"

마키오 쪽의 프리스트 한 명이 외쳤다. 전사들 대부분이 앞에서 진형을 이루고 있는 시점에서 뒤를 찔리면 아프다.

마법사들을 지휘하던 피앙이 급히 지시를 내렸다. 이런 상황에서도 차분한 목소리. 하지만 사실은 예상치 못했던 사태에 상당히 당황한 듯 눈동자가 흔들리고 있었다.

"아아, 마법사들은 전면 공격을 중지하고 정신계나 육체 구속계 마법으로 저들을 저지하세요. 치유사들은 앞으로 가면서 자신이나 서로에게 힐을. 앞쪽은 더 이상 신경 쓰지 마시고 일단 스스로 살아남을 생각부터 하세요. 거기, 힐하지 말고 움직여요.”

힐러들은 급한 상황이 되면 대부분 자신보다 남을 먼저 구하려는 습성이 있다. 또한 가만히 서서 치유 마법 계열만 난사하기도 한다.

하지만 피앙은 그들에게 이동을 먼저 하고, 그다음엔 스스로 살아남고, 가장 마지막으로 남을 도우라고 했다.

그것이 매정하지만 피해를 최대한 줄이는 방법이라고 피앙은 배운 바 있다.

“크크큭, 늦었다. 니들은 다 죽은 거야.”

트윈도스가 어느새 몸을 피하는 치유사들에게 바짝 붙어 하나씩 처리를 해나갔다. 아무래도 암살자라 움직임이 빠르고 워낙에 고수라 당하는 쪽으로서는 어떻게 할 방법이 없었다.

그 광경을 본 구오는 혀를 찼다.

“칫, 저놈들이 뒤치기까지 준비했을 줄이야. 우릴 얕보고 있었던 게 아니었나?”

생각을 너무 단순하게 했다. 이건 자신이 방심한 결과이니 남을 탓할 수도 없다.

도쿤에서도 정예 부대로 평가받는 티케이가 정면이 아닌 기습 공격을 감행할 줄은 미처 몰랐다.

쇼부의 말에 의하면, 기습처럼 작전을 통한 승리는 티케이가 거의 대등한 상대일 때만 사용한다고 했다.

이번처럼 전력적으로 우위에 있다고 판단되는 싸움은 무조건 정면에서 밀어붙여 철저하게 깨부순다는 것이었다.

그래야 자신들의 절대적인 힘을 구경하는 사람들에게도 보일 수 있고, 그다음에 있을 공성전에서도 심리적인 우위에 설 수 있기 때문이다.

그래서 이번 작전에 티케이의 기습은 전혀 염두에 두지 않았다. 그런데 허를 찔렸다. 뼈아픈 실수였다.

사실은 쇼부의 말처럼 티케이의 전술은 힘을 내세워 눌러 죽이는 것이었지만, 이번엔 헬게이트라는 혹덩이와 같이 싸우기 싫은 마음과 포위 섬멸을 위해 하이에나 부대를 운용했다가 득을 본 것이었다.

물론 마키오가 이걸 알 리는 없었다. 그저 머리를 쓴다고 썼다가 망한 셈이었다.

CHAPTER 08
승리를 위한 승리

WAR
LORD
위 로 드 구 오

당삼도 구오와 비슷한 순간에 뒤를 돌아보았다. 그는 후방이 당하는 것을 확인하자마자 아무 말 없이 그대로 몸을 돌려 뛰어갔다.

"내가 막을게. 버텨라."

당삼을 중심으로 하는 몇몇 전사들이 빠지고, 남은 사람들이 얼른 구멍을 메워 진형을 유지했다. 하지만 전력이 줄어들고 후방 지원이 끊긴 상황이라 아까와는 다르게 마키오가 점점 밀리기 시작했다.

구오 역시 지금까지처럼 함부로 적진을 뚫고 들어갔다가 나오지는 못하게 되었다.

힐러의 지원이 없으면 전사는 시한부 인생이나 다름없다는 것을 모르는 사람은 이곳에 아무도 없다.

"계속 버텨요. 죽지만 않으면 돼요!"

말은 쉽다. 누구라도 죽고 싶은 사람은 없을 터. 그러나 날아오는 칼과 마법을 피하지 못하면 착실하게 피가 깎이니 이런 처지에서 살아남는다는 것처럼 힘든 일은 없는 상황이었다.

그래도 구오의 독려에 사람들은 이를 악물고 방어에 집중했다. 특히 전업자들은 오러를 방어 쪽으로 집중시키고 각종 회피계 기술과 물약을 최대한 이용하며 버티려 했다. 힐이 다시 들어오기 전까지는 공격에 대한 미련을 버려야 했다.

하지만 그럼에도 불구하고 마키오의 진형은 그 어느 때보다 많은 피해를 입었다.

이것을 지켜보던 티케이의 지휘관 비달은 크게 웃음을 터뜨렸다.

"좋아. 저쪽에 화력을 집중해라. 저놈들이 정신을 차리기 전에 완전히 박살을 내버려야 한다."

말을 하면서 직접 이동을 하는 비달의 뒤를 따라 마법사들이 움직였다. 붕괴되기 시작한 적에게 결정적인 타격을 입히는 것은 언제나 마법사들의 집단이 아니겠는가.

쇼부는 필사적으로 자기 쪽 상대가 중앙군으로 이동하려는 것을 막았다. 이쪽의 피해를 감수하고 전면 공격을 감행하면서 구오에게 귓말을 전했다.

[젠장, 여기 대빵 그룹이 그쪽으로 간다. 버틸 수 있겠어?]

[모르겠어요. 지금도 거의 한계라고 봐요.]

[뒤쪽이 수습이 안 되면 지겠는데.]

[지면 안 되죠.]

다른 건 다 돼도 지는 건 절대 안 된다. 구오는 이를 악물었다. 사방에서 적이 구오를 한번 잡아보겠다고 난리를 치는 와중에서도 냉정하게 판단하고 쇼부와 귓말을 해야 한다.

[좌군을 중앙과 합류시켜서 방어 태세로 전환해야겠어요.]

[오크전 때처럼 말이냐? 그건 쉽지 않다. 또 성공한다고 해도 그건 방어 진형이야. 패배를 상정하고 만든 진형이잖아.]

[당장 망하는 것보다는 그게 낫겠죠.]

[알았다.]

구오의 강한 주장에 쇼부는 두말없이 대답을 했다. 지금은 급한 상황, 일일이 논의를 할 여유는 없었다.

이쪽의 피해가 커졌을 때 부대를 합쳐서 새로 진형을 구축하는 방식은 오크전 때 연습해서 이미 실행한 바 있다.

그 뒤로는 버티면서 서서히 괴멸을 기다리는 형국이 되지만 최소한 당장 무너지지는 않고 적의 피해두 극대화할 수 있다.

말하자면 패배를 인정한 작전이다.

하지만 구오는 아직 질 생각이 없었다.

확실히 쇼부는 대단했다.

　구오가 결단을 내리자마자 그는 바로 좌군 전체를 움직여 중앙과 합류시키기 시작했다. 그러면서 그 자신은 동료들과 함께 중앙군의 후군을 지원하러 뛰어갔다.

　티케이의 주력이 쇼부 쪽에서 구오 쪽으로 옮기는 것에 딱 맞춘 움직임이었기에 거의 피해가 없이 진형 변화를 할 수 있었다.

　진형을 합친 후에는 적과의 인접선이 짧아지고, 또 좌군의 치유사들이 중앙군 쪽에도 지원을 하니 확실히 한결 살 만해졌다.

　쇼부는 후방에서 가장 난폭하게 날뛰고 있는 쌍칼을 든 자를 막아섰다.

　"너, 트윈도스지? 헬게이트의 행동 대장. 칼만 봐도 알 수 있다."

　트윈도스는 원래 세트 아이템인 쌍칼을 썼는데, 구오에게 하나를 빼앗긴 후 어쩔 수 없이 한쪽만 다른 무기로 대체한 바 있다. 쇼부와도 몇 번이나 싸운 사이다 보니 모를 수가 없었다.

　"크크크, 쇼부로군. 네놈하고 결판을 낼 때가 된 것 같구나."

　"지랄 마라. 뒤치기로 남의 약점을 찌르는 게 특기인 네놈이 무슨 결판이냐. 나한테 걸렸으니 그냥 죽어라."

　"미친놈, 족보도 없는 네놈에게 이 트윈도스가 당할 것 같으냐.”

자존심의 싸움은 입으로부터 시작해서 칼로 진행된다. 쇼부와 트윈도스는 그야말로 죽어라고 싸웠다.

그렇게 좌군의 주력이 후방을 지원하니 차츰차츰 상황이 정리되었다.

피엔드의 부대는 추적 학살만을 위한 구성이었기에 정식으로 집단전을 치르기에는 약간 모자란 부분이 있었다.

또한 그들 대부분은 마키오와의 싸움에서 밀리는 동안 레벨 업을 잘 못해 전업자가 적었다.

사실상 마키오 최고 정예인 쇼부 일행은 먼저 적과 아군의 힐러들을 격리시키고 본격적으로 피엔드 부대의 섬멸에 들어섰다.

*　　　*　　　*

티케이의 지휘관인 비달은 구오 쪽으로 이동하는 사이 상대의 예술적인 진형 변화를 이루는 것을 보고 찬탄과 분통을 같이 터뜨렸다.

“어떻게 저럴 수가 있지?”

“보통 놈들이 아닙니다.”

참모들도 놀라서 벌어진 입을 다물지 못했다. 집단전이 무슨 컴퓨터 게임도 아니고, 조작하는 대로 움직일 수는 없다.

그런데 적은 그야말로 하나의 유기체처럼 움직였다.

차라리 좌군을 그대로 압박했으면 이렇게 되지는 않았을 터인데. 아니다. 저런 움직임이라면 이쪽이 어떻게 움직이든 진형을 변화시킬 수 있다.

"지휘관의 힘인가?"

부대의 훈련만으로는 이렇게 될 수 없다. 이쪽에서 기습을 하니 저쪽에선 훗, 하고 진형 변화를 한 셈이었다.

"비달님, 지시를."

참모가 비달에게 작전 지시를 요구했다. 이대로 적이 정리를 끝내고 완전히 방어 진형을 구축하면 전투가 오래간다. 나중에는 이기겠지만 단순히 이기는 것만이 티케이의 원래 의도는 아니었다.

비달은 이를 부드득 갈며 말했다.

"별다른 방법이 없다. 그냥 최대한 밀어붙여."

비달은 자신이 이겨도 상부로부터 문책을 당할 것 같은 예감이 들었다. 반면에 마키오는 져놓고도 사람들에게 칭찬을 받을 것이다.

이번 진형 변화가 동영상으로 뜨면 싸움 좀 하는 유저들은 하나같이 엄지손가락을 세울 게 뻔했다. 비달 자신도 속으로는 그러고 싶을 정도였으니.

그러면 나중에 마키오의 본진을 공격할 때 문제가 될 것이다. 어쩌면 마키오의 진형 변화의 노하우를 배우기 위해 다른 길드에서 몰래 지원을 보낼 가능성도 있었다.

같이 싸우고 지시를 받아봐야 비결을 어느 정도라도 얻을 수 있으니 생각있는 길드의 지휘부라면 충분히 할 만한 짓이다.

그때는 정말 힘든 싸움이 될 가능성이 컸다.

비달은 불길한 예감을 털어버리려는 듯 머리를 세차게 한 번 휘젓고 크게 외쳤다.

"체력과 마나를 아끼지 말고 공격에 집중해라! 어차피 저 놈들은 방어진을 구축하는 중이니 이제는 두들겨 부수면 된다!"

"옛!"

비달의 말이 바로 진리였다. 참모들은 일제히 대답하고 자신이 맡은 부대에게 다시 지시를 내렸다.

*　　　*　　　*

"크웃, 빡세네. 확실히 티케이는 티케이군."

구오는 티케이의 집중 공격이 시작되자 쇼부의 위대함을 다시 한 번 실감할 수 있었다.

어쩌니 저쩌니 해도 지금까지 중앙군이 활약할 수 있었던 데에는 쇼부가 적의 주력을 맡아 잘 막아주었기 때문이다. 그런데 이제는 구오가 그들의 공격을 받아내야 했다.

그들은 이제 구오의 움직임을 쫓지 않고 행동반경 전체에 파상적인 공격을 가하고 있었다. 예측 공격도 아니고 일종의 존프레스, 즉 공간에다가 무턱대고 스킬을 쓰는 형식의 공격을 하는 것이다.

범위 공격의 위력이 위험수위를 넘었다. 이건 굉장히 소모적인 일이지만 구오에게 있어서 그만큼 위협적인 일이기도 했다.

"크크크, 네놈을 최고의 고수로 대우해 주는 거니까 영광인 줄 알아라."

"스타 플레이어 한 명 있다고 조직의 힘을 이길 것 같으냐?"

"띠바, 무식한 놈들."

구오는 어쩔 수 없이 뒤로 물러났다. 그가 죽으면 정말로 마키오 전체가 괴멸하기 때문에 허투루 모험을 할 수는 없었다.

이렇게 되니 원거리 공격 방법이 없는 구오는 적을 공격할 수단이 없어 그저 지휘를 할 뿐이었다. 가끔씩 앞으로 튀어나가 한칼 먹이고 들어오기는 해도 지금까지처럼 완전히 나가진 못했다.

오히려 나싱이 구오의 곁을 떠나 다른 전사들 사이에서 착실하게 킬수를 늘이고 있었다. 구오와 같이 움직이면서 나싱의 몸놀림이 더욱 빨라져 항상 결정적일 때 나타나서 치명적인 일격을 먹였다.

[쩝, 나싱. 나도 격수할 걸 그랬나 보다.]

[무슨 말씀을 하세요. 오라버니는 몸빵이 어울려요.]

[나도 그렇게 생각하는데, 지금은 니가 부러울 뿐이야.]

피나는 열전 속에서도 둘은 귓말을 나눌 여유가 있었다. 입과 몸이 따로 노는 경지였다.

구오는 나싱과 잡담을 하면서 마음을 안정시켰다. 직접 싸우다가 구경만 하려니 참으로 답답했다.

그러면서도 구오는 마음속으로 열심히 시간을 계산했다. 과거 비매너와의 무한 소모전을 할 때, 정지한 것과도 같은 교착 상태 속에서 구오는 오히려 시간이 흐르는 것을 느꼈다. 그러니까 구오는 입과 몸과 머리가 제각기 다른 일을 하는 셈이었다.

[이제 슬슬 올 때가 됐는데.]

[다 왔으면 오라버니한테 먼저 알리겠죠.]

[그러니까 말이야. 이대로 진형이 굳어지면 곤란해. 지금이 딱 좋거든.]

구오는 다시 한 번 주변을 돌아보며 사방을 확인했다.

마키오의 중앙 부대는 이미 좌측을 완전히 흡수해서 새로운 방어형 진형을 구축했다. 아직 우측이 남아 있지만 그건 이미 별동대와 비슷한 규모가 되었다.

헬게이트의 별동대는 이미 태반이 죽고 나머지도 진형 밖으로 밀려났다. 힐러 라인과 공격 마법사 라인이 다시 정상

가동된 것이다.

이에 도쿤의 티케이는 기존에 좌측과 싸우던 부대 중 지휘부를 뺀 나머지를 따로 운용하여 중앙군의 옆구리를 찌르도록 했다. 그러면서 살살 후방으로 이동하는 것이, 헬게이트 부대와 합류하여 양면 협공의 형세를 만들려는 것 같았다.

양면 협공 형세가 굳어지면 아무래도 적들의 공격이 더 거세지게 된다. 또한 적들의 진형이 완성되면 그만큼 반격이 힘들어진다고 봐야 했다.

바로 지금이었다.

적이 새로운 포위 진형을 구축하기 위해 이동을 하는 순간이 반격을 할 수 있는 가장 좋은 상황이 아니겠는가.

문제는 지금 상태로는 반격을 할 수 없다는 데에 있다. 방어 진형이 괜히 방어 진형이 아니고, 방어에 뛰어난 만큼 공격을 하기에는 애로 사항이 많았다.

[구오야, 아직 안 왔냐?]

쇼부 쪽에서도 더는 기다리기 힘든 듯 귓말이 왔다. 구오는 작게 한숨을 내쉬며 대답했다.

[곧 올 거예요.]

[3분 이내로 안 오면 와도 소용이 없을 듯싶다.]

[저도 그렇게 생각해요. 쩝.]

대답을 하면서 더욱 가슴이 답답해지는 구오였다. 그런데 막상 대답을 하고 보니 이대로 있어서는 안 된다는 생각이 들었다.

가만히 있으면 3분이지만 승부를 걸면 5분으로 만들 수 있지 않을까? 또한 이쪽이 움직이면 저쪽도 어떤 식으로든 움직여야 한다. 빈틈은 항상 움직일 때 생기는 법.

구오는 즉시 당삼에게 귓말을 보냈다.

[형, 2분 후에 앞으로 전력을 집중시키죠. 후방은 최소한으로 놔두고요.]

[뭐라고? 진심이야? 그러면 오래 못 버틸 텐데.]

[그래야 이길 때 크게 이길 수 있어요.]

[이런 상황에서도 크게 이길 생각을 하다니. 알았다. 죽든 살든 해보자.]

당삼도 구오가 무엇을 기다리는지 안다. 구오는 지금 대승을 위해 대패를 건 것이다.

곧 당삼과 쇼부를 비롯해 마키오의 전업자들이 앞으로 모이기 시작했다. 적의 전력 중 일부가 후방으로 돌아가고 있는 상황에선 결코 현명한 선택이 아니었다. 전면은 대등 이상으로 싸울 수 있을지는 몰라도 일단 후방에 적이 자리를 잡으면 무너지는 건 순식간이 될 터이다.

그래도 구오는 자신의 감을 믿었다.

반격의 순간은 곧 온다!

그런 구오의 믿음에 보답이라도 하듯 얼마 안 있어 귓말이 왔다.

[구오님, 까마귀 부대 도착했습니다.]

[적의 순찰대는 없었나요?]

[둘 있었는데, 정지 마법을 걸었습니다.]

정지 마법은 일종의 환혹 마법으로, 일시적으로 대상의 감각을 마비시켜 아무런 변화도 없는 것으로 느끼게 한다. 순찰대를 먼저 발견하여 정지 마법을 걸었다면 적들에게 들키지 않았을 가능성이 컸다.

구오가 보기에도 적 진형에서는 까마귀 부대에 대한 대응 움직임이 없어 보였다.

작전은 성공이다!

구오는 즉시 지시를 내렸다.

[1분 후 전원 돌격하세요. 본대가 크게 함성을 지른 직후라 생각하시면 됩니다.]

[알겠습니다.]

드디어 시간이 되었다.

"뒤치기가 네놈들의 전매특허는 아니란 말이지. 이번엔 니들이 한번 빡세게 당해봐라."

구오는 검을 뽑아 높이 들어 올리며 외쳤다.

"끝을 보죠! 방어진을 열고 전원 돌격 준비를 하세요! 셋을 세면 갑니다!"

구오의 급작스러운 말은 적군도 들을 수 있는 육성이었기에 비달을 비롯한 적의 지휘부는 비웃음을 날리며 말했다.

"미쳤군. 패배가 보이니 먼저 죽고 말겠다는 건가?"

"이판사판이겠죠. 어차피 후방 포위가 완성되면 옴짝달싹도 할 수 없으니 그전에 각개격파를 노린다는 의도인 듯합니다."

"방어는 몰라도 공격으로 우리 본진을 깨겠다고? 우릴 호구로 아나?"

비달은 사람들의 말을 끊었다.

"냉정하게 대처한다. 마법사들은 대응 마법 준비. 전사들은 셋이 하나로 진형을 구축하고 카운터 어택을 위한 위치 이동을 해라."

"옛!"

지금까지 절망에 빠져 무조건 돌격으로 승부를 걸어온 적들이 없었던 것은 아니다. 그러나 그렇게 해서 티케이의 본진이 깨질 정도면 아무도 티케이를 두려워하지 않았을 것이다.

비달은 자신의 지시에 따라 준비를 하는 부대원들을 보며 회심의 미소를 지었다.

이제 저들의 최후의 발악을 구경하면서 승부를 결정지으면 끝이다. 중간에 꽤 좋지 않은 상황이 있기는 했지만 어쨌든 목적대로 완전 섬멸은 이루게 되었다.

"쓸 만한 적이라고 인정해 주지, 마키오, 구오."

비달은 구오의 이름을 머릿속에 기억했다.

어차피 게임밥을 먹다 보면 어디선가 또 만날지도 모른다. 그때 아군이라면 믿을 만한 위치에, 적이라면 이번처럼 방심하지 않고 처음부터 철저하게 공략해 주겠다고 속으로 다짐했다.

그때 준비가 다된 마키오 측의 유저들이 일제히 함성을 질렀다. 돌격 전에 사기를 올리기 위한 함성이었지만 바드들의 음향 마법이 가미되니 함성의 크기가 그들의 근력과 마력을 강화시켰다.

"와아아아아아아아아아!"

"우리도 함성을 지른다!"

비달이 지시하니 티케이 유저들도 같이 함성을 질렀다.

"와아아아아아아아아아아아아!"

양측이 공격력이 강화된 셈이니 이제는 살상도가 더욱 커졌다. 살기가 하늘 끝까지 치솟는 듯했다.

그때, 티케이의 후방 쪽 숲에서 또 다른 함성이 일어났다.

"우워어어어어!"

곰의 포효인가? 수가 많지는 않지만 소리는 결코 작지 않았다. 비달이 놀라 뒤를 돌아보니 약 30여 명의 사람들이 숲에서 튀어나와 본진의 뒤쪽을 향해 돌진하는 중이었다.

"저건 뭐야?"

"적인 것 같습니다."

"흥, 저 정도 수로 뒤치기를 하려고? 막아라."

설마 이 상황에서 적의 유격대가 튀어나올 줄은 몰랐다. 하지만 100명도 채 못 되는 30여 명으로는 기습의 효과가 크게 날 수 없다.

아까 피엔드만 해도 80명 정도는 되었다. 그 정도는 되어야 후방의 힐러들과 마법사들이 손쓸 틈도 안 주고 밀어붙일 수 있다.

저 정도 수라면 마법사들이 자체적으로 처리할 수 있다. 잠시 마법사들의 지원이 사라지겠지만 힐러들의 치유 마법은 유지된다.

비달은 그렇게 판단을 내렸다.

그런데 막상 그 30명이 후방을 덮쳤을 때에는 비달의 예상과 전혀 다른 결과가 나왔다.

"플라잉 봄!"

사람이 하늘을 난다. 어떻게 저렇게 높이 점프를 할 수 있을까?

한두 사람도 아니고 30명이 일제히 허공으로 10m 이상 뛰어올라 30m가 넘는 거리를 공중에서 이동하니 정말 놀랍다는 말밖에 나오지 않았다.

에어 워크라는 말이 어울리는 상황이었다.

티케이 멤버 중 한 사람이 경악해서 외쳤다.

"저건 바바리언 고유 스킬인 플라잉 봄! 다들 피해!"

이미 늦었다. 허공으로 몸을 날린 30명의 기습대는 힐러들 한가운데로 떨어졌다.

쿠쿠쿠쿠쿠쿵!

충격파가 도넛 모양으로 퍼졌다.

수십 개의 동심원이 교차하며 가운데 끼인 사람들에게 무시할 수 없는 대미지를 주었다.

힐러들은 힐을 쓸 겨를도 없이 연속된 집단 범위 공격에 태반이 순살당했다. 살아남은 자들도 충격에 의해 쓰러졌기에 바바리언들의 마무리 내려찍기 공격에 거의 회색으로 변했다.

"저럴 수가!"

"저게 다 바바리언 2차 전직자란 말인가!"

비달도 그제야 상황의 심각성을 이해했다.

도쿤에서 바바리언들과 교류하며 조사하는 과정에서 가장 가지고 싶어했던 스킬이 바로 플라잉 봄이라 했다. 그들이 아는 한 모든 직업이 100레벨에 얻을 수 있는 스킬 중 가장 사기적인 것이었다.

사용 쿨 타임이 길어서 문제지, 결정적인 순간에 한 방 기술로는 이만한 효용성을 지닌 게 없다는 분석이었다.

특히 방금 티케이가 당한 집단 플라잉 봄이야말로 도쿤이 세계를 상대로 준비하려고 했던 최종 집단 기술이라 할 수 있었다. 그런데 그걸 거꾸로 당한 것이다.

기공을 이용해 점프력을 극대화시킨 후, 몸무게와 낙하 대미지를 모두 충격파로 전환시키는 스킬. 마법사가 없는 바바리언들이 가지는 범위 마법형 육탄 공격 스킬이었다.

그걸 사전 지식이 없어 대처도 거의 하지 못하고 그대로 먹었다.

힐러들을 싹 쓸자 바바리언들은 일제히 붉은 물약을 벌컥벌컥 들이켰다. 착지 대미지를 회복하려는 것인데, 이걸 똑같은 동작으로 하니 단순히 포션 하나 마시는 모습에서도 박력이 느껴졌다.

바바리언들은 모두 얼굴을 알아볼 수 없게 가면을 쓰고 있었다. 입 부근에 부리가 달린 새 모양의 가면인데, 검은색인 것으로 보아 까마귀를 모델로 디자인한 것 같았다.

포션을 모두 마시자 중앙에 있는 하얀색 까마귀 가면을 쓴 자가 외쳤다.

"하얀 까마귀 휘하 까마귀 바바리언대, 참전합니다!"

구오는 리듬에 맞추어 대응했다.

"환영한다, 하얀 까마귀. 즉시 마법사들을 까마귀밥으로 만들어라."

"우워어어어어어어, 라쟈!"

까마귀들은 구오의 명에 즉각 반응하여 아직도 놀라 멍하니 서 있는 마법사들을 향해 달렸다. 플라잉 봄은 더 이상 쓸 수 없지만 그늘의 손에 들린 그레이트 액스는 충분한 살상력을 자랑했다.

마법사들은 급히 마법 방어벽을 치고 혼란 마법이나 마비 마법, 발 묶기 마법 등으로 바바리언들의 돌진을 막으려 했다.

그러나 바바리언이라는 종족의 최대 특성은 바로 마법 내성에 있었다.

마법을 무시하기에 바바리언이라는 종족이 된 것이다. 어떤 마법도 사용할 수 없지만 반대로 내성이 붙는다.

30여 명의 바바리언들은 마법을 맞아도 아주 재수없는 몇 명 이외에는 그냥 튕겨내 버렸다.

"우웍, 우웍!"

"어억, 안 돼에에!"

도끼를 한 번 휘두를 때마다 기묘한 기합을 지르는 바바리언들. 이들에 의해 티케이의 주력인 마법 부대가 아작이 났다.

"이때예요. 저쪽엔 힐러가 전멸했으니 까면 까는 대로 죽어요. 돌격!"

"와아아아아아!"

구오의 지시에 돌격의 깃발이 높게 올려지고 다시 한 번 마키오 본대의 전원이 함성을 질렀다.

아까 지른 함성의 효과가 아직 남아 있어 재차 소리를 지른다고 좋아지는 건 없지만 이번 건 순수한 의도에서의 함성이었다. 수치가 아닌 진짜 사기가 극한까지 치솟았다.

구오는 앞으로 달려나가면서 까마귀 부대에게 마음속으로 감사의 인사를 했다. 역시 과비크의 유학생들은 제때에 나타나 제 몫을 해주었다.

그들에게 바바리언 전직의 태반을 양보한 것은 이번 전투를 위함이었고, 그들은 그런 구오의 과감한 투자에 화끈하게 보답해 주었다.

＊　　　＊　　　＊

"크으으, 이럴 수가."

비달은 이 상황을 받아들일 수 없었다. 지금까지 패배를 모르던 그였기에 더욱 그랬다. 그는 마법사이면서도 지휘부에 있었기에 바바리언들에게 당하지는 않았다. 하지만 자신의 직속 부하인 동료 마법사들이 학살당하는 모습을 보니 눈이 뒤집혔다.

그때 참모 중 하나가 말했다.

"비달님, 일단 부대를 옆으로 이동하면서 좌군과 합류해야 합니다. 그쪽엔 아직 힐러들이 있으니 합류만 하면 아직 싸울 수 있습니다."

"소용없다. 그게 그렇게 쉽게 되는 건 아니다. 적이 했다고 해서 우리도 할 수 있다는 생각은 버려라. 또 이미 좌군과의 거리가 너무 멀다. 봐라, 마키오 놈들이 다시 진을 분리시키고 있다."

비달의 말처럼 마키오의 중앙군으로부터 좌군의 일부가 튀어나와 옆쪽에 새로 포진을 하기 시작했다. 전력적으로는 미약한 고작 몇십 명의 인원이지만 단시간 동안 적을 막아서 버틸 수는 있어 보였다.

"그렇다면 일단 숲 경계선까지 부대 전체를 빼야 합니다.

숲을 방패 삼아서 방어를 한다면 어느 정도는 버틸 수 있을 겁니다."

"그것도 소용없다. 우리가 물러서려 한다면 저놈들은 바로 뒤쪽에 있는 좌군을 새로운 먹이로 삼을 것이다. 봐라, 저놈들의 우군이 뒤로 움직이고 있지 않느냐."

"으으으, 정말이군요."

"빈틈이 없다. 한번 승기를 잡으니 정말로 빈틈이 없어지는구나."

비달은 공포를 느꼈다. 비록 게임 속의 전투지만 상대의 진형이 완벽하게 움직이는 것을 보니 절망감이 그의 머릿속을 지배했다.

도대체 저렇게 완벽한 지휘를 하는 것은 누굴까?

구오란 놈은 게임계에서 이름을 알린 지 얼마 되지 않았다. 아직 정확한 신원 파악은 되지 않았지만 더 지존으로 데뷔했다는 말을 들은 적이 있다.

그렇다면 이 전투의 진짜 지휘관은 쇼부란 놈일까? 그놈은 프로들 사이에 이름이 알려진 놈이니 그럴 수도 있었다.

아니다.

이름이 알려진 놈은 실력도 알려져 있다. 쇼부의 능력은 인정할 수 있지만 지금 눈앞에서 벌어지고 있는 일은 그런 정도가 아니었다. 마치 일종의 기적과도 같았다.

"크으, 구오란 놈은 천재란 말인가!"

비달은 참을 수 없는 탄식과 함께 마음속의 결론을 입 밖으로 토해냈다. 하지만 전혀 속이 시원하지 않았다. 적이 공격해 들어오는데 어떤 대응책도 떠오르지 않았다.

＊　　　＊　　　＊

구오는 쉬지 않고 사방에 지시를 내렸다. 일격필살이란 건 집단전에서도 통용되는 개념이다. 한번 이기면 그걸로 끝을 봐야 한다. 그러기 위해서는 끝까지 집중력을 발휘해서 미친 듯이 적을 몰아붙여야 한다.

"좋았어. 저놈들, 패닉 상태다."

구오는 티케이의 움직임을 보며 승리를 확신했다.

좋든 나쁘든 적이 어떤 대응을 보인다면 그건 아직 지휘부가 살아 있다는 소리였고, 부대가 무너지지 않았다는 뜻이다.

하지만 지금 티케이가 멍하니 서서 밀려오는 상대의 공격에 반사적으로 대응을 하는 것으로 볼 때, 지휘부로부터 어떤 지시도 내려오고 있지 않음을 알 수 있었다.

[당삼 형, 우군을 적 후방군에 더욱 바짝 붙여요. 장거리 공격을 개시하시고요. 쇼부 형, 적의 전사계보다 격수계부터 먼저 날려요. 예, 파고드세요. 이쪽 피해를 감수하고서라도 저놈들이 못 움직이게 해야 빨리 끝나요.]

공격을 하는 마키오는 쉬지 않고 다각적으로 변화를 일으

컸다. 구오의 지시가 큰 틀에서부터 점점 작고 세밀한 곳까지 이어졌다.

열 명으로 구성된 유격 부대 몇 개가 따로 튀어나와 티케이의 퇴로를 차단하기 시작했다.

일단 퇴로를 차단당한다는 느낌이 들면 보통 사람들은 공포심을 느낀다. 그것이 충분한 병력인지 아닌지를 구별할 정도로 냉정한 사람은 별로 없다.

이제는 지휘부가 아니라 티케이의 부대원 대부분이 마음속으로 패배를 받아들였다. 그들은 퇴각 지시를 기다리는 심리 상태가 되었다.

죽어서 떨어뜨리면 곤란한 아이템의 장착을 해제하여 따로 간직하고 유사 아이템으로 갈아 끼우는 사람도 있었다.

실질적인 전투력 감소와 의욕 상실이 눈에 띄게 나타났다.

"계속 밀어붙여요!"

구오는 이제 다 되었음을 알면서도 계속 아군을 독려했다. 구오의 목소리는 아군을 승리의 광기로 이끌었다.

불리할 때에도 구오는 머뭇거리지 않고 빠른 지시를 했고, 구오의 말대로 움직이니 불리한 상황이 어느새 완전 승리 상황으로 바뀌었다.

사람들은 구오의 지시에 따르는 것에 길들여졌다.

이에 비해서 티케이의 지휘관인 비달의 약점은 바로 대응책이 없으면 지시를 내리지 못한다는 데에 있었다.

질 줄 알아도, 손해라는 판단이 들어도 일단 참모들의 건의한 대로 부대원들에게 목표를 제시해 주면 정예 부대답게 끝까지 잘 싸웠을 것이다.

그런데 지시가 없으니 부대원들이 자기 스스로 판단을 할 여유가 생겨 버렸다. 결과적으로 아무 지시도 없는 것은 최악의 선택이었다.

지는 데에 익숙하지 못하고 발버둥 쳐본 경험이 없는 머리 좋은 지휘관 비달. 그의 최초의 패배는 정말 처참할 정도의 결과로 나타나고 있었다.

"와아아아아아아아!"

드디어 티케이의 중앙군이 괴멸되었다. 비달은 비명도 없이 죽었다.

티케이의 좌군은 그전부터 퇴각을 결심하고 숲 안쪽으로 이동하려 했지만, 한발 빠르게 마키오의 우군이 그들을 물고 늘어지니 끊임없이 뒤를 찔려 엄청난 피해를 입었다.

그렇게 마키오 대 도쿤의 첫 전투는 모두의 예상을 뒤엎고 마키오의 완승으로 끝났다.

*   *   *

한 번 싸움에 이겼다고 좋아할 일만은 아니었다. 도쿤은 여전히 강대하고 죽은 자들은 다시 살아나 복수의 칼날을 가니까.

하지만 구오와 쇼부에게 있어서 이번 승부는 큰 전략적 이득을 가져다주었다.

구오에게 있어 이번 전투의 승리는 결과가 아닌 시작일 뿐이었다.

전쟁이 끝난 다음날, 소문이 자자한 마키오 대 도쿤의 전투 동영상이 더 지존.넷에 떴다.

편집자는 당연히 상큼청춘으로, 그녀는 이번에 후배들을 동원하여 다각적 실시간 촬영을 하여 그걸 영화처럼 편집해버렸다.

양측 진형의 규모로 볼 때 티케이의 우위는 분명했다. 구성원의 질도 천하의 티케이니 마키오보다 떨어질 리는 없었다.

전투가 시작한 후에 일어난 밀고 당기는 육박전은 별다른 해설은 없었지만 요소요소를 클로즈업시켜 중요 인물들의 프로필을 화면 한쪽에 드러내 보였다.

그리고 전투가 진행되면서 도쿤의 후방 기습과 이에 대한 마키오의 진형 변화가 의도적인 다각도 반복 영상 기법으로 재현되니 보는 사람들은 예상대로 탄성을 아끼지 않았다.

"정말 최고다. 완전 그림이네, 그림."

"열 명, 스무 명도 아니고, 어떻게 수백 명이 저렇게 움직일 수 있지? 저런 게 가능한 건가?"

"내가 아는 사람이 말하기를, 마키오 사람들이 작년 말부터 정말 빡세게 전투를 계속했다고 하더라고. 현재 최고의 정예 무투파 길드라던데?"

"그러니까 도쿤에게 덤볐겠지. 어쨌든 죽인다."

보는 사람들은 저마다 평가를 하면서 요소요소를 즐겼다. 하지만 그런 그들이 일제히 입을 다무는 광경이 있었으니, 바로 영상의 절정 부분인 까마귀 부대의 참전이었다.

"플라잉 봄!"

"저건 사기야!"

"뭐 저런 게 다 있지?"

이제는 찬탄보다는 황당함이 사람들의 감정을 지배했다. 밸런스 무시 스킬이 아니냐는 의견이 대부분이었다.

더 지존의 스킬 게시판에도 어디에 저런 말도 안 되는 스킬이 있냐고 난리가 났다.

그런데 잘 읽어보면 불평을 하면서도 어떻게 하면 플라잉 봄을 얻을 수 있는지 살짝살짝 물어보는 것이 보였다.

노골적으로 마키오에 가입하면 이 스킬을 획득할 수 있는 방법을 가르쳐 주냐고 문의하는 사람도 있었다.

이에 마키오의 공식 답변이 더 지존.넷에 떴다.

마키오가 비밀 전력으로 보유한 까마귀 부대는 구성원 전원이 바바리언이라는 종족의 전사 2차 전직을 한 특수 부대입니다. 그들이 익힌 플라잉 봄 역시 바바리언의 종족 고유 스킬이고요.

　바바리언 전직에 대한 퀘스트는 곧 공개하겠지만 이것 때문에 도쿤과 저희 마키오의 갈등이 심화되었다는 것을 미리 말씀드리겠습니다.

　난리가 났다.

　이 답글 하나로 전 세계적으로 이종족 전업에 관한 문의가 순식간에 수백만 건이나 올라왔다.

　하지만 정작 개발사인 세기창조사에서는 100레벨 이후의 스킬 정보와 이종족 전직 시스템은 아직 정식으로 공개할 수 없다고 선언했다.

　이유는 간단했다.

　공개를 하기는 한다. 단, 일 년 후에 할 것이다. 그전에 정보를 얻으려면 더 지존이라는 세계에 깊이 파고들어야 한다.

　그런 유저들은 미공개 정보의 일부를 먼저 취득하여 남들보다 유리한 위치에 설 수 있다. 이런 사람들을 세기창조사에서는 선행자라고 부르고 있다.

　단순히 공개되어진 정보가 아닌, 세상에 숨어 있는 비밀을 캐내가는 건 여러분이 더 지존의 세계에 심취하는 데에 큰 역할을 할 것이라고 판단하고 있습니다.

　이에 저희 세기창조사에서는 유저 여러분 전원이 선행자가 되기를 희망합니다.

　그렇게 공식 답변이 올라온 후, 세기창조사는 나 몰라라 모드에 들어갔다.

　결국 세상의 이목은 다시 마키오에게 쏠렸다.

　틀림없이 마키오의 답변 중에는 바바리언에 대한 비밀을 곧 공개한다는 내용이 포함되어 있었다. 그것이 정보에 목마른 모든 사람들의 눈에 힘을 주게 만들었다.

　마키오는 언제나 세상의 기대에 부응했다.

　며칠 뒤, 마키오에서는 그동안 수집한 이종족 전업 시스템에 대한 모든 것을 아낌없이 공개했다.

　또한 이번에 도쿤이 꾸몄던 음모 전모와 이것에 대해 마키오가 어떤 식으로 피해를 입었고, 어떻게 대응을 했는지도 대부분 사실에 입각해서 적었다.

　마지막으로 마키오는 현재 엘프의 종족 전업을 완수한 길드 마스터 구오와 더불어 오크의 종족 전업까지 완수한 유저가 있음을 밝혔다.

　바바리언까지 합치면 모두 세 종족의 전업에 대한 구체적 퀘스트 정보를 가지고 있다고 선언한 셈이었다.

　현재 마키오는 대륙 안쪽으로 사라진 드워프 종족에 대한 것을 조사하고 있습니다.

아직 오크나 엘프와의 접촉도 거의 없는 현 상황에서 정보는 극히 제한적이지만 드워프 종족의 강함은 어느 정도 알 수 있었습니다.

우리가 조사한 그들의 특성은 가히 현존 종족 중 최강이라 할 수 있습니다.

이에 우리는 끝까지 드워프의 행적을 추적하는 데 전력을 다할 것입니다.

열 가지 진실을 말하다가 열한 번째에는 살짝 허풍을 섞었다. 그런데 이게 완전히 먹혔다. 드워프 종족 자체에 대한 것은 사실이었으니 더욱 실감나게 먹혔다.

드워프!

엘프와 오크가 있으니 드워프도 당연히 있다.

마키오가 공개한 정보를 보면 과거 마족과 싸워 그들을 물리친 데에는 드워프의 힘이 크다고 했다. 또한 드워프들은 마족들을 끝까지 추적하겠다며 대륙 내부로 향했다는 것이다.

마족과 대등하게 싸울 수 있는 종족! 이 얼마나 강해 보이는가.

전 세계가 마키오를 주목했다.

그리고 서서히 이들이 강한 것은 당연하다고 생각하기 시작했다. 특히 일본의 유저들은 기존의 악덕 절대강자 도쿤에 대한 반발심이 강하기 때문에 새로운 강자이자 진정한 게임의 탐구자인 마키오의 출현을 기쁘게 받아들였다.

"이제 때가 되었군."

구오와 쇼부, 당삼은 커피를 마시며 미리 작성한 글을 더지존.넷에 올렸다.

공성전, 정식 명칭 영주전의 첫 개시일이 얼마 안 남았습니다. 이미 아는 분은 아시겠지만 저희 마키오에서는 이번에 도쿤의 본거지인 체롯 성채에 영주전 신청을 했습니다. 이유는 전날 올린 글들에 상세히 적혀 있기도 하지만 도쿤의 악랄한 음모에 대한 정면 항쟁입니다.

이에 저희 마키오에서는 참전 희망자를 모십니다. 도쿤과 싸우고 싶으신 분, 도쿤과 안 좋은 감정이 있으신 분들은 주저하지 말고 저희와 합류해 주십시오. 그룹이든 개인이든 저희는 두 손 들어 환영합니다.

공개 용병 모집이었다.

그러한 모집에 응한 사람들이 해야 할 훈련과 승리했을 때의 이익 분배에 대한 구체적인 글들이 적혀 있었다.

모든 유저들의 관심이 집중되었다.

마키오는 이번 영주전에서 얻는 모든 이익을 용병들에게 나누어 주겠다고 선언했다.

그들이 얻는 것은 전쟁 경험과 자신의 본거지인 서북 지역의 안전뿐이다. 또한 적인 도쿤을 물리치는 것 자체였다.

체롯을 점령함으로써 얻는 물질적인 이익은 새롭게 가입한 용병들에게 대부분 돌아간다.

체롯의 공성전이 성공적으로 끝났을 때에 얻을 수 있는 예상 이익도 정리되어 공개되었다. 그것은 일반 유저들은 꿈에서도 상상하기 어려운 천문학적인 골드였다.

핫 이슈는 사람들의 이성을 흐리고 의욕을 강화시킨다.

물질적 보상도 그렇고, 도쿤과의 감정도 그렇고, 전쟁 경험과 마키오의 진형 변화에 대한 노하우도 사람들에게는 더할 나위 없는 유혹이었다.

마키오의 본대는 진군을 하면서 하루가 다르게 세력을 불려갔다. 레벨 제한을 걸었는데도 불구하고 기하급수적으로 늘어나는 세력을 정리하여 배치하는 작업은 천하의 쇼부에게 비명을 지르게 만들 정도였다.

천, 2천, 3천…….

순식간에 마키오의 군세는 일만에 근접해 갔다.

이미 마키오의 행군은 막을 수 없는 쓰나미였다.

외전
지금 한국에선

WAR LORD 워로드구오

하이엔드라는 길드가 있다. 수십 년에 걸쳐 게임계에 명성을 떨친 강 패밀리가 주축이 되어 세운 길드로, 한국 내에서는 물론 전 세계적인 강호로 이름 높은 대형 길드인데 극동 지방에서 4천왕을 거론할 때 하이엔드가 빠진 적은 없다. 어쩌면 세계 최강이라고까지 말해질 정도이다.

원래 하이엔드의 특징은 매너가 좋고 항상 쿨하게 행동을 한다는 점에 있다. 다른 나라의 대형 길드들과의 외교 관계도 상당히 좋은 편이다. 하지만 전력도 뛰어나 과거 아메리카 연합과 극동 연합의 갈등이 있었을 때 하이엔드 길드가 가장 전면에 서서 무력시위를 한 적이 있다.

오랜 역사와 위기 상황에서의 적극적인 움직임을 볼 때 중국의 전뇌무림, 일본의 도쿤, 태국의 엘레판쳐와 같은 국가나 기업의 비호를 받은 대길드에 비해 전혀 손색이 없다는 것이 일반 사람들의 생각이고, 그것은 다른 4천왕 길드에서도 인정하는 부분이다.

그런데 그 하이엔드가 변했다.

"평화와 매너? 4천왕? 게임의 본질은 싸움이고 세상에 일인자는 단 하나뿐이다."

하이엔드의 새로운 길드장인 독재마인이 취임을 한 후에 길드원들에게 정식으로 한 말이었다.

그 뒤로 이어진 급격한 길드 운영 방침의 변화는 길드 내부의 유저들뿐 아니라 한국을 비롯해 해외에 있는 하이엔드의 우호 세력까지도 모두 실망시키는 것이었다.

완벽한 피케이 길드! 그것이 새로운 하이엔드 길드의 방침이었다.

"돼지는 죽어라. 맹수의 시대가 온다. 친구 따윈 필요없다. 오직 적만이 나를 강하게 만들어준다."

독재마인은 단호하게 선언한 후, 자신의 방침에 반대하는 모든 길드원들을 길드에서 방출했다.

"뭐, 저런 독재가 다 있어!"

"하이엔드는 당신 혼자의 것이 아니라고욧! 우리 모두가 꿈을 모아 정성들여 키워온 아이 같은 거니까."

수많은 불만과 항의는 독재마인의 마음을 조금도 움직일
수 없었다.

"길드 강퇴!"

항의를 하는 순간 길드장의 권한이 발휘됐다. 뿐만 아니라
능력이 안 되는 자도 가차없이 잘렸다.

인원 정리, 인원 정리: 순식간에 하이엔드 길드는 반 토막
도 아닌 3분의 1 토막이 나버렸다.

그러나 그건 재앙의 시작일 뿐이었다.

*　　　　*　　　　*

"으흐흑, 내 하이엔드 길드가! 내가 이 길드를 어떻게 만든
건데."

"강 아저씨, 기운 차리세요."

오늘도 강중도와 그의 동료들은 길드 사무실에 앉아 신세
한탄을 하고 있었다. 그들은 속이 답답한지 비치되어 있는
냉커피를 연거푸 주욱 들이켜고, 앞에 놓은 과자를 콱콱 씹
어 삼켰다. 하지만 가슴속에 있는 답답함은 전혀 줄어들지
않았고, 냉커피를 아무리 마셔도 갈증과 함께 열기가 올라왔
다.

일행 중 가장 젊은 효성이 커피잔을 탁 하고 내려놓으며 말
했다.

"아무리 그래도 사부님도 너무하시네요. 일부러 우리를 망치려는 건지."

다른 사람들이 소스라치게 놀라 효성을 보았다. 강중도 역시 마찬가지의 표정으로 급히 입가에 손가락을 대며 말했다.

"쉬, 너 어떻게 그렇게 무서운 말을 입 밖으로 낼 수 있냐?"

"젠장, 사부가 여기 계신 것도 아닌데 무슨 상관입니까."

"흐, 넌 사부와 가장 짧은 시간 동안 생활을 해서 아직 사부에 대해 잘 알지 못하는구나."

"제가 왜 사부님에 대해 모릅니까? 그리고 짧다고요? 내가 그사이 죽을 고비를 몇 번이나 넘긴 줄 아십니까?"

"사부는 독심술을 써."

"허헉! 정말요? 설마 사람의 마음을 읽을 수 있는 무공도 있단 말인가요!"

"그런 건 아니지만 네가 만약 사부님께 죄를 지으면 그게 어떻게든 얼굴에 드러나거든. 우린 그렇게 훈련받아 왔으니까."

"ㅇㅇㅇㅇㅇㅇ, 정말 표시가 날까요?"

"잊어버리지 않는 한 표시는 날걸. 또 숨기려고 해도 소용이 없고."

"아ㅇㅇㅇㅇㅇ."

강 패밀리는 오늘도 절망으로 점철된 하루를 시작하게 되었다. 그들의 사형이자 사부인 마영운은 실력뿐 아니라 눈치가 귀신이라 결코 그에 대한 불손한 마음을 먹어선 안 된다. 그들 마음속에 심어진 공포심은 그런 마음을 겉으로 표출하게 하는데, 만나지 않으면 몰라도 일단 얼굴을 마주치면 결코 숨길 수 없다.

그리고 마영운은 그걸 느끼는 순간 심증만으로 가혹한 폭력과 협박이 동반된 추궁을 하게 된다.

진실을 말할 때까지 그들의 동요는 계속되기 때문에 결국 그들은 모든 것을 포기하고 사부에게 있는지 없는지 확신하기 어려운 자비를 구하게 되는 것이다.

강 패밀리의 막내인 효성이 자신도 모르게 사부에게 불만을 토로했다. 이건 큰 사건이다. 왜냐하면 마영운은 효성뿐 아니라 모든 사람에게 연대 책임을 물을 테니까.

강 패밀리의 리더이자 마영운의 사제인 강중도는 한숨을 내쉬며 말했다. 강중도는 가진 게 간밖에 없다는 평가를 들을 정도로 재앙에 대해 어느 정도는 담대한 심정을 유지할 수 있기에 이들의 리더 자격이 있다고 할 수 있었다.

"일단 준비해라. 여기서 준비도 안 하고 있으면 정말 우린 죽는다."

"으으으, 예."

다른 사람들은 강중도의 말에 어느 정도 이성을 되찾고 가상공간 접속기 안으로 들어갔다. 마영운이 접속하기 전에 모

든 전투 준비를 마치고 대기해야 하는 것이 그들의 의무였
다.

*　　*　　*

"흐흐흐, 오늘도 가볍게 1천 킬을 해볼까. 애들아. 준비는
됐겠지? 자리는 봐놨냐?"

"옛, 사형. 얼음정령의 숲에 네임드가 뜬다는 정보가 있어
서 고레벨 유저들이 상당수 그곳으로 들어갔습니다."

"크크크, 좋아. 오늘은 고레벨 피 맛 좀 볼 수 있겠군. 저레
벨보다야 고레벨이 그래도 손맛이 있거든. 가자."

"저… 사형."

"뭐냐?"

"사형은 이미 충분히 강하고 다른 사람들도 모두 그걸 인
정하는데 왜 계속 피케이를 하시는지 모르겠습니다."

"뭔 개소리냐? 내가 강한 건 쉬지 않고 피케이를 하기 때문
인 걸 몰라?"

"사형, 게임은 현실하고 달라서 개인이 아무리 강해도 백
명, 이백 명을 이길 수는 없거든요. 컥!"

빡!

"이 자슥이, 지금 니가 사형한테 훈계를 하는 거냐? 너 나
이겨?"

"그게 아니라."

"이깁니다!"

"뭐야?"

갑자기 끼어든 효성에게 마영운이 살기 띤 시선을 옮겼다. 정말 제자가 아니라 원수를 보는 듯한 맹수의 눈이었다.

효성은 움찔했지만 이미 마음의 준비를 하고 있었던 터라 계속해서 말했다.

"현실에선 몰라도 지금 게임 속이라면 강 아저씨가 사부님보다 셉니다. 아니, 강 아저씨가 이길 수 없다고 해도 우리 전원이 다 덤비면 시스템상 사부님도 어쩔 수 없는 겁니다. 강 아저씨가 하시는 말씀이 그런 거 아닙니까."

효성의 반란은 모두에게 의외였나 보다. 하지만 효성은 지금 반쯤 눈이 돌아가 있었다. 이미 사부에 대한 불평을 터뜨린 게 마음속에 폭탄처럼 남아 있다가 지금 터진 것이다.

다른 사람들은 공포에 질린 눈으로 효성의 폭주를 지켜볼 수밖에 없었다. 뭐라 말을 해주고 싶은 듯 입을 살짝 벌렸다가 그냥 다무는 사람도 있었다.

강중도는 효성을 말려도 이미 늦었다는 생각에 그저 한숨만 쉴 뿐이었다.

마영운은 깊게 한숨을 내쉬었다.

"허, 살다 보니 이런 슬픈 일도 있구나. 이젠 제자까지 훈계를 하네. 알았다. 네 생각이 그렇단 말이지? 그렇다면 한 가지 내기를 하자.”

“예?”

“네 말대로 너희들이 다 덤벼서 나를 이기면 내가 게임을 접겠다. 또 산속으로 들어가 조용히 현실에서의 수련에 몰두하도록 하지. 니들을 십 년간 안 찾는다는 약속도 하겠다.”

“헛! 그게 정말이십니까?”

“사형, 저희가 어떻게 사형과 십 년간이나 안 보고 지낼 수 있단 말입니까?”

“중도야, 약 치지 말고 내기를 받을지 말지 결정이나 해라. 그 말하는 거 보니까 너도 속으로는 날 이길 수 있다고 생각하는 거 아니냐.”

“꼭 해야 합니까?”

강중도는 등에 오한이 드는 듯한 느낌을 받으며 조심스럽게 되물었다. 이성적으로는 마영운이 자신들 전원과 더 지존내에서 싸워 이길 수 없다는 것을 확신하지만 현실은 다르다. 게임에서 아무리 강하다고 해도 절대 사형하고 싸워서는 안 된다고 무의식 반, 의식 반으로 생각했다.

그러나 마영운은 그런 강중도의 마음속마저도 읽은 듯 혀를 쯔쯔, 하고 차며 말했다.

“효성이가 저렇게 나온 이상 어차피 내가 훈계는 해야 한다. 물론 너희들 전부에게 말이지. 그래서 내 기회를 주려는 거다. 너희들이 옳다면 현실에서도 절대 너희들을 책망하지 않겠다."

이기면 현실에서도 면피! 이 말이 떨어지자 사람들은 저마다 눈빛을 교환했다. 말 한마디 하지 않아도 그들의 뇌리에는 같은 단어가 떠올랐다.

이판사판!

강중도는 마음의 결심을 하고 정중하게 대답했다.

"사형께서 그렇게까지 말씀하시니 저희는 따르겠습니다."

"따르는 거 좋아하네. 그래, 계급장 떼고 한번 붙어볼 때도 됐으니 잔말 말고 싸우자."

말을 끝내면서 마영운은 즉시 움직이기 시작했다. 그의 사전에 싸움 상대에게 선수를 양보하는 경우란 없다.

강중도를 비롯한 마영운의 제자들도 그걸 알기에 거의 동시에 반응했다. 그들은 이미 다년간에 걸쳐 가상공간에서 손발을 맞춰온 사이, 간극과 시간적 배분에 추호의 오차도 없이 서로를 보호하며 협공할 수 있었다.

다른 사람들은 주요 위치를 점하고 오직 효성만 공격의 이빨을 드러냈다.

"아무리 사부님이라고 해도 여긴 스킬과 스탯, 레벨이 지배하는 게임 속이란 말입니다."

"게임이 좋긴 좋구나. 말하면서 싸울 수도 있고."

마영운은 효성의 공격을 살짝 흘려내며 비웃 듯이 말했다.

효성의 공격이 스킬을 사용하지 않은 평타 공격이라는 건 보기만 해도 알 수 있었다.

하지만 그 뒤로 이어지는 다른 사람들의 공격은 모두 스킬이었다.

"하이퍼 슬래쉬!"

"너클 콤보!"

"이단암살!"

다들 대미지보다는 명중률 보정이 좋은 기술들만 썼다. 이러면 절대 그냥 몸놀림만으로는 피할 수 없다는 게 상식이었다.

마영운 역시 게임의 법칙에서는 벗어나지 못할 터이니 모두 얻어맞아야 했다. 그런데 마영운은 전혀 당황하지 않고 몸을 제자리에서 빙그르르 돌리며 스킬을 시전했다.

"스킬넘기기! 받아치기!"

파파파팍.

"커윽! 내 스킬이."

스킬넘기기는 다른 사람의 공격 스킬을 흘려보내는 회피 스킬이다. 그런데 이걸 잘 사용하면 흘려낸 스킬로 또 다른 사람을 공격할 수 있다는 게 고수들 사이에서 요즘 연구되고 있는 부분이었다. 하지만 이게 말이 쉽지, 스킬이 언제 어떻게 튀어나올지 모르는 상황에서 어디로 흘릴지까지 계산할 수 있는 방법은 없다는 게 현재까지의 정설이다. 슈퍼컴퓨터로 계산을 해도 안 된다는 것이다.

그런데 마영운은 정확하게 가장 아픈 스킬 하나를 다른 제자에게 넘겨 버렸다. 암살 스킬을 쓴 제자는 공격력이 강한 대신 방어력이 극한까지 떨어진 상태, 여기에 받아치기 스킬로 반격까지 가했다.

마영운 역시 두 가지 스킬에 얻어맞아 피가 빠졌다. 하지만 단숨에 강력한 두 가지 스킬에 얻어맞은 상대는 거의 빈사 상태에 준할 정도로 딸피가 되었다.

"일단 한 놈."

가벼운 펑타 발길질 한 방에 딸피 제자는 회색이 되었다.

그래도 강중도는 당황하지 않았다. 예상대로고 계획대로다. 희생은 있었지만 대미지를 준 것도 사실이다. 스킬넘기기로 정말 스킬을 다른 사람에게 넘기는 건 충격적이지만 사형이라면 그럴 수도 있다는 생각도 했다.

"계속 까! 헤비 소드!"

부우우웅.

상태 이상을 유발하는 스킬. 이게 성공하면 승부는 단숨에 난다고 강중도는 판단했다. 여러 명이 한 명을 상대로 싸울 때 절대적으로 유리한 게 바로 이런 상태 이상 스킬에 있지 않은가. 한 번만 걸리면 그다음엔 멍석말이 수준의 다굴이 들어가니 버텨낼 장사가 없다.

다른 사람들도 강중도와 같은 생각인지 일제히 스킬을 사용했다.

"번개걸음."

슉.

마영운의 몸이 잔상만 남기고 사라졌다. 순간적으로 이동 속도를 늘리는 순찰자들의 도망 스킬을 사용해 스킬 거리에서 벗어난 것이다.

아무도 마영운의 이동에 반응하지 못하고 잔상에 대고 헛된 스킬을 날렸다.

"이런!"

"멍청한 놈들, 그동안 얼마나 수련을 대충 했으면 그렇게까지 싸움 감각이 떨어질 수 있는 거냐? 한두 방 일부러 맞아 줬다고 바로 상태 이상 스킬을 동시에 쓰는 놈들이 어디 있냐?"

위협적인 스킬이 동시에 날아오면 이동기로 회피를 한다. 그건 고수들 사이에는 상식이지만 반대로 고수들끼리는 거의 통용이 되지 않는 부분이 있다. 그런데 마영운은 당연하다는 듯이 했다.

현실이 아닌 게임에서, 스킬 싸움에서!

스킬에는 쿨타임이라는 것이 있다. 마영운은 앞으로 1분간은 번개걸음을 쓰지 못하지만 다른 사람들도 몇십 초간은 방금 전 스킬을 사용할 수 없다.

마영운의 반격이 시작되었다.

"이단암살!"

"이익, 받아치기!"

"네가 그 스킬 쓰는 건 세상이 다 안다. 내가 미쳤다고 스킬을 대주겠냐?"

"허억! 스킬을 빙자한 평타!"

"그런 거지. 다시 이단암살!"

퍽! 슈슉.

"제기랄, 심리전으로는 절대 사형을 못 이긴다. 무식하게 싸워!"

강중도는 처절한 심정으로 외쳤다. 또 한 명의 동료가 회색으로 변하는 것을 보니 위기감이 피부에 와 닿았다.

마영운의 무서운 점은 독심술에 가까운 상대 심리 파악에 있었다. 그냥 독심술 초능력을 가진 사람보다 더욱 공포스러운 점은 의도를 파악함과 동시에 이에 따른 가장 효율적인 대응을 한다는 점이다.

빠름이나 힘, 그리고 기술의 차이는 어떻게든 극복할 수 있지만 이런 심리 파악과 대응 문제는 넘어설 수 없는 벽이다. 수련으로 갈고닦아도 천재의 영역에는 범접하기 어렵다.

하지만 게임에서는 무식한 방법이 통용된다. 스킬과 스탯, 그리고 레벨이다.

"게임은 수치 싸움이다. 해킹이 아니면 그 한계는 못 넘어서는 거다!"

강중도는 이를 악물고 중얼거렸다. 그의 머릿속 계산상으로 볼 때, 무식한 방법으로 뼈를 주고 살을 깎아도 자신들이 이길 수 있다는 확신이 있었다.

다른 사람들도 비슷한 계산을 했다. 게임밥을 하루 이틀 먹은 게 아니니 이들의 계산은 틀릴 가능성이 거의 없었다.

그 뒤로 사람들은 마영운을 보지 않았다. 중요한 위치를 점한 채 범위 스킬을 비롯한 온갖 스킬을 마구 사용하기 시작했다. 난전에서나 쓸 논타겟팅 파이팅 방식을 존-프레스, 즉 공간점거압력전법과 같이 사용하니 마영운이 피할 수 있는 공간은 아예 사라진 것이나 마찬가지였다.

"클클, 처음부터 그랬으면 조금 위험했겠지만 벌써 둘이나 갔는데 너무 늦은 거 아니냐? 빈틈투성이거든."

"어억, 어떻게 이 사이를?"

강중도는 믿을 수 없다는 표정으로 외쳤다. 분명히 존-프레스를 썼는데 마영운은 그 사이에 또 다른 공간을 만들기라도 하듯 파고들어 공격을 가해왔다.

"못 믿겠냐? 믿어라. 믿으면 현실이 된다. 크크크큭."

퍼퍼퍼퍽!

"이럴 수는 없어! 사형이 시스템의 한계를 넘어서다니."

"난 그런 적 없다. 니들이 시스템의 한계를 잘못 알았을 뿐이지."

결판은 이미 났다. 허무할 정도로 명확하게. 처음 한 번의 공격 이외에 마영운은 이렇다 할 타격을 받지 않았다. 게임 속에서 다굴은 절대무력이라는 법칙이 깨어진 것이다.

강중도와 그의 일행은 너무나도 큰 충격을 받아 일시적으로 가상공간으로부터 강제 접속 종료를 당했다. 현실로 돌아온 이후에도 그들은 아무 말 못했다.

어떻게? 혹시 사형은 사람이 아니라 신이었던가?

강중도가 생각을 할 때 효성이 먼저 입을 열었다.

"사부님, 혹시 세기창조사 사람하고 아는 사이세요?"

게임개발사와 은밀한 관계라서 시스템적인 특혜를 받는 것일지도 모른다. 그들이 생각할 수 있는 최대 한도는 그랬다.

마영운은 피식 웃으며 말했다.

"아는 사람이 없는 건 아니지만 니놈들이 생각하는 그런 혜택은 받지 않았다. 내가 말했을 텐데, 네놈들이 아는 것보다 더 지존의 시스템은 훨씬 정교하다고. 난 그동안 싸움을 통해 시스템의 한계를 몸으로 익혔고, 네놈들은 기존 시스템의 상식에 얽매어 그 안에 숨겨진 부분을 찾아볼 생각도 못했다. 그러니 승부가 될 리 있나? 멍청한 놈들."

마영운은 오랜만에 진정한 사부의 모습으로 사제와 제자들에게 가르침을 주었다. 이대로 말로 끝낸다면 강중도를 비롯한 그의 제자들은 사부한테 평생 존경과 흠모의 감정을 유지했을지도 모른다. 하지만 약속은 약속, 마영운은 씨익 웃으며 말했다.

"참, 내가 아까 내가 이겼을 때에 어떻게 한다는 말은 하지 않았지? 니들 이제 죽었다."

"허어어억!"

"사부님!"

"일단 나와 산으로 가서 오 년만 다시 수련하자. 니들 감각이 너무 떨어져서 내가 다 창피하구나."

"크어어억!"

"사형, 그것만은!"

"하지만 지금은 일단 게임을 해야겠지. 오늘부터 나와 같이 하루 일천 킬을 목표로 뛰면서 더 지존의 시스템을 이해하도록 해라. 알았지?"

"으흐흐흑."

"마지막으로 일단 내 기분이 풀릴 때까지 맞아라."

빡!

마영운의 손은 번개처럼 빨랐다. 게임 속에서나 현실에서나. 말이 끝남과 동시에 시작되는 구타에 강중도와 일행은 왜 자신들이 그런 미친 승부를 감행했을까 하고 백만 번쯤 후회했지만 이미 일은 벌어졌고, 그들의 인생은 끝장난 것이다.

오 년간의 산 수행, 몇 명이나 살아남을 수 있을까? 그것이 얻어맞는 그들의 머릿속 한구석에 강하게 자리 잡은 고민거리였는데, 아무리 맞아도 그 생각은 조금도 약해지지 않았다. 그야말로 정신이 육체를 능가하는 경우라 하겠다.

마영운은 한참 동안 사제와 제자들을 훈계한 후, 물을 한 컵 마시며 간단하게 두 가지를 말했다.

"일 년 뒤에 산으로 들어가는 거다. 한 놈도 빠져나갈 생각은 하지 마라. 뭐, 그때까지 준호 녀석이 나타난다면 예정이 바뀔 수는 있다. 일에도 선후와 경중이 있는 거니까. 참, 그리고 니들이 고민할까 봐 이번에 특별히 가르쳐 주는 건데, 사실은 오늘쯤 니들의 불만이 터질 것 같아서 내가 미리 길드 사무실 음료수와 과자에 독을 좀 타놨다. 그 뭐냐, 자신도 모르는 사이 공간 감각이 조금씩 이상해지는 암살 길드 특제 독인데, 생각보다 잘 듣는구나."

"크윽, 어쩐지."

"싸움이 경지에 들면, 빠르기와 수법보다는 접점의 시간과 공간의 예측이 가장 중요하다고 누누이 말했지. 후우, 스스로 독을 먹어도 모르는 네놈들이 이걸 제대로 이해하긴 어렵겠지만."

속았다고 생각하겠지. 정상적이라면 이길 수 있었다고. 그게 다 변명이라는 것을 이들은 알까?

준호라면 독을 먹어서 감각이 이상해진 순간 알아차렸을 것이다. 절대공간 감각. 그걸 지닌 인간이 바로 준호이기에.

　만약 이들 중에 준호가 있었다면 마영운은 이런 내기를 하지 않았다. 해도 독이 아닌 다른 수법을 사용했을 터.

　마영운에게 있어 싸움이란 필승의 결과를 확인하는 단계에 불과하다. 그 필승이 깨지면 이미 마영운은 마영운이 아니다.

　그래서 마영운은 준호를 찾아야 했다. 그를 이해하고 그의 수법을 물려받을 수 있는 사람은 준호밖에 없었다.

『워로드 구오』 5권에 계속…

1. 구오와 수호상과의 대화

패치가 되는 날, 구오는 마을의 중앙 광장으로 갔다.

이제는 정식으로 마을의 지배권을 가질 수 있기 때문에 우선 수호상과 계약을 해야 한다. 보통은 마을 촌장이 중간에서 통역 역할을 하지만 구오는 그럴 필요가 없었다.

구오는 이미 마을 수호상과 상당한 친분을 쌓았다. 일찍이 소롬 마을을 마키오가 거의 장악한 상황이기도 해서 촌장은 흔쾌히 마키오 길드 마스터인 구오에게 수호상과의 대화 자격을 넘겨주었다.

수호상도 마을 촌장의 결정을 거부하지 않고 수락했는데, 그 이유는 구오가 이미 수호상과 한 번 대화를 한 경험이 있기 때문이었다.

이것은 무력으로는 결코 얻지 못하는 결과로, 그만큼 마키오가 소롬 마을 사람들의 신망을 얻고 있다는 증거라 할 수 있었다.

최연소 자경대장인 폴이 전직할 때 구오와 나싱은 새로운 스킬을 받은 바 있다. 그때 수호상이 구오를 좋게 본 모양이었다.

구오는 수호상에 손을 대고 눈을 감은 채 작은 목소리로 말을 걸었다.

"수호상님, 안 주무시면 대화를 할 수 있을까요?"

─무슨 일인가요, 구오님?

다행히도 수호상이 깨어 있었다. 최근에 안 사실인데, 수호상은 하루 22시간을 자고 두 시간만 깨어 있다고 한다. 자는 동안에는 퀘스트 같은 특별하고 공적인 의무가 걸린 일이 아니면 대화를 하지 않는다.

"질문이 있는데 말입니다. 왜 세계수는 우리 인간을 돕기로 한 거죠? 엘프들은 도움을 받고 있지 않다고 하더라고요."

─엘프족을 만났나요? 구오님이 벌써 다른 종족과 접촉을 했다니, 의외로군요.

"만나면 안 되는 건가요?"

─아닙니다. 제 예상으로는 인간 유저가 다른 종족과 접촉을 하려면 일이 년은 더 있어야 할 거라 생각했을 뿐입니다. 어떻게 구오님이 타 종족과 접촉을 할 수 있었는지 궁금하군요.

"아, 그럴지도 모르겠네요. 단지 저는 이 검 때문에 말입니다. 하하하."

─엘프의 검이로군요.

"이 검에 대한 광고 선전 모델이 되었거든요. 그래서 이번에 엘프족의 마을에 다녀왔습니다."

─그렇군요. 구오님은 이미 타 종족과 긴밀한 접촉을 하셨고 또 제 궁금증을 풀어주셨으니 저도 대답을 하도록 하죠. 우리가 인간을 돕는 이유는 인간이 너무 약해서 돕지 않으면 멸족을 당할 것이기 때문입니다.

"어, 그런 거였나요?"

─인간은 싸울 수 있는 힘도 약하고, 숨거나 도망가는 데에도 특별한 능력이 없습니다. 그렇다고 해서 번식력이 뛰어나지도 않으니 홀리 오션의 보호가 아니었다면 이미 대륙에서 사라졌을 종족입니다.

"으음."

구오는 수호상의 인간에 대한 혹평을 듣고 기분이 나빠졌지만 딱히 반박할 말이 없었다.

확실히 수호상의 말대로 홀리 오션이 없었다면 인간들은 왕국이나 제국을 세울 수 없었을 것이고, 몬스터들의 공격을 감당해 내지도 못하고 멸망했을 수도 있었다.

그러고 보면 인간은 엘프는 물론이고 오크에 비해서도 한참이나 나약한 종족일지도 몰랐다. 적어도 오크는 몬스터들의 지역 한가운데서 훌륭하게 살아남아 있으니 말이다.

수호상은 설명을 계속했다.

─우리 세계수의 역할은 이 땅에 존재하는 모든 생명체를

보호하고 번식시키는 일입니다. 그렇기에 지금의 인간은 보호받아야 합니다.

"그래서 돕고 있는 것이군요."

―그렇습니다. 또 한 가지 이유는 앞의 것과 모순되기는 하는데, 말하자면 인간만이 마경의 몬스터들과 싸울 용기를 지니고 있기 때문입니다.

"예?"

―결론적으로 말하자면 인간족은 나약함에 비해 터무니없이 근거없는 자신감을 가지고 있습니다. 아무리 강한 상대라고 해도 때에 따라서는 용감히 덤벼들 수 있는 종족이 바로 인간입니다. 우리는 그 근거없는 자신감에 기대를 겁니다. 몬스터들과 싸우고 마경을 개척할 수 있는 힘이 바로 그것입니다.

"그렇군요."

왠지 모르지만 알 것 같아 구오는 고개를 끄덕였다. 그러다가 문득 수호상의 말에서 숨겨진 하나의 의미를 깨달았다.

"그런데 세계수가 인간을 돕는 가장 큰 이유는 인간의 멸망을 막기 위함이라고 하셨습니까? 그렇다면 혹시 홀리 오션이 힘을 잃을 수 있다는 것입니까?"

―그건… 아직 그대들 인간족에게는 알릴 수 없는 문제입니다만, 구오님의 짐작이 전혀 틀렸다고는 말할 수 없습니다.

이런, 그게 그렇게 흘러가는 스토리였나.

구오는 속으로 혀를 찼다.

　모든 게임이 그렇지만 더 지존도 앞으로 여러 차례 패치를 하게 된다. 패치 내용은 시스템적인 개량과 보완 부분이 주를 이루지만 1년에 한차례 정도 시대의 흐름을 바꾸는 대규모 패치가 이루어지기도 한다.

　가령 이번에 한 2차 패치가 그렇다. 인간 유저가 정식으로 개척 마을의 영주가 될 수 있는 시스템이 업그레이드됐다. 이것은 유저끼리의 영주전이 시작된다는 뜻도 될 수 있었다.

　그런데 지금 수호상이 구오의 질문에 답하면서 언제가 될지는 모르지만 정말 중요한 패치 내용을 암시했다.

　정식적으로는 아무런 발표도 없지만 시스템적으로 주요 엔피씨들에게는 개발이 진행되고 있는가 보다.

　'홀리 오션의 신성력이 없어진다면 기존의 인간들의 왕국들은 어떻게 되지?

　구오는 잠시 생각에 잠겼다. 반 제국만 해도 해안에 대부분의 대도시가 인접해 있다. 수도인 나란도 항구가 있을 정도다. 그런데 홀리 오션의 힘이 사라진다면, 만약에 바다로도 몬스터들이 나타날 수 있게 된다면 그야말로 큰 혼란이 닥쳐올 수 있다

　인간은 결코 안전하지 않다. 오히려 가장 큰 위기이다.

　생각하면 할수록 등골이 오싹해 왔다.

　그때, 수호상이 다시 말했다.

　―하지만 가장 큰 문제는 따로 있습니다. 바로 인간족의 또

다른 특성입니다. 인간족은 서로 싸웁니다. 한번 승부가 나도 마음속으로부터 승복하지 않고 다시 도전을 합니다. 그렇기에 인간은 결국 알게 될 것입니다, 마경을 개척하기보다는 개척된 마경을 빼앗는 것이 더욱 손쉽다는 것을.

"윽, 그럴까요?"

수호상의 말은 너무나도 예리하여 구오는 반론을 펼칠 수 없었다. 방금 전까지 인간의 미래 어쩌구 하던 생각도 머릿속에서 날아가 버렸다.

문득 구오는 부끄러움을 느꼈다. 더 지존의 세계관을 만들고 역사의 흐름을 구상한 자가 누구인지는 모르겠지만 인간의 속성에 대해 깊이 연구했다는 것을 깨달았다.

그렇다. 인간은 서로 싸운다. 개척보다는 다툼을 더 좋아한다. 그것이 진정한 인간족의 위기를 만들지 않을까?

반대로 서버를 개발하고 운영하는 회사 측에서는 유저들이 컨텐츠를 즐기고 소화하는 속도를 이것으로 조절할 터이다. 모든 인간이 일치단결하여 개척을 하는 것에 비해 몇 배나 느리게 될 것이다.

단순히 호기심을 충족시키기 위해 질문을 했다가 생각지도 못한 정보를 얻었다.

어째서 수호상은 이런 중요한 이야기를 나에게 해주었을까?

호기심이 생기면 바로 물어보는 구오였다.

"수호상님, 그 이야기를 왜 저에게 말씀하신 거죠? 원래 인간에게 말해서는 안 되는 게 아닌가요?"

―그것은 구오님이 이미 타 종족인 엘프족과 정식으로 교류를 시작했기 때문입니다. 또한 세계수에 대한 것을 저에게 직접 질문하셨지요. 두 가지 단서를 풀었으니 저는 수호상을 대표하여 구오님께 새로운 정보를 제공할 수 있습니다.

"아, 그러니까 이게 메인 스트림 퀘스트 비슷한 거군요."

―이 세계에는 메인 스트림 퀘스트 같은 건 없습니다. 그냥 구오님이 세계의 비밀을 어디까지 알아내실 수 있는가 하는 거겠지요. 그에 따라 준비를 잘하면 그만큼 이익일 수도 있고요.

"그렇군요. 저에게 정보를 제공해 주셔서 감사합니다."

이제 보니 소롬의 수호상은 정말로 구오에게 큰 호감을 가지고 있는 모양이었다. 고마움을 느낀 구오는 다시 수호상에게 인사를 했다.

그러자 수호상은 구오에게 마지막으로 충고를 했다.

―더 늦기 전에 소롬을 발전시키세요. 아니면 다른 마을이라도 도시로 개발을 하는 것이 좋을 겁니다.

"어떻게 하면 도시를 만들 수 있죠?"

―인구를 늘리거나 군사적인 요충지를 만들어야 해요. 화려한 건물을 많이 지으면 내륙 지방에서 이주를 해올 겁니다. 혹은 튼튼한 성벽을 쌓으면 제국으로부터 성채 도시로의 임명장이 올 수도 있어요.

"그렇군요."

이건 또 고민거리였다. 결국 마을을 도시로 발전시키려면 적지 않은 돈이 들어간다는 소리가 된다. 쉬운 일도 아니고, 구오의 취향에 맞는 일도 아니었다.

"알겠습니다. 모처럼 충고를 해주셨으니 최대한 노력을 해보겠습니다."

—저는 소롬의 수호상으로서 소롬의 주인이 될 그대의 앞날에 영광이 함께하기를 기원합니다.

그것으로 수호상과의 대화는 끝이 났다. 구오는 길드 사무실로 발걸음을 옮겼다.

2. 종족 특성

시간이 지나 패치가 진행되면 인간들은 다른 종족으로부터 전직을 할 수 있게 된다.

기본 유저 종족인 인간의 경우, 알고 보면 더 지존의 세계에서 가장 약한 존재에 속하기 때문에 신의 도움으로 안정과 번영을 얻을 수 있었다. 하지만 다른 종족들은 어떻게든 자신만의 힘으로 살아남아야 했다.

인간의 개척이 대륙 중앙으로 진행되어 감에 따라 여러 종족과 만나게 될 것이다. 하지만 이들과 지혜롭게 교류를 할 수 있는지 없는지는 각자의 재량에 달렸다.

현재 밝혀진 것으로 보면 인간과 가장 근접해 있는 종족은 엘프다. 그다음이 오크인데, 엘프와 오크는 서로 싸우는 상황이니 누가 먼저라고 할 정도는 아니었다.

그 외에 인간의 고대종인 바바리언이 있다. 이들은 제국의 한쪽 구석에서 조용히 살고 있는데, 문명과 마법을 거부하고 내면의 야수성을 개발하는 데 부족의 목표를 정한 자들이다.

이들이 다른 인간과 잘 섞이지 않는 데에는 과거 마족전쟁 때의 비사가 있는데, 그때 오크와도 철천지원수가 되었다.

현재로서는 이 은원 관계를 좋게 풀 수 있는 방법은 없어 보인다.

3. 세계수와 홀리 오션

현재 인간족을 돕고 있는 절대신성은 인간족의 번영과 안정을 위해 두 가지를 제공했다.

홀리 오션은 대륙을 감싸고 있는 바다를 말하는데, 마족들은 이 바닷물에 닿기만 해도 상당한 피해를 입는다. 마족의 영향을 받은 마물들, 즉 몬스터들도 마찬가지로 바람 속에 섞인 소금 냄새만 맡아도 숨을 쉬기 어렵다.

염전에서 만들어낸 천일염은 몬스터에게 독처럼 작용을 하는데, 만든 지 일정 시간이 지나면 점점 효력이 약해진다. 보통 최고의 효과는 삼 일 정도라고 알려져 있다.

덕분에 인간은 해안가를 따라 발전해 왔고, 다시 내륙 지방을 개척할 기반을 쌓았다. 각 왕국의 인구는 폭발적으로 늘어나는 추세로 내륙 지방을 개척하지 않으면 더 이상 해안가에 새로운 마을이나 도시를 건설할 여유가 없다.

두 번째는 세계수이다. 현재 세계수의 본신이 어디에 위치해 있는지는 알려져 있지 않지만 내륙 어딘가에 있는 것만은 확실하다.

인간족은 세계수의 씨앗을 심어 수호상을 만듦으로써 마을을 새롭게 지을 수 있는데, 수호상의 힘은 강대한 것으로 능히 몬스터들의 침입을 막아내고 선택된 사람에게 도움을 준다.

하지만 이것은 일방적인 도움이라고는 보기 어려운 것이, 수호상의 유지와 성장 에너지는 마을 사람들의 영혼에 비례하기 때문에 수호상이 자라기 위해서는 사람들이 많이 모여야 한다. 또한 레벨이 높은 사람들이라면 수호상에게 더욱 많은 에너지를 제공하는 것이 된다.

일부의 유저는 수호상과 직접 대화를 나눌 수 있는데, 수호상의 친밀도에 따라 세상의 비밀을 들을 수도 있다. 물론 그것에는 여러 가지 제약이 따른다.

4. 2차 패치와 영주전

2차 패치 내용 중 가장 중요한 것은 바로 개척 마을에 대한 유저 영주 제도와 영주전에 관한 것이다.

이제 개척 마을이나 개척 도시는 모두 유저에 의해 운영된다. 단, 유저가 정부에 마을을 통째로 넘기는 일이 가능한데, 이 경우 정부에서는 따로 방법을 써서 다른 적당한 유저를 새로운 영주로 임명할 수 있다.

영주는 마을에 대한 여러 가지 권리를 가지고, 영주권에 대한 매매 권한도 가진다. 또한 전쟁과 점령에 의한 강제적 영주권 이동도 가능해졌다.

4-1 영주전

유저들의 생각은 기존의 더 지존 주민인 엔피씨로서는 알 수 없는 부분이 많다. 그렇기에 영주전의 발발 원인에 대해서는 따로 구분을 한 바 없다. 시비를 가릴 수 있는 기본적 도덕 관념에 있어 엔피씨와 유저의 차이가 있기 때문이다.

어쨌든 개척 마을의 경우 정부에 영주전 신청을 하면 점령할 수 있다.

한 달에 한 번의 기회가 주어지고, 그날은 하늘에 뜬 달 중 가장 큰 달이 검게 변하는 날이다.

참고로 더 지존에는 네 개의 달이 존재하는데, 각 지역마다 가장 큰 달이 서로 다르다. 달들이 사차원적인 궤도로 이동을 하기 때문이라고 마법사들은 말한다.

그날이 되면 영주전 신청을 받은 영지 주변에는 보랏빛 막이 씌워진다. 그 안에 있는 유저들은 모두 보라색 오러를 얻게 되므로 서로 싸워도 카오스 상태에는 빠지지 않는다.

일단 막이 씌워지면 다른 사람들의 출입은 중지되고 기존의 엔피씨들 중에서 전쟁과 관계없는 사람들은 수호상의 힘에 의해 달의 그림자가 숨겨지기 때문에 쓸데없는 학살이 일어나지 않게 된다.

4—2 영주전의 결과

영주전을 승리로 이끄는 방법은 세 가지이다.

첫 번째는 영주의 죽음. 단, 영주가 스스로 참전을 선포하고 대장 출현의 깃발을 세운 상황에서만 가능하다. 영주가 참전을 해도 대장 출현 이벤트를 발생시키지 않았을 경우에는 죽어도 상관이 없다. 그러므로 현명한 영주라면 대장 출현 이벤트는 가능하면 자제를 하겠지만 자신의 영지 내에서 대장 출현 이벤트를 발동시키면 효과가 두 배이니 위험한 만큼 확실히 좋은 점도 많다.

두 번째는 수호상의 파괴. 이 경우는 마을의 모든 시설이 파괴되고 마을 사람들도 모두 피난민으로 바뀌어 다른 곳으로 떠나 버린다.

뿐만 아니라 점령자의 공적과 인망에 상당한 마이너스가 가해지기 때문에 그야말로 점령자와 피점령자가 같이 손해를 보게 되는 셈이다.

　백해무익하다 할 수 있는 행위지만 싸우다 보면 감정에 휘말려 그런 경우도 종종 벌어지기도 한다.

　마지막 세 번째는 적 병력의 소멸이다. 영주전 시간 내에 영역 안에 있는 적의 병력 80% 이상을 제거하면 자동적으로 수호상이 영주전의 결말을 선언한다.

　하지만 방어군도 지키기 위해 필사적이기 때문에 정말 불리해지면 창고든 화장실이든 꽁꽁 숨어서 버티는 수가 있다.

　이 경우에도 결과적으로 80%를 못 채우면 공성전을 실패하는 것으로 취급되니 공격자는 유념해야 한다.

　그 외에 방어 측이 엔피씨 포함 공성전 최저 인원수를 채우지 못하면 영지 포기로 취급되어 자동으로 영주권이 넘어간다. 반대로 공격자가 인원수를 못 채우면 자동 방어 선언이 이루어진다.

5. 100레벨 이후의 스킬과 특성

1) 기공
제한 레벨:100레벨
제한 조건:전사 계열, 순찰자 계열 3차 전직 퀘스트 완료
스킬 지속 시간:지속　　　　　　　시전 시간:설정

　기공은 몸 안에 내재된 신비로운 힘을 뜻한다. 기공을 수련한 자는 그 힘을 근력이나 체력에 더할 수 있는데, 근력 강화를 할 경우 공격력 상승의 효과가 있고, 체력 강화를 하면 모든 공격으로부터 받는 대미지가 감소된다.

　레벨에 따라 기공 수치가 늘어나고, 그걸 자신이 원하는 비율로 공수에 분배를 할 수 있다. 100레벨을 찍은 전사계나 순찰자계는 필수적으로 넣고 절대 빼지 않아야 할 스킬이다.

　효과:대미지 증가, 방어력 증가, 마법 저항력 증가.

2) 수풀의 작은 도움
제한 레벨:100레벨
제한 조건:엘프 전직
스킬 지속 시간:지속　　　　　　시전 시간:상시
　숲의 종족인 엘프는 전투 시 근처의 수풀로부터 응원을 받는다. 엘프나 엘프의 가호를 받는 자는 주변에 풀이나 나무가 많으면 많을수록 지속적으로 체력이 회복되는데, 특히 숲속에서는 그 힘이 극대화된다. 이로 인해 엘프는 숲에서 싸울 경우 거의 불사무적이라고 여겨진다. 이것은 따로 장착할 필요 없이 엘프 전직을 하면 자동적으로 발휘되는 종족 본능 스킬이다.

　효과:자동 회복 소, 중, 대, 극대.

3) 고스트 토네이도

제한 레벨:150레벨

제한 조건:오크, 족장 칭호, 주술사 부인

스킬 지속 시간:30분

시전 시간:즉시　　　　　　　　　　쿨 타임:1일

오크 족장 전용의 스킬이다.

오크 족장은 무조건 주술사 부인을 얻어야 하는데, 부인은 충성의 맹세로 토템 스피리트라는 유령을 족장에게 선물한다. 그럼으로써 오크 족장은 이 스킬을 발동시킬 수 있게 되는데, 부인의 수가 많고 레벨이 높으면 높을수록 위력이 강화되는 특징이 있다.

토템 스피리트가 시전자를 보호하며 주변의 공격을 방어하는 한편, 적들을 끌어들여 움직이지 못하게 방해를 하는 효과가 있다.

그사이 시전자는 다른 스킬을 마음대로 쓸 수 있다.

효과:토템 스피리트 소환, 방어 중, 회피 중, 적 유인, 속박 효과.

4) 파열격

제한 레벨:100레벨

제한 조건:오크, 전사, 순찰자 계열

시전 시간:순간　　　　　　　　　　쿨 타임:특수

기공의 힘을 한 방에 터뜨리는 일격계 공격 기술의 꽃. 순간 대미지는 이게 최고다. 단지 한 번 쓰면 기공의 힘이 사라져 버려 다시 회복이 될 때까지 기공의 힘을 받지 못한다. 사라진 기공 수치는 조금씩 회복되어 5분 정도 후에는 정상으로 돌아오는데, 그때에 다시 파열격을 쓸 수 있게 된다. 특수한 물약이나 마법적 효과로 기공의 회복도가 빨라지면 그만큼 쿨 타임도 빨라진다.

　　효과:대미지 극대.

5) 오크 러시

제한 레벨:100레벨

제한 조건:기공, 오크 헌터, 전사

스킬 지속 시간:체력 수치에 따라 변화

시전 시간:즉시　　　　　　　　　　쿨 타임:0

　　오크의 심장은 인간에 비해 훨씬 튼튼하다. 심장이 튼튼하다는 것은 숨도 안 쉬고 연속 공격을 할 수 있다는 뜻으로, 실제 오크들은 강력한 연속 공격을 장기로 하는 경우가 많다. 오크 러시는 기공을 배운 오크가 자신의 심장을 더욱 강화하는 것으로, 모든 필살기의 시전 속도가 줄어드는 효과가 있다.

　　기공의 힘이 강화될수록 더욱 빠른 스킬의 연사가 가능해지기 때문에 나중에는 스킬만으로 폭풍과도 같은 연속기를 퍼부을 수 있다.

　　효과:스킬 시전 쿨 타임 30% 감소. 기공 숙련도에 따라 최대

70%까지 감소.

6) 펜싱 스크류
제한 레벨:100레벨
제한 조건:기공, 순찰자 계열
시전 시간:즉시   쿨 타임:20초
찌르기의 위력을 기공의 힘으로 강화시켜 드릴과도 같은 관통력을 가지는 공격기. 쿨 타임이 짧아 거의 연속적으로 쓸 수 있다는 점과 상대방의 방어력을 어느 정도 무시할 수 있다는 점이 좋다. 창으로도 쓸 수 있다.
효과:대미지 대. 방어력 관통 중.

7) 휠링 액스
제한 레벨:100레벨
제한 조건:기공, 전사 계열, 도끼나 할버드 장착
시전 시간:즉시   쿨 타임:1분
도끼를 든 전사들에게만 허용되는 범위 스킬로, 일명 울부짓는 도끼라고 불린다. 빅 스윙의 상위 버전이라 할 수 있는데, 인간족 전사들에게는 이것이 최강의 범위 기술이다.
효과:대미지 대. 범위 공격.

8) 컨퓨즈 애로

제한 레벨:100레벨

제한 조건:마법사 계열, 혼란 마법

스킬 지속 시간:20초

시전 시간:즉시   쿨 타임:1분

현혹계의 상급 마법. 기존의 혼란 마법이 상대의 정신을 조작하는 데에 비해 이것은 신경까지도 같이 건드리기 때문에 저항하기가 쉽지 않고, 한 번 걸리면 추가로 다시 걸릴 확률이 크게 늘어난다.

효과:혼란 대. 마법 저항 감소 중.

9) 어스 스턴

제한 레벨:100레벨

제한 조건:마법사 계열, 땅 속성 마법 소유

스킬 지속 시간:30초

시전 시간:1초   쿨 타임:200초

땅의 정령을 부려 갑작스럽게 땅을 진동시켜 팅김과 동시에 발목을 잡는다. 신경 패닉에 의한 스턴 효과와 추가적인 이동 불가 효과까지 있어 아주 유용하다. 정령계로 가는 마법사나 땅 속성 특화 마법사에게는 필수적인 마법 중 하나.

효과:스턴 중. 발목 잡기 대.

10) 플라잉 봄

제한 레벨:100레벨

제한 조건:전사, 순찰자 계열, 바바리언 2차 전직

시전 시간:즉시   쿨 타임:1시간

기공의 힘으로 점프력을 극대화시켜 점프를 한 후, 착지 시에 충격파를 일으키는 범위 공격기. 바바리언 스킬 중 가장 무서운 것으로 평가되고 있다.

효과:대미지 대. 범위 공격. 충격파 효과.

11) 체인 힐

제한 레벨:100레벨

제한 조건:힐러 계열

시전 시간:3초   쿨 타임:3초

치유의 파동이 레이저처럼 대상에게 날아가 회복시킨 후, 남은 에너지는 자동적으로 주변의 다른 아군에게로 날아간다. 첫 타깃 이외에는 따로 표적을 지정할 수 없지만 전체 회복양이 높아 집단전에서 아주 유용하다.

효과:치유 극대. 자동 서브 타깃 지정.

6. 새로 나온 아이템

명칭:윈드 레이지

등급:유니크   형태:엘븐 롱 소드

제한:100레벨, 전사, 순찰자.

기본 대미지:300—550　　　　　기본 치명도:90

부가 옵션:대미지 150 증가. 치명도 150 증가. 힘 50, 민첩 50 증가. 엘프의 종족 스킬 사용 시 효과 증가.

엘프는 결코 평화를 사랑하는 순한 종족은 아니다. 이 검은 엘프의 호전성을 증명하는 강력한 무구로, 버서커 엘프란 이명으로 불리던 엘븐 캐벌리어 아드리안의 애검이다.

아드리안은 이 검을 사용해 수많은 적을 물리쳤는데, 너무 살상을 많이 하여 말년에 스스로 엘븐 캐벌리어의 직위를 버리고 일반 전사의 길로 들어섰다. 이것은 아드리안이 장기로 삼는 기사 전용 기술을 봉인하는 효과가 있어 스스로 힘을 많이 제어하는 일이라 할 수 있는데, 아드리안은 오히려 일반 전사가 된 이후로 더욱 강한 힘을 보였다. 아드리안에게 있어 진정한 힘의 제어는 기사라는 굴레였지, 스킬이 아니라는 뜻이다.

"바람의 분노와 함께라면 적을 치는 데 스킬은 필요없다."

아드리안은 항상 그렇게 말해 이 검의 강함을 자랑하곤 했다.

長虹貫日

장홍관일

월인 新무협 판타지 소설

세상은 언제나 정의가 승리하고,
그래서 사필귀정(事必歸正)이라고?

개소리!

세상은 나쁜 놈들이 지배하지.
그러나 그놈들은 아주 교활해서 절대로 나쁜 놈처럼 안 보이지.
현재 무림을 지배하고 있는 백도의 어떤 인간들처럼……

암제혈로

설경구
新무협 판타지 소설

—떠나세요, 가능한 한 멀리.
—하나만 기억하세요. 일단 살아남아야 후일을 도모할 수 있습니다.
—떠나.

오랫동안 연락이 두절되었던 이들이 약속이라도 한 듯 찾아와
꺼낸 이야기들과 함께 시작되는 집요한 추적.
그리고 거대한 음모에 휘말려 억울한 누명을 쓴 채로
오직 살아남기 위해 필사적으로 도주하는 한 사내, 진가흔.

"왜 하필 나입니까?"
"자네가 가장 적당하기 때문이지."
"아시겠지만 그를 죽인 것은 제가 아닙니다."
"물론 알고 있네. 그런데 말일세… 그래도 그를 죽인 것이 자네라는
사실은 변하지 않네."

누구를 믿어야 할까.
적아도 명확하지 않은 상황에서 이유조차 모른 채 도주하던
한 사내의 역습이 시작된다.